LES PARLEUSES

MARGUERITE DURAS
XAVIÈRE GAUTHIER

LES PARLEUSES

LES ÉDITIONS DE MINUIT

AVANT-PROPOS

Nous avons hésité à publier ces entretiens ainsi. Nous savons que nous prenons un risque en les laissant exacte-ment tels qu'ils ont été dits. Ils fourmillent de redites, de détours, de phrases inachevées, laissées en suspens ou reprises plus tard, sur un autre mode, un autre ton, de hiatus. La démarche est lente, incroyablement hésitante et tout d'un coup extrêmement rapide. Nos deux discours se chevauchent, se piétinent, s'interrompent l'un l'autre, se répondent comme en écho, s'harmonisent, s'ignorent. Les mots, quelquefois, se font jour difficilement, dans l'an-goisse, et quelquefois se bousculent, dans la fièvre. Il aurait été facile — il était tentant — de restructurer l'ensemble, d'élaguer le touffus de ce qui apparaît comme des digres-sions, de faire aller droit au but ce qui part dans toutes les directions, de redresser la démarche de crabe, ou tournante ou ondoyante. De polir et de policer ces entretiens pour leur donner cette bonne ordonnance grammaticale, cette rectitude de pensée qui se plie à la logique cartésienne. Si cela n'a pas été fait, ce n'est pas au nom de quelque prin-cipe bergsonnien de respect du vécu, du premier jet de parole ou de virginité de l'inspiration. C'est que ce travail

7

de mise en ordre aurait été un acte de censure ayant pour effet de masquer ce qui est sans doute l'essentiel : ce qui s'entend dans les nombreux silences, ce qui se lit dans ce qui n'a pas été dit, ce qui s'est tramé involontairement et qui s'énonce dans les fautes de français, les erreurs de style, les maladresses d'expression. L'essentiel, ce que nous n'avons pas voulu dire mais qui s'est dit à notre insu, dans les ratés de la parole claire, limpide et facile, dans tous les lapsus.

Je crois que ce refus de la censure ordonnatrice s'imposait plus particulièrement à propos de ces entretiens. Pour deux raisons. D'abord parce qu'il s'agit de Marguerite Duras. Et s'il y a jamais eu une œuvre qui laisse autant les failles, les manques, les blancs inscrire leurs effets inconscients dans la vie et les actes des « personnages », c'est bien la sienne. Ensuite parce que nous sommes toutes les deux des femmes. Il n'est pas impossible que si les mots pleins et bien assis ont de tout temps été utilisés, alignés, entassés par les hommes, le féminin pourrait apparaître comme cette herbe un peu folle, un peu maigrichonne au début, qui parvient à pousser entre les interstices des vieilles pierres et — pourquoi pas ? — finit par desceller les plaques de ciment, si lourdes soit-elles, avec la force de ce qui a été longuement contenu. C'est peut-être une des raisons pour lesquelles ces entretiens risquent d'apparaître aux nostalgiques des ordonnances de champs de betteraves (ou de champs de bataille rangée) comme un fouillis inextricable de lianes et de lierres, un enchevêtrement de plantes grimpantes... ou souterraines.

Encore avons-nous été contraintes d'étaler à plat sur des pages d'écriture ce qui devrait se déplier comme un éventail. Contrainte imposée par le fait que les livres se lisent encore page après page. Pourtant, en les ré-écoutant, certains passages nous ont donné envie — puisque nous ne voulions rien enlever, rien couper — d'ajouter quelque chose sur, pour, contre ou à côté de ce que nous avions dit. Ainsi nous avons eu le désir de reprendre une des phrases de l'Amour : « Ne sait pas être regardée » qui nous avait déjà attirées au début du premier entretien. A partir de là, nous avons fait tout le quatrième entretien, qui devrait donc venir se greffer au commencement du livre. Nous avons dû nous contenter d'inscrire quelques réflexions dites ou écrites après, en marge du corps même des entretiens.

A certains moments, aussi, prise dans la fascination du discours et de la personne de Marguerite Duras, je n'ai pas pris garde à ce que la bande du magnétophone était terminée et nous avons continué à parler, sans être enregistrées, quelquefois pendant fort longtemps. La façon dont nous avons tenté de retrouver ce qui était perdu ajoute encore à l'apparence de décousu, d'hésitation, de ligne tournoyante que peut donner l'ensemble.

Sans doute n'est-il pas inutile, enfin, de dire ce qui a été à l'origine de ces entretiens. J'avais proposé au journal Le Monde, en mai 73, de faire un dossier sur l'écriture des femmes. L'idée en avait été acceptée. J'ai donc interrogé des femmes-auteurs sur leur écriture. Certaines ont refusé. Julia Kristeva, Luce Irigaray ont accepté d'écrire sur ce sujet, Dominique Dessanti, Marguerite Duras d'en parler avec moi. Quand tout le travail de recherche et d'écriture a été fait, la double page prête, Le Monde l'a acceptée et programmée pour juillet 73, puis une importante rédactrice de ce journal s'est opposée à la publication du dossier.

Je n'avais jamais rencontré Marguerite Duras auparavant. Son œuvre était pour moi d'une importance extrême, vitale, physique. La lecture de ses livres produisait en moi un

9

trouble aigu, émerveillant jusqu'à l'angoisse, jusqu'à la douleur, me déplaçait vers un autre espace, corporel, qui me semblait, enfin, être un espace de femme. La rencontre avec Marguerite Duras m'a complètement bouleversée, le premier entretien, face à son regard, a créé chez moi une tension difficilement soutenable. Il était de toute façon regrettable que cet enregistrement soit réduit à quelques lignes dans le dossier du Monde *(dont nous avons compris après qu'il ne passerait pas). Beaucoup de questions n'avaient été qu'abordées, qui nous tracassaient, nous passionnaient, mettaient en jeu beaucoup de choses en nous. (Je dis « nous », car il est évident que Marguerite Duras me pose au moins autant de questions que je le fais et que j'y suis impliquée autant qu'elle.) Nous avons alors pensé à continuer à parler. Marguerite Duras m'a proposé de venir dans sa maison de campagne. J'y suis restée presque tout l'été... Captivée par le charme de cette maison — celle où elle a tourné* Nathalie Granger *—, par la couleur, l'odeur, le goût presque, de ses murs épais, de ses tissus aux fleurs fanées qui en font un lieu privilégié, un rêve d'enfance. Captivée par la générosité, l'ouverture de Marguerite Duras, angoissée, ardente, tourmentée, absolue, intransigeante. Peut-être apercevra-t-on quelque chose de l'atmosphère très particulière dans laquelle se sont déroulées nos conversations et de la relation d'amitié qui s'est créée entre nous.*

Et, entre les enregistrements de nos entretiens, nous avons fait des confitures.

Xavière GAUTHIER.

PREMIER ENTRETIEN

Paris, jeudi 17 mai.

X. G. — Comment est-ce qu'on peut commencer ?

M. D. — Qu'est-ce que je dis là ?

X. G. — Disons, sur la façon dont le langage s'organise dans vos textes, probablement d'une façon très différente de celle dont il s'organise dans les textes d'hommes.

M. D. — Je ne m'occupe jamais du sens, de la signification. S'il y a sens, il se dégage après. En tout cas, c'est jamais un souci.

X. G. — En fait, c'était pas du sens que je parlais. Comment est-ce que ça se dispose, le langage, dans le livre, sur le papier ?

M. D. — Le mot compte plus que la syntaxe. C'est avant tout des mots, sans articles d'ailleurs, qui viennent et qui s'imposent. Le temps grammatical suit, d'assez loin.

X. G. — Je pensais... sans articles. Dans *l'Amour* — on commence par la fin —, un moment où vous dites : « Ne sait pas être regardée. » Il n'y a même plus de pronom personnel — c'est « elle » —, et puis c'est négatif : « Ne sait pas » et puis, « être regardée », c'est passif. Je

11

me demandais s'il n'y avait pas une espèce de retrait, de reprise du sens grammatical habituel.

M. D. — Elle n'est pas consciente. C'est des blancs, si vous voulez, qui s'imposent. Ça se passe comme ça : je vous dis comment ça se passe, c'est des blancs qui apparaissent, peut-être sous le coup d'un rejet violent de la syntaxe, oui, je pense, oui, je reconnais quelque chose là.

X. G. — Et quand vous dites « blancs », c'est aussi creux, ou manques ?

M. D. — Quelqu'un a dit le mot : anesthésie, des suppressions.

X. G. — Je me demandais si, ça, ce ne serait pas quelque chose de femme, vraiment de femme, blanc. S'il y a, par exemple, une chaîne grammaticale, s'il y a un blanc dedans, est-ce que ce ne serait pas là que serait la femme ?

M. D. — Qui sait ?

X. G. — Parce que, ça, ce serait une rupture de la chaîne symbolique. Et dans vos livres, il y a ça. Moi, je vois ça, tout à fait. Je ne sais pas si c'est blanc. Pour moi, ce serait un peu comme quand on retient son souffle. Il y a un rythme et il y a des moments où on ne peut plus respirer, c'est bloqué.

M. D. — Je sais que le lieu où ça s'écrit, où on écrit — moi quand ça m'arrive —, c'est un lieu où la respiration est raréfiée, il y a une diminution de l'acuité sensorielle. Tout n'est pas entendu, mais certaines choses seulement, voyez. C'est un lieu noir et blanc. Si couleur il y a, elle est rajoutée. Elle n'est pas immédiate ; elle n'est pas réaliste.

X. G. — Dans l'Amour, c'est le noir et blanc, comme le positif et le négatif d'un film...

M. D. — Oui, ou comme l'écriture...

X. G. — ... avec juste quelques touches, je crois, de

bleu, notamment les yeux bleus. Il faudrait voir à quel moment ça intervient. C'est vraiment très rare, c'est une petite teinte.

M. D. — Dans *Abhan Sabana David,* il y a des yeux bleus. Vous ne pouvez pas regarder des yeux bleus. Ça n'offre pas prise au regard On traverse des yeux bleus. On regarde des yeux sombres. Le sombre arrête le regard. Il offre une résistance. L'œil bleu, non. C'est sans regard, bleu. Des trous. Je dis, je crois, à un moment donné, « les trous »... Et puis, voyez, il a fallu écrire beaucoup de livres pour arriver là. Il y a toute une période où j'ai écrit des livres, jusqu'à *Moderato cantabile,* que je ne reconnais pas.

X. G. — Est-ce que ce n'étaient pas des livres plus pleins, justement ? Où il manquait cet endroit où il peut y avoir un trou ou un blanc. Je ne sais pas, je pense au *Marin de Gibraltar,* c'est cela que vous voulez dire, les premiers livres ?

M. D. — *Le Marin de Gibraltar,* oui, *le Barrage.*

X. G. — Je verrais ça comme des livres plus masculins.

M. D. — Peut-être, oui, c'est ça.

X. G. — Où il n'y a pas encore la place d'un manque, où l'espace n'est pas encore, je ne sais pas, assez grand ou assez silencieux.

M. D. — Mais comment ça se fait que..., je veux dire, vous croyez qu'il a fallu faire beaucoup de livres avant, avant... *Détruire,* que quelqu'un ne peut pas commencer par *Détruire ?*

X. G. — Vous savez, Freud dit que la femme, pour devenir une femme, doit changer de sexe, c'est-à-dire qu'elle est d'abord un garçon et puis, le moment où elle devient une femme, elle change de sexe. Je ne sais pas s'il n'y a pas quelque chose comme ça chez toutes les femmes

13

— peut-être qu'elles n'y arrivent jamais, d'ailleurs. Quand on y arrive, il faut déjà un certain temps où on est simplement un homme, c'est-à-dire où on est...

M. D. — ... dans l'aliénation totale, dictée, quoi.

X. G. — Et ce que vous disiez tout à l'heure, que votre mère aurait voulu que vous soyez un garçon et qu'au début vous essayiez de répondre à cette attente, c'est-à-dire d'être vraiment un garçon, prendre une place dans la société de garçons, est-ce que ce ne serait pas ça ?

M. D. — C'est très probable. Mais aucun psychiatre ne m'en a parlé, en tout cas.

X. G. — C'étaient des hommes, les psychiatres ?

M. D. — Oui. Mais il est de fait que j'étais, avec les autres livres — c'est quand même important, intéressant à dire, je crois —, j'étais dans un labeur quotidien. J'écrivais comme on va au bureau, chaque jour, tranquillement ; je mettais quelques mois à faire un livre et puis, tout à coup, ça a viré. Avec *Moderato* c'était moins calme. Et puis, après mai 68, avec *Détruire,* alors c'était plus du tout ça ; c'est-à-dire que le livre s'écrivait en quelques jours et c'est la première fois que j'ai abordé la peur avec cela. Si, enfin, ça avait commencé avec *le Ravissement de Lol. V. Stein.* Là, il y a une période, je sortais d'une désintoxication alcoolique, alors, je ne sais pas si cette peur — j'y ai pensé souvent, je n'ai jamais réussi à élucider ça —, cette peur que j'ai connue en l'écrivant n'était pas aussi l'autre peur de se retrouver sans alcool ; si ce n'était pas une séquelle de la désintoxication, je ne sais pas.

X. G. — Enfin, peut-être que ça a joué mais que ce n'était pas seulement ça.

M. D. — La peur a commencé avec *Lol. V. Stein,* un

peu avec *Moderato,* je dois dire. Elle a été très grande pour *Détruire,* dangereuse un peu.

X. G. — Est-ce que ce n'est pas à partir du *Ravissement* qu'il commence à y avoir le trou ?

M. D. — L'expérience, alors, l'expérimentation. Ça rejoint ce que vous disiez ; j'expérimentais ce blanc dans la chaîne.

X. G. — Ça se passe sur l'oubli, au départ, et l'oubli aussi c'est un blanc. C'est un peu basé — si on peut parler de base, parce que ce n'est vraiment pas le mot —, dans *le Ravissement,* sur l'oubli de la souffrance.

M. D. — Une omission, plutôt.

X. G. — Oui, une omission. Peut-être que c'est ça, justement, qui est effrayant, parce qu'on commence à entrer dans le manque.

M. D. — *Lol. V. Stein ?*

X. G. — A partir de *Lol. V. Stein.* Je sais que, quand je lis vos livres, ça me met dans un état très..., très fort et je suis très mal à l'aise et c'est très difficile de parler ou de faire quelque chose, après les avoir lus. Je ne sais pas si c'est une peur, mais c'est vraiment un état dans lequel il est dangereux d'entrer, pour moi.

M. D. — Alors, on parle du même état qui fait que..., quand ils sont écrits ou quand ils sont lus... Je voudrais bien savoir comment on peut arriver à le..., au moins à le cerner.

X. G. — A le cerner, à le nommer.

M. D. — Quand je vous dis que c'est un périmètre, ceci ou cela... sans sommeil!..., voyez..., je n'avance pas.

X. G. — Mais, est-ce qu'on avance ? Dans vos livres, on n'avance pas, justement. Il y a aussi la question du mouvement, je crois. Les mouvements sont souvent très impercep-

15

tibles, glissants, comme ça, et ce n'est pas du tout une question d'avancement. Je veux dire, il n'y a pas de marche, ou alors c'est une marche qui tourne.

M. D. — C'est ça, ça va. Ça n'avance pas. Ça va nulle part, ça bouge.

X. G. — Ça bouge, ça glisse et c'est peut-être ça aussi cet espace qui se développe, très particulier à vous, il me semble, un espace à la fois très épais — moi, je vois avec une épaisseur, c'est pour cela, peut-être, que la marche est lente ou retenue, une grande épaisseur — et puis qui est à la fois clos et puis on sait qu'il y a un extérieur.

M. D. — Oui, mais est-ce qu'il y a une pression de l'extérieur sur l'endroit ?

X. G. — Oui, c'est l'extérieur qui fait que l'espace se clôt.

M. D. — Oui, mais il n'est pas du tout présent quand j'écris.

X. G. — Ah, si.

M. D. — Moi, je l'oublie. J'entre quelque part et ça se ferme.

X. G. — Complètement ?

M. D. — Oui. C'est pas là que c'est dangereux, c'est quand on sort, voyez.

X. G. — Quand vous retrouvez l'extérieur ?

M. D. — Oui.

X. G. — Et il n'est même pas présent comme une menace quand vous êtes à l'intérieur ? Il n'existe plus ?

M. D. — Non. A l'intérieur, c'est une surveillance extrême pour que rien n'échappe. Mais il s'agit simplement de noter... les accidents, voyez, c'est-à-dire un déplacement, une voix.

X. G. — Oui, la voix aussi. C'est extrêmement important, la voix, dans vos livres.

M. D. — C'est des voix publiques, des voix qui ne s'adressent pas. De même qu'ils ne vont pas, ils ne s'adressent pas.

X. G. — Et même, est-ce qu'elles partent de la personne, les voix ?

M. D. — Peut-être pas.

X. G. — Est-ce qu'elles ne font pas que la traverser ?

M. D. — Oui. De même que le livre traverse, d'ailleurs ; c'est le même mouvement. Oui, ça, c'est vrai.

X. G. — Donc, ça passe au travers du sujet. Je crois qu'il y a la question du sujet, aussi, dans vos livres. Je veux dire qu'il est complètement mis en question, le sujet de Descartes, le sujet traditionnel, complètement plein, opaque et rond ; il est complètement criblé...

M. D. — Lézardé ?

X. G. — Oui, lézardé.

M. D. — Il y a quand même des lecteurs de ça, alors, c'est ce à quoi il faut faire attention. Je passe à un autre domaine, là. Parce que, quand j'ai commencé à ne pas pouvoir éviter ces livres-là, si vous voulez — je peux ne parler que comme ça — et à ne plus essayer de les éviter, j'ai pensé qu'il n'y aurait pas de lecteurs. Vous voyez le danger, il est immense, c'est asilaire. Et puis, il s'est trouvé des lecteurs... et des hommes...,

X. G. — Et ça vous a semblé étrange ?

M. D. — Oui.

X. G. — Et qu'est-ce qu'ils vous ont dit, les hommes ?

M. D. — Le mot « malade » revient dans chaque lettre.

X. G. — Malade ?

M. D. — « Je suis malade de vous lire. »

X. G. — Et les femmes, non ?

M. D. — Les femmes aussi.

X. G. — De la même façon ?

M. D. — Oui. Donc, si on peut avancer un peu, c'est-à-dire qu'on peut dire : ces livres sont douloureux, à écrire, à lire et que cette douleur devrait nous mener vers un champ..., un champ d'expérimentation. Enfin, je veux dire, ils sont douloureux, c'est douloureux, parce que c'est un travail qui porte sur une région... non encore creusée, peut-être.

X. G. — Non encore mise à jour.

M. D. — C'est ce blanc de la chaîne dont vous parliez. Je ne veux pas dire psychanalyse..., ce féminin, si vous voulez. Non ?

X. G. — Oui, oui.

M. D. — C'est peut-être ça qui fait la douleur.

X. G. — Oui, oui, moi, je pense. Et peut-être que ça n'avait pas encore été mis à jour, touché du doigt. Peut-être que le fait de montrer le blanc *, de montrer le trou, ça rend malade, et il y a de quoi. En ce sens, c'est entièrement subversif.

M. D. — Vous, vous croyez que *Détruire, l'Amour,* un homme ne peut pas écrire ça ?

X. G. — J'en suis persuadée, je suis persuadée que ça ne peut être qu'une femme et vraiment une femme. La difficulté, c'est exactement de montrer pourquoi. Et ça, c'est sûr que quand je les lis... Enfin, vous m'avez dit que maintenant on ne mettait plus votre prénom ; que de temps en temps, sur vos livres, on ne mettait plus que « Duras ». Ce serait intéressant de savoir si les gens — en supposant qu'il y ait des gens qui ne vous connaissent pas — puissent penser que c'est un homme. Parce que ça me paraît impossible.

18

On ne vous a pas envoyé des lettres, des gens qui ne sauraient pas, qui auraient cru s'adresser à un homme ?

M. D. — Non, ils savent qui je suis. Et pourquoi est-ce qu'on ne met que Duras, maintenant ? On me dit que c'est asexué.

X. G. — Que c'est asexué ! Ce que vous écrivez ?

M. D. — Oui.

X. G. — Je ne le pense pas du tout. Il y a un érotisme...

M. D. — Oui, mais d'un érotisme...

X. G. — ... qui pourrait être d'un homme ou d'une femme ?

M. D. — Commun, oui.

X. G. — Non, je ne pense pas du tout. Je pense que ça ne peut être que d'une femme, mais c'est difficile à montrer. Parce qu'il n'y a pas d'érotisme commun, non plus. Enfin, je veux dire que... le corps est différent, donc..., donc ce qui s'en ressent est différent, au départ.

M. D. — Sans doute.

X. G. — Est-ce qu'un homme, dans sa sexualité, montrerait comme ça le blanc ? Parce que c'est sexuel, aussi, ce blanc, ce vide.

M. D. — Non, je ne crois pas ; il interviendrait. Moi, je n'interviens pas.

X. G. — Voilà.

M. D. — Au fond, ce que je fais... Ce qui m'arrive est peut-être simplement... ça : une expérience que je laisse faire... Vous ne croyez pas ? C'est peut-être, tout simplement... Enfin, tout simplement...

X. G. — Oui, c'est pas simple. Une expérience que vous écoutez...

M. D. — Oui..., qui s'opère.

X. G. — Oui..., que vous laissez s'opérer en vous... au risque de..., d'une angoisse folle.

M. D. — Oui. C'est toujours difficile de parler de ça, parce que... oui... on a toujours peur que ce soit mal compris.., c'est-à-dire..., si on se laisse faire comme ça, il vaut mieux se débarrasser de la peur de la folie. Alors, ça, j'ai dû faire un effort, qui a fait que... la folie n'a plus été cet épouvantail qu'on a dressé devant moi, durant toute ma vie... les hommes..

X. G. — Ce sont les hommes qui ont dressé cet épouvantail ?

M. D. — Oui.

X. G. — Et Lol. V. Stein, par exemple, le personnage de Lol. V. Stein, c'est ça qui se passe pour elle ?

M. D. — Ce qui se passe, c'est-à-dire qu'elle devient... Il y a un correctif constant dans sa vie, n'est-ce pas, elle fait tout comme si c'était possible ; on lui a appris à parler, à marcher, à se marier, à faire l'amour, à avoir des enfants et tout se passe... Je pense que beaucoup de femmes sont comme ça, tiens, tout d'un coup, je le pense ; elles font leur métier comme il est dicté par l'homme. Mais, elle, pour Lol. V. Stein, la chose était facilitée parce que, au départ, l'omission de la douleur, enfin, si vous voulez, cette espèce d'échec dans la tentative qu'elle a faite pour rejoindre l'amour du couple de Anne-Marie Stretter et de Richardson, elle a totalement échoué, c'est-à-dire que là aussi il y a un chaînon qui a manqué. La jalousie n'a pas été vécue, la douleur n'a pas été vécue. Le chaînon a sauté, ce qui fait que dans la chaîne tout ce qui suit est faux, c'est à un autre niveau.

X. G. — C'est ce niveau-là qui est intéressant, justement.

20

M. D. — Oui, mais il a fallu un accident.

X. G. — Oui. Comme dans *Détruire,* à ce moment-là, l'accident serait l'enfant mort, pour Elisabeth Alione ?

M. D. — Pour Elisabeth Alione, c'est l'enfant mort.

X. G. — Ça non plus, je crois que ce n'est pas indifférent. C'est sûr. Puisqu'une femme, en principe, a un schéma reproducteur et non pas producteur. Reproducteur, c'est-à-dire avoir des enfants. Le fait que ça commence par ce raté de la reproduction, c'est-à-dire l'enfant mort... c'est peut-être à partir de là que peut s'ouvrir cet autre espace.

M. D. — Peut-être. Ça m'est arrivé... Mais, dans *Détruire,* c'est Alissa, la nouvelle venue. Le terrain, c'est l'enfant mort, mais ce qui marche sur l'enfant mort, ce qui marche sur le terrain, c'est Alissa qui s'amène... et Stein.

X. G. — Mais peut-être que leur venue est permise, justement, par la mort de l'enfant.

M. D. — Ah, oui.

X. G. — Et alors, les rapports d'Alissa et d'Elisabeth Alione ?

M. D. — Elle s'amène sur la scène et elle cause ; elle commence à poser des questions, Alissa, hein ? uniquement des questions. Elle est la destruction, uniquement, Alissa, la négation. Elle laisse le livre, elle laisse Elisabeth Alione... dénudés. *Détruire,* c'est comme un préambule...

X. G. — Dénudée, aussi, de son personnage social, femme de Bernard Alione ?

M. D. — Oui, ça commence. Ça commence après le départ de l'hôtel, c'est-à-dire après la fin du livre. Stein n'agit pas. C'est par l'intermédiaire d'Elisabeth Alione, euh..., d'Alissa qu'il agit. Il n'a pas de rapports avec Elisabeth Alione, jamais.

21

X. G. — Oui, par contre il agit sur Max Thor.

M. D. — Oui.

X. G. — Vous disiez l'autre jour que..., qu'Alissa était un androgyne, un peu.

M. D. — J'ai failli le faire jouer par Tatiana Moukhine, Stein, déjà. Et des jeunes gens m'ont demandé de jouer Alissa.

X. G. — Ça vous aurait plu ?

M. D. — C'était intéressant. Enfin, c'était...

X. G. — Mais est-ce qu'il ne faut pas, quand même, que le rôle « masculin » que joue Alissa vienne d'une femme ? S'il était directement joué par un homme, il ne perdrait pas quelque chose ?

M. D. — Oui, il perdrait l'écoute, en tout cas... [*Interruption*].

X. G. — ... qu'Alissa a pu opérer parce qu'elle était une femme et, si ça avait été un homme, non, ça n'aurait pas été pareil.

M. D. — Vous, vous croyez que ça n'aurait pas été pareil ?

X. G. — Ah, oui !

M. D. — Oui, la matière d'Alissa est plus... ductile. Elle se modèle.

X. G. — Oui, elle se modèle, mais en même temps c'est elle qui règle le ballet du désir.

M. D. — Complètement. Stein ne peut pas, ça, le faire.

X. G. — Oui, il a pourtant un rôle très important, mais je n'arrive pas très bien à le situer.

M. D. — Peut-être qu'il a un rôle nominal, finalement. Puisque le premier étonnement d'Alissa, si vous vous souvenez, porte sur le nom de Stein. Ça, c'est encore une autre...

X. G. — Oui, ça c'est effectivement tout un problème..., le nom.

M. D. — Stein..., et elle est déjà dans un certain état de transgression.

X. G. — Oui, et le nom de Lol. V. Stein, aussi ?

M. D. — C'est le même.

X. G. — C'est le même, avec Lol, point, V, point. Ça, ça m'a toujours paru extraordinaire. Cette coupure, et on ne sait jamais, on ne saura jamais ce qu'il y a après. Encore un blanc, non ?

M. D. — Ah si, elle est nommée dans le livre : Lola Valérie Stein.

X. G. — C'est vrai, on le sait, malgré tout, là où est son vrai nom, c'est Lol. V. Stein, non ?

M. D. — Son vrai nom, c'est elle qui se le donne. Après sa maladie, elle se nomme elle-même... et pour toujours *.

X. G. — Les femmes n'ont pas de nom, au départ.

M. D. — Non... D'où vient l'horreur de nos noms, on peut parler de ça.

X. G. — Oui, il y a le problème du nom paternel, du nom du père. Le père étant ce qui détermine le symbolique et la loi, dans la mesure où on ne veut pas se plier à la loi ** peut-être qu'il faut faire quelque chose avec le nom du père, si ce n'est le supprimer..., enfin, on a un problème avec.

M. D. — Beaucoup, beaucoup de femmes ont horreur de leur nom. Même des femmes qui n'écrivent pas.

X. G. — Est-ce qu'on peut écrire en gardant le nom de son père ?

M. D. — C'est une chose qui ne m'a jamais paru..., apparu possible une seconde. Mais j'ai jamais cherché à savoir pourquoi je tenais mon nom dans une telle horreur

23

que j'arrive à peine à le prononcer. Je n'ai pas eu de père.

X. G. — Vous n'avez pas eu de père ? Mais...

M. D. — Enfin, je l'ai eu très peu... suffisamment long-temps.

X. G. — Il devait peser quand même de son absence, non ?

M. D. — Bien sûr.

X. G. — Parce qu'encore actuellement, je crois que dans une famille... une femme qui n'a pas un homme auprès d'elle, ça pose un problème ; donc les enfants doivent le ressentir.

M. D. — Mais cet isolement dans lequel se tiennent certaines femmes, cet isolement de l'homme, il est peut-être nécessaire.

X. G. — Qu'est-ce que vous voulez dire ? A qui pen-sez-vous là ?

M. D. — A des groupes de femmes que je connais, qui vivent vraiment très loin, très séparées des hommes, qui ne veulent plus le moindre contact. Vous croyez qu'il faut en arriver là ?

X. G. — Je ne sais pas.

M. D. — C'est un problème.

X. G. — C'est effectivement un problème. Je pense que c'est intéressant que ça existe, qu'il y ait des femmes, et surtout des groupes de femmes, qui essaient d'exister par elles-mêmes et, effectivement, sans hommes. Parce qu'on reçoit tellement de choses, au départ, des hommes. Je veux dire, on reçoit, on nous impose, tellement de choses, dans le jeu, nous viennent des hommes que peut-être il faut couper.

M. D. — Mais, il y a une véritable société de femmes qui se crée.

X. G. — C'est intéressant historiquement parce que ça n'a jamais existé.

M. D. — Je connais des femmes, personnellement, qui ne veulent de relations que féminines, qui ne sont à l'aise que dans la relation féminine.

X. G. — Oui, elles vivent beaucoup en communauté entre elles. Elles disent que leur corps a été depuis toujours mutilé et pris d'assaut par les hommes, de n'importe quelle façon, soit physiquement, soit dans la publicité, soit dans n'importe quoi, que maintenant il leur faut du temps pour se retrouver, enfin, pour se retrouver entre elles, pour seulement commencer à vivre leur corps, le découvrir, le toucher, le sentir. Peut-être que c'est vrai, je ne sais pas.

M. D. — Elles ne vivent plus aucune expérience masculine avec un homme ?

X. G. — Beaucoup d'entre elles.

M. D. — Oui, j'ai des amies comme ça.

X. G. — Beaucoup ont cessé toute relation avec les hommes.

M. D. — Mais alors, comme c'est le cas très souvent, quand le désir a été vécu à travers l'homme ?

X. G. — Justement, c'est vrai que même le désir des femmes, deux femmes entre elles, passe souvent par les hommes, encore.

M. D. — Oui, enfin, ça, c'est vrai.

X. G. — Mais il me semble que souvent il y a une diminution du désir. Peut-être que c'est passager. Il faut espérer que c'est passager.

M. D. — Entre les femmes ?

X. G. — Oui. C'est-à-dire qu'elles sont un peu perdues et que, je ne sais, une baisse de libido, je ne sais pas comment on peut appeler ça. Peut-être qu'encore maintenant, quand il n'y a plus ce support, ça circule moins, le désir.

M. D. — Oui, c'est difficile, c'est une chose presque inimaginable. Donc, c'est vivre une mutilation, non ?

X. G. — Oui, mais est-ce que c'est comme ça parce que c'est comme ça ou simplement parce qu'on a été habituées à un certain mode de société ?

M. D. — C'est ça, que le désir a été vécu jusque-là avec des hommes. C'est tout.

X. G. — Maintenant, jusqu'à présent, aussi, la structure familiale, c'est donc avec un homme, en général, avec le père. Ce qui est intéressant, je crois, comme expérience, c'est que quelquefois elles ont des enfants — je veux dire, elles ont eu des enfants, avant — et, comme elles ne voient plus d'hommes, elles vivent, elles élèvent leurs enfants ensemble ; ce qui fait que ces enfants ne voient plus qu'elles jusqu'à l'âge de l'école. Je voudrais bien savoir ce que ça peut donner. Des enfants avec des mères, avec plusieurs mères.

M. D. — Vous croyez..., enfin, ça..., plusieurs mères...

X. G. — Ils savent bien qu'une est leur mère. A la place du père, il y a d'autres femmes.

M. D. — Les hommes, d'ailleurs, sont dans la totale incompréhension.

X. G. — De ça ?

M. D. — Oui. Ils n'ont pas les moyens de le comprendre.

X. G. — Ça les effraie parce qu'évidemment ça les met en danger.

M. D. — C'est un petit peu la fin du monde, ce qui est décrit là, dans ce que nous disons, hein ?

X. G. — Fin du monde ou début d'une autre histoire, parce qu'il y a quand même toute une histoire, jusqu'à

26

maintenant, où c'est une société d'hommes. Je ne sais pas, par exemple, j'y pense comme ça, le fait que les hommes fassent leur service militaire, tous, pratiquement. Ils ont une vie entre hommes ; même si elle leur est imposée, ils la vivent.

M. D. — Mais la communauté d'hommes ne cesse jamais, même après le service.

X. G. — Oui. Je veux dire que c'est là qu'elle se voit le plus et ça les marque, aussi, mais c'est vrai qu'elle ne cesse jamais. C'est pour ça que c'est intéressant qu'il y ait de petits groupes de femmes qui essaient de faire des communautés ou des communes de femmes.

M. D. — J'ai beaucoup vécu avec des hommes, exclusivement des hommes et je m'aperçois, petit à petit, que je change, de ce point de vue.

X. G. — Oui ?

M. D. — Et que je me retrouve de plus en plus avec des femmes.

X. G. — Et vous croyez que vos livres y sont pour quelque chose ?

M. D. — Que mes livres ?

X. G. — Oui.

M. D. — Ou des homosexuels, je dois dire.

X. G. — Oui, justement, il faudrait peut-être poser le problème du rapport de la femme à l'homosexualité masculine.

M. D. — Oui.

X. G. — Je ne sais pas comment ni pourquoi, mais il me semble que souvent les femmes...

M. D. — Il y a deux transgressions qui se rencontrent, non ?

X. G. — Transgression de la femme...

M. D. — ... Et de l'homosexuel.

X. G. — Oui.

M. D. — Homme *.

X. G. — Oui. Souvent les femmes qui ont transgressé quelque chose, en produisant, se plaisent en effet en compagnie d'homosexuels hommes.

M. D. — Oui, je crois que l'homosexualité, en tant que donnée naturelle, n'existe pas, bien sûr.

X. G. — Oui.

M. D. — Je crois que c'est une transgression... d'un ordre différent.

X. G. — Social ?

M. D. — Oui. Et c'est en tant que telles qu'elles se rencontrent, qu'elles rencontrent les autres, si vous voulez.

X. G. — Oui.

M. D. — Il y a toujours eu, au départ de l'homosexualité masculine, un accident qui a fait que la voie, la voie de l'hétérosexualité a été abandonnée, hein, toujours.

X. G. — Et vous pensez que pour les femmes c'est pareil ? Dans la mesure où on a transgressé quelque chose, il y a eu un accident ?

M. D. — Oui.

X. G. — Ça serait quoi ?

M. D. — Seulement, dans l'homosexualité masculine, l'accident est un trauma de l'enfance, c'est sûr. Chez la femme, ça peut survenir beaucoup plus tard. Dans l'âge adulte.

X. G. — Oui.

M. D. — Vous voyez des femmes changer du tout au tout à trente ans ou à quarante ans ou à vingt-cinq ans, et vous ne voyez jamais un homme changer du tout au tout de la même façon.

28

X. G. — Oui. Pourquoi ? Ça serait une conquête de la femme ?

M. D. — Ce changement ?

X. G. — Oui.

M. D. — Ça prouve quelque chose sur son terrain à elle. De son terrain. Ça prouve qu'elle n'est pas dans l'aliénation, justement, aussi profondément qu'elle le pense.

X. G. — Oui, mais est-ce que c'est pas ce qui est difficile, justement, à trouver : quel est le terrain de la femme ? Elle doit bien en avoir un à elle..., mais est-ce que..., est-ce que la société nous laisse la place ?

M. D. — La société a..., est de plus en plus effrayée par la femme..., à juste titre. Je ne vois rien dans l'histoire, enfin, du progrès, si vous voulez, dans l'histoire de la liberté, rien qui soit allé aussi vite que le mouvement de libération de la femme. L'idée révolutionnaire au XIXᵉ siècle a mis dix fois plus de temps, cinquante fois plus de temps.

X. G. — Mais pourquoi, à votre avis ?

M. D. — C'est parti. Rien ne peut plus arrêter ça. Pourquoi ? Parce que, bon, il y eu la double conjugaison du progrès de l'idéal révolutionnaire, n'est-ce pas, qui se présentait déjà tout un..., comme une..., un procédé, une machine à désaliéner, si vous voulez, qui était à notre portée, hein. L'esprit d'analyse, notre esprit d'analyse, il vient de là. Je ne sais pas si c'est à tort ou à raison, mais..., il est marxiste avant tout, vous ne le croyez pas ?

X. G. — Oui.

M. D. — Donc, ça fait qu'il y a tout un pas qui a été évité, qui avait été fait avant et puis, bon, sans doute que c'est..., il y a d'autres conjugaisons qui se sont greffées là-dessus, les mouvements de jeunesse partout dans le monde, une libération de l'homme, de l'homme jeune, qui a donné cet être vacant qu'est le hippie par exemple, qui s'est présenté déjà comme un modèle d'androgynie * presque. L'antihéros, quoi, hein, qui a fait que tout d'un coup, pour la femme, il y a eu un trou, il y a eu un vide à remplir, et comment n'y a-t-on pas pensé avant ? C'est ça le mystère. Parce que... je crois, je ne connais pas bien la question mais il semble que les mouvements de libération d'avant la guerre de 40 étaient de faux mouvements de libération, non ? Vous croyez pas ?

X. G. — Des femmes ?

M. D. — Oui.

X. G. — Mouvement de suffragettes ? Oui, absolument. C'est-à-dire que je crois que c'étaient des mouvements complètement idéalistes, justement, ne faisant pas l'acquis de la critique marxiste.

M. D. — Oui.

X. G. — Matérialiste. Il n'y a que maintenant que ça se produit.

M. D. — Comment appeler ça ? Prenons un autre exemple. Y a pas un... — j'ai déjà dit ça, mais en Angleterre, alors ça fait rien —, quatre-vingts, quatre-vingt-dix pour cent du prolétariat européen est marxiste, je ne pense pas qu'il y ait un ouvrier sur dix qui ne connaisse pas la loi... non, sur dix ouvriers, il y en a pas neuf qui ne connaissent pas la loi de la plus-value. Bon, cette connaissance-là ne suffit pas pour déclencher l'action politique. Il y a quelque chose en plus qui devrait intervenir.

X. G. — C'est quoi ?

M. D. — Je pense à la recherche révolutionnaire actuelle, c'est ça, cet accident qui ferait que l'homme rentrerait dans la lutte politique ; l'homme armé de cette connaissance passerait à l'action. On n'a pas trouvé. Mais je pense que pour la femme cette connaissance est déjà..., agit différemment, si vous voulez, cette connaissance se traduit tout de suite parce que c'est peut-être la première connaissance qu'elle a.

X. G. — Oui...

M. D. — ... Que chez l'homme, ça vient après une infinité d'autres connaissances..., d'usages ; tandis que, la femme, c'est la première qui lui soit propre. C'est la première fois que cette connaissance lui est propre.

X. G. — C'est pas une connaissance — je ne sais pas, je dis comme ça —, c'est pas une connaissance plus organique, plus proche du corps ?

M. D. — Oui, j'appelle ça connaissance... Comment le nommer ?... Oui, c'est peut-être qu'elle la reçoit, oui, corporellement, justement. Un prolétaire... informé, informé de son aliénation, il est politisé, mais ce n'est pas encore un homme politique si vous voulez. Tandis qu'une femme armée, une femme qui..., qui..., informée de son aliénation, est déjà une femme politique.

X. G. — Oui.

M. D. — C'est pour ça que ça va extrêmement vite. Vous êtes d'accord avec ça ?

X. G. — Oui, oui. Je comprends, oui. Mais, ce que je me demandais c'est si, alors, bon, la femme donnant cette première connaissance, première, je ne sais pas, information, ça ne risquait pas, à ce moment-là, d'être repris par l'homme qui, lui, la dit ou l'écrit ou..., parce que c'est quand même son domaine à lui.

M. D. — Traduit, vous voulez dire ?

X. G. — Oui.

M. D. — C'est ça le plus grand danger qu'on court. Parlez des femmes aux hommes, ils vous diront tous : « A notre avis, la femme..., etc. » On rit. Ils ne comprennent pas pourquoi on rit. Je pense que chaque femme devrait faire l'expérience autour de soi ; c'est vertigineux à quel point l'homme est aliéné. Et on a cotoyé ça très longtemps, sans le voir.

X. G. — Sans le voir, sans le dire ; ça commence à se dire maintenant.

M. D. — Sans le dire. Mais c'est véritablement vertigineux. [*Silence.*] L'autre jour, j'ai assisté à une conversation sur le..., c'était le..., ce qui était dit était très simple, c'est qu'une femme commence maintenant à pouvoir voyager seule dans une paix relative, dans les trains, dans les hôtels, dans les rues. On parlait de l'Italie, tout le monde a passé des vacances infernales en Italie, seule, n'est-ce pas, bon, il y avait quelques femmes et un homme, nous parlions de cela, et l'homme a enchaîné sur quoi ? Sur le donjuanisme ! [*Rires.*] Nous parlions des femmes qui avions subi cela et qui ne le subissions plus, qui ne voulions plus le subir. Il s'est trompé de sujet, il pensait qu'on parlait du donjuanisme. Vous voyez des gens qui sont pour la libération de la femme, des gauchistes, anarchistes, enfin..., qui vous disent : « J'aime les femmes, j'adore les femmes ! » Et je dis : « Et les bagnoles ? » [*Rires.*]

X. G. — Oui, ça me fait penser aux colonisateurs qui parlent des colonisés en disant : « Mais nous les aimons beaucoup », et puis ils sont très sincères. « Nous, nous les aimons », ça me fait vraiment toujours penser à ça : « Moi, j'aime les femmes. »

M. D. — « J'adore », même. Avec le..., le : « Qu'est-ce que tu veux ? J'aime les femmes, je suis ainsi fait que je ne peux pas m'en passer ! »

X. G. — Ah oui, comme les bagnoles.

M. D. — Oui. [*Silence.*] Bon, on peut essayer de les éclairer, mais, quand on le fait violemment, il y a une véritable douleur qui se lève chez l'homme.

X. G. — Oui, c'est irrecevable pour un homme. Ils n'aiment pas entendre dire ce qu'ils sont *.

M. D. — Et puis vous croyez..., c'est une opacité, on s'oppose à une opacité, là, une occultation totale, ils ne *voient* pas.

X. G. — Ben oui, mais ils n'ont pas intérêt à voir. Je veux dire, ça remet tellement en question ce qu'il est depuis toujours, et ce qu'il est aussi à travers la littérature, justement. Tout ça, ça s'écroule.

M. D. — Tout s'écroule, oui, pour lui. [*Silence.*] Mais, vous ne croyez pas ? ils vivent tous dans la nostalgie de la violence. Du muscle.

X. G. — Ah, c'est sûr.

M. D. — Il y a un para chez tout homme. Certains osent parler de la nostalgie des guerres, mais je vois que c'est une nostalgie très inavouée, hein ? Il y a le para de la famille, il y a le para de la femme, para d'enfant, para-papa [*rires*], mais ils le sont tous, je crois que tout homme est beaucoup plus près d'un général, d'un militaire que de la moindre femme.

X. G. — C'est bien ce que vous dites. Ça me plaît beaucoup parce que c'est tellement ça.

M. D. — C'est la classe phallique, c'est un phénomène de classe. Faut bien le dire.

X. G. — Oui.

M. D. — Je ne les accuse pas en ce moment.

X. G. — Non, c'est une analyse. Je crois qu'il n'y a pas besoin, non plus, d'avoir une agressivité.

M. D. — Faut attendre que ça se passe, c'est-à-dire

33

faut attendre que des générations entières d'hommes disparaissent.

X. G. — Il y a encore beaucoup de travail à faire, avec les femmes, je veux dire il y a un travail de reconnaissance entre femmes, non ? Parce que les hommes les ont beaucoup divisées.

M. D. — Ben... oui. Il y a une jalousie des hommes, entre les hommes, des hommes entre eux, qui n'existe pas entre les femmes. Vous ne croyez pas, vous ?

X. G. — Je voudrais bien que ce soit comme ça, je ne sais pas. Je crois quand même qu'actuellement elles sont très opposées, très divisées. Je voudrais bien qu'il y ait une connivence, une complicité... Il y a peut-être ça aussi, mais il y a, autour des hommes, une rivalité, une possessivité, non ?

M. D. — Quand une femme... Je viens de découvrir un peintre-femme, un grand peintre femme qui s'appelle Socquet, j'en ai eu une véritable joie. C'est une affaire qui me concerne.

X. G. — Oui. Ça, je comprends très bien, parce que moi aussi je me sens concernée quand il y a...

M. D. — Quand Sarraute a eu son succès avec sa pièce, avec la pièce *Isma,* j'ai éprouvé une véritable joie. Eh bien, je me suis aperçue, à la dire à mes amis, que cette joie était féminine.

X. G. — Ah, oui.

M. D. — Nous ne sommes pas dans la concurrence, puisque nous sommes dans l'opposition.

X. G. — Oui, en tout cas, ça devrait être comme ça.

M. D. — Ce sont les hommes qui tiennent le marché. Alors, évidemment, dans ce commerce-là, ils sont concurrents, mais nous ? [Silence.] On peut parler de la critique, si vous voulez.

X. G. — Ah oui, de la critique masculine. Elle est masculine.

M. D. — Oui. [*Silence.*] Quoi en dire ? On peut en parler peut-être un peu ?

X. G. — Je ne sais pas. Qu'est-ce que, par exemple, la critique, les hommes, ont dit de vos livres ?

M. D. — On en parle très peu, vous savez.

X. G. — Déjà, ça a un sens, aussi.

M. D. — Oui, je vis de mes droits à l'étranger. Je vis en ce moment de mes droits anglais, il y a deux ans, j'ai vécu de mes droits allemands. En France, c'est pratiquement le black-out total.

X. G. — Mais pourquoi ?

M. D. — Je ne sais pas.

X. G. — Ça c'est curieux, par exemple, tout le monde vous connaît et tout le monde vous reconnaît comme écrivain. Alors, qu'est-ce qui se passe ? Est-ce qu'il n'y a pas une conspiration du silence ? Est-ce qu'on accepte, en fait, la femme écrivain ?

M. D. — Ou bien est-ce que nous n'en sommes pas réduites à une clandestinité ? Je ne sais pas. Je me considère en France comme une clandestine.

X. G. — Et ça tient au fait, entre autres, que vous soyez femme ?

M. D. — Oh oui. Dans quelle mesure ? Je ne peux pas le dire.

X. G. — Mais ça entre en jeu ?

M. D. — Croyez-vous ?

X. G. — Ah oui, moi, je crois. Je crois. Moi, je me souviens personnellement d'avoir eu un article dans les

35

Lettres françaises, où le monsieur disait — je ne sais pas ses mots, mais c'était du genre : — « Tiens, tiens, tiens, comme c'est amusant, une femme qui écrit ! » C'était comme ça. C'est quand même quelque chose, non ?

M. D. — Oui.

X. G. — Et il prenait un air très intéressé, comme ça...

M. D. — Vous ne croyez pas que les premières femmes qui ont écrit ont joué le rôle d'enfants terribles de la littérature ? Elles ont fait les clowns pour amuser les hommes.

X. G. — Oui, oui.

M. D. — Colette a fait ça.

X. G. — Oui, c'était à ce seul...

M. D. — C'était le prix.

X. G. — Oui, ... à ce seul prix qu'on les acceptait.

M. D. — Oui.

X. G. — Bon. Mais dans la mesure où maintenant elles ne le font plus, on ne les laisse pas... finalement passer.

M. D. — On va arriver à ceci, c'est que les hommes vont se rattraper d'une autre façon. La littérature féminine va former ce terrain à partir duquel..., ce terrain, ce terrain romanesque, parce que les femmes sont encore dans le roman, pour la plupart — je ne parle pas pour moi, parce que je ne crois pas que ce soient des romans que je fais. Enfin, je vois chez les éditeurs, c'est ça qui prolifère — ils vont exercer encore leur imbécillité théorique là-dessus, c'est-à-dire il y aura une récupération à partir de ça. L'homme est très rassuré quand une femme de H. L. M. qui a six gosses ne fait que parler de ça, de son H. L. M. et de ses six gosses.

X. G. — D'ailleurs, c'est pour ça qu'il lui a fait six gosses.

M. D. — Oui.

X. G. — C'est pas fait pour rien.

M. D. — Alors, l'homme, rassuré, prend le livre de cette femme et commence à légiférer. Enfin, c'est-à-dire : elle ne fait qu'ajouter à une littérature, à une littérature qui lui sert de terreau. Si elle ne parle pas de ces H. L. M., habitant un H. L. M., et de ses six gosses, ayant six gosses, il fait le flic. Il censure. De quoi se mêle-t-elle ?

X. G. — Oui.

M. D. — Il y a pas mal d'hommes qui ont écrit sur moi en disant : « Ah, comme on préférait quand elle était simple ! »

X. G. — C'est vrai ?

M. D. — Oui.

X. G. — Mais justement, moi je crois que l'homme est mis en danger par vos livres.

M. D. — Là, en tout cas, il y a eu un sondage de fait, c'est..., mes lecteurs sont des jeunes.

X. G. — Oui. Hommes et femmes ?

M. D. — Oui. Le sondage ne portait pas sur le sexe.

X. G. — Mais en grande majorité des jeunes ?

M. D. — Oui. Si, j'ai des lecteurs vieux, mais qui s'attachent aux premiers livres.

X. G. — Ah oui. Non, il faut justement quelque chose pour accepter de passer, d'arriver là où vous en êtes, et ça doit pas être donné à tout le monde *. [*Silence.*]

M. D. — Quand on fait un livre de femme, on voit très bien, je trouve qu'on lit de cette double lecture, on lit très bien ce qu'elle se croit obligée de dire, étant femme. Dans la poésie, la transgression est plus simple, plus immédiate. Dans le roman...

X. G. — Dans la poésie, la transgression est plus sim-

37

ple ? C'est drôle. J'arrivais moins à voir une poésie de femmes.

M. D. — Mais c'est ça qu'elles ont commencé à écrire.

X. G. — Justement, il y a tout un domaine qu'on réserve très gentiment aux femmes, qui est le domaine des fleurs, enfin, je veux dire...

M. D. — Des *fioretti* ?

X. G. — Oui. Parce qu'il y a aussi une idée, quand on dit : la littérature de femme, des fleurs, la maternité, il y a tout un...

M. D. — La nature.

X. G. — La nature, bien sûr ! Et ça c'est une écriture, finalement, d'homme, c'est-à-dire l'image qu'elles se font d'elles-mêmes, c'est une image d'homme, ces femmes-là, non ?

M. D. — Oui, bien sûr, comment voulez-vous qu'il en soit autrement ? La bonne à tout faire qui va danser se déguise en bourgeoise. La femme qui écrit se déguise en..., en homme.

X. G. — Oui, c'est-à-dire qu'elle pense que, pour avoir accès à la littérature, il faut qu'elle devienne un homme.

M. D. — Oui, ça commence toujours par cette singerie. C'est le premier travail à faire, ça.

X. G. — Se reconnaître comme femme ?

M. D. — Oui et je n'y ai pas échappé. A vingt ans, quand on me disait : « C'est presque d'un homme », j'étais flattée.

X. G. — Mais oui, bien sûr.

[*Interruption. Bande effacée.*]

X. G. — ... Alors que vous ne croyez pas que la force, elle est chez la femme ?

M. D. — Ah, ça, j'en suis absolument sûre. L'homme n'est pas fort ; il est turbulent.

X. G. — Voilà. Je suis absolument de votre avis. C'est pour ça qu'il veut être para, c'est parce qu'il n'est pas fort. La femme n'a pas besoin de ça. Et je crois qu'il y a une force dans le désir féminin, dans la sexualité féminine, immense, que l'homme n'a pas tellement envie de connaître. Et ça, c'est dans vos livres. Moi, je les ressens comme ça. C'est dans vos livres qu'il y a la force du désir féminin et c'est pas tellement agréable, je suppose, pour les hommes, pour les hommes qui se prennent pour des hommes. Alors, je vois ça comme une force calme..., silencieuse, d'autant plus forte qu'elle est silencieuse et calme, qu'elle est... — je sais pas comment dire, j'allais dire : en demi-teinte, c'est absurde parce que c'est encore féminin, au sens de fleur —, c'est pas ça, c'est... souterraine, un petit peu souterraine, c'est-à-dire pas une force revendicative, pas une force...

M. D. — Mais, potentielle ?

X. G. — Oui.

M. D. — Avant tout potentielle, peut-être.

X. G. — Potentielle... euh... enfin, elle est là, elle est réalisée, d'une certaine façon. Potentielle, ce serait pas encore réalisée. C'est réalisé, mais c'est...

M. D. — Vous parlez de mes livres ou de la vie ? [*Rires.*]

X. G. — Je parle dans vos livres. La force des femmes qui apparaît dans vos livres. Dans vos livres, elle est là. Dans la vie, elle serait potentielle.

M. D. — Mais elle n'est pas assouvissante, dans mes livres.

X. G. — Non, pas du tout.

M. D. — Mais peut-être que, la faiblesse de l'homme, elle est justement dans cet assouvissement si simple.

X. G. — Oui..., oui. C'est pour ça aussi que je pense qu'on ne peut pas ne pas savoir que c'est une femme qui écrit vos livres, parce que il n'y a pas du tout cette..., le modèle de la sexualité masculine, avec l'excitation, l'assouvissement et c'est fini et ça recommence. C'est pas ça pour une femme et dans vos livres les hommes doivent être perdus, parce qu'il y a toujours la tension, très forte, et elle n'est jamais satisfaite.

M. D. — Chez l'homme, vous voulez dire ?

X. G. — Non. Dans vos livres, il y a une tension érotique, qui jamais ne peut se satisfaire.

M. D. — Oui...

X. G. — Il me semble, je le ressens comme ça.

M. D. — On peut tout dire, hein, vous en prendrez ce que vous en voudrez. Pourtant j'ai eu une vie..., j'ai eu une vie sexuelle... effective — comment dire ça poliment ? [*Rires*] —, très... nombreuse, mettons. Et... très violente. Avec des hommes.

X. G. — Oui. Et pourquoi vous dites « pourtant » ?

M. D. — Parce que cette espèce de contention, si vous voulez, de..., de contenu qui jamais ne se répand..., oui, ça pourrait apparaître comme un... désir — enfin, désir, n'employons pas le mot « désir », laissons-le dans son étendue —, comme un ratage dans une vie, un ratage...

X. G. — Ah, oui. Mais je ne voyais pas ça comme ça.

M. D. — Vous ne voyez pas le lien ?

X. G. — Non.

M. D. — Oui, moi je le vois un peu scolairement.

X. G. — Je ne voyais pas du tout au sens de ratage. Je voyais au sens de force qui ne s'épuise pas et non pas qui ne trouve pas de satisfaction. Quand j'ai dit qu'elle ne trouve pas de satisfaction, je ne veux pas dire : malheureusement, elle n'a pas trouvé de satisfaction. Je veux dire : elle ne peut pas.

M. D. — Oui, c'est dans sa définition.

X. G. — Parce qu'elle a cette puissance, parce qu'elle a cette force...

M. D. — C'est ça. Ah oui.

X. G. — ... qui la fait toujours vivre. Moi, je trouve qu'au contraire ce que vous me dites de votre vie va très bien avec, c'est-à-dire que vous, vous vivez une vie sexuelle, mais il y a très peu de femmes, finalement, je crois, encore, qui...

M. D. — Mais je crois que les femmes ne la vivent pas parce que on ne peut pas demander aux femmes de..., de n'aller..., de ne frayer qu'avec des femmes, n'est-ce pas, mais je crois que les femmes ne la vivent pas parce qu'elles ont encore une peur moyenâgeuse de l'infidélité *. Ça aussi, faudrait quand même les en sortir. C'est l'expérience plurielle qui peut vous sortir de là.

X. G. — Oui. Mais ça c'est sûr, je crois qu'elles sont encore très enfermées dans...

M. D. — Ah oui. C'est la barbarie totale.

X. G. — Il leur faut un mari ou un amant, n'importe, mais un homme, leur homme, enfin. Et ça, voilà encore une chose que vos livres balaient... comme ça ! qu'est-ce que ça veut dire, « possessivité », « fidélité », pour Max Thor, par exemple, et Alissa, ça n'a pas de sens.

M. D. — Non, ça n'a plus de sens du tout.

X. G. — C'est complètement balayé, je crois.

M. D. — Et l'amour est vécu.

X. G. — Oui.

M. D. — Et l'amour est vécu. Ce qui est à craindre, je vois beaucoup de jeunes, je ne vois que ça, c'est que l'amour n'est pas vécu, peut-être qu'il faut que ce temps-là passe. C'est..., c'est assez dramatique. C'est peut-être une sorte de pari pascalien, ils font l'amour..., ils font l'amour, ils le font, ils le font, beaucoup. Enfin..., sans..., sans passion..., qu'est-ce que vous pensez de ça ?

X. G. — Oui, j'y pensais, j'attendais que vous le disiez, je pensais au mot « passion » et effectivement je pense que c'est..., ça risque de manquer. Mais c'est peut-être passager. C'est peut-être le fait qu'on a plus de possibilités. Il me semble que ça s'ouvre, quand même, le champ sexuel.

M. D. — C'est très facile. C'est simple. Toutes les barrières, à peu près, ont été..., dans la jeunesse, enfin.

X. G. — Oui, dans une certaine jeunesse.

M. D. — Dans une certaine jeunesse, mais enfin on parle de celle-là.

X. G. — Oui, ils se jettent un peu, comme ça, et la passion, ça reviendra après, non ?

M. D. — C'est quand même impressionnant. Il y a une sorte de décoloration sexuelle...

X. G. — Ils ont un peu peur, aussi, enfin.

M. D. — ... de no man's land.

X. G. — Ils en parlent beaucoup et ils ont très peur. Aussi bien les garçons que les..., plus les garçons que les filles, même. Je veux dire peur de vivre quelque chose, une passion.

M. D. — Vous croyez qu'elle est évitée ou elle ne survient plus ? Qu'ils ne donnent plus prise ?

X. G. — Ils essaient de ne pas donner prise.

M. D. — J'ai un fils de vingt-cinq ans qui nous reproche, à son père et à moi, d'avoir vécu onze ans ensemble, qui ne *connaît* pas la jalousie. C'est lettre morte.

[*Bande effacée.*]

42

Il y a un mode d'emploi de la femme qui est dicté par l'homme.

[*Bande effacée.*]

Ils font si elles sont... d'accord, je ne sais pas.

X. G. — Oui, quand vous dites : « Les femmes sont partagées », évidemment...

M. D. — Quand l'amour vient, c'est souvent chez une femme que l'amour surgit, il est immédiatement puni. C'est toute une société qui vit sur ce mode-là.

X. G. — Parce que quand même les femmes ont toujours joué ce rôle d'objet partagé, enfin, partagé, euh..., objet d'échange, objet de circulation.

M. D. — Oui, mais s'il y a prostitution de la femme — pour employer ce mot usé et qui..., faute d'un autre, mettons, employons-le —, s'il y a prostitution de la femme, il faut qu'elle soit voulue par elle. Elle ne doit pas être dictée par l'homme et c'est un peu ce qui se passe dans la jeunesse. Je connais des cas tragiques.

X. G. — Et vous croyez qu'elles jouissent, ces femmes ?

M. D. — Je suis persuadée que non.

X. G. — C'est ça la question que je me suis posée.

M. D. — Alors ça, nous sommes dedans..., dans un périmètre duquel l'érotisme est complètement banni, d'une misère, d'une pauvreté érotique qui rejoint rigoureusement, alors, le périmètre de nos pères et mères et de nos grands-parents.

X. G. — C'est là que c'est inquiétant.

M. D. — C'est des femmes violées. Ça n'arrivait pas toujours, mais, quatre-vingt-dix fois sur cent je pense que la femme vivait dans un viol légal.

X. G. — Certaines femmes disent que le viol, c'est pas du tout..., enfin, c'est aussi quand une femme est violée au coin d'un bois, mais que c'est presque toujours dans le rapport sexuel et que très souvent elles ont vécu ça comme un viol, même quand elles étaient d'accord.

M. D. — Elles ont vécu ça comme... ?

X. G. — Comme un viol.

M. D. — Du moment que la chose est pas formulée, est-ce qu'il y a viol ?

X. G. — Enfin, elles la considèrent comme un viol dans la mesure où elles le ressentent comme ça.

M. D. — Elles le disent maintenant ?

X. G. — Oui. Peut-être qu'il y a viol si la femme ne jouit pas. Enfin on pourrait le dire comme ça, c'est-à-dire..., enfin..., c'est vraiment pas la peine pour elle de faire l'amour si elle ne jouit pas.

M. D. — Oui, si la femme jouit, il n'y a plus de viol, jamais, parce qu'elle désire faire l'amour. [*Silence.*]

X. G. — Encore que..., oui, c'est peut-être aussi une des contradictions, c'est-à-dire que peut-être que... euh... il y a un désir de viol chez certaines femmes.

M. D. — J'ai cru très longtemps que la frigidité, c'était une fable, un jésuitisme. Et, en fait, beaucoup de jeunes m'en parlent.

X. G. — Mais moi, ce que je pense, pour la frigidité, c'est que beaucoup d'hommes sont frigides. Je veux dire qu'ils ont un plaisir organique, bon..., éjaculation, enfin bon, mais qu'ils ne ressentent pas..., ils n'ont pas de corps. Ils n'ont pas un plaisir du corps *.

M. D. — Ce monde des jeunes dont je vous parle, qui me terrorise — je sais pás s'il faudra en parler dans l'article, je crois pas, c'est autre chose —, justement c'est ça. Ça se passe en trente secondes, comme une défécation. C'est d'une extrême gravité. [*Silence.*] Mais une femme satisfaite sexuellement se voit à cent mètres.

X. G. — Oui !

M. D. — C'est vrai. [*Silence.*] Le..., je pense que le lien érotique dans le couple était mal vu, a toujours été très mal vu, non ? [*Mots inaudibles*] l'époque moderne.

X. G. — Comment ça ?

M. D. — Il était mal vu, un mari et une femme qui étaient en même temps des amants, c'était mal vu. Mais il est encore mal vu. De ce point de vue, ça ne progresse pas. Vous me direz que nous nous éloignons de notre sujet, mais je ne crois pas.

X. G. — Non..., non...

M. D. — Je connais un couple, parmi tous ces jeunes, un seul, un couple d'amants, mais les autres trouvent ça inadmissible.

X. G. — Ah oui. Je vois encore beaucoup de très jeunes, finalement encore très couples.

M. D. — Vous croyez pas que c'est plutôt une association ? Ça resssemble à des associations fraternelles.

X. G. — Peut-être, oui. Un côté copain.

M. D. — Oui.

X. G. — Il y a un côté militantisme ensemble.

M. D. — Mais ils n'ont rien des signes extérieurs de la passion, cette espèce de brûlure, d'incendie, d'atteinte mortelle, il faut dire. Ça, ils ont pas ça.

X. G. — C'est effrayant ce que vous dites là. Ça voudrait dire que...

M. D. — C'est peut-être un passage à blanc. L'autre jour j'ai eu une conversation avec une amie, intime. Elle me disait : « Je vais acheter un lit plus grand, j'ai un petit lit. Pour faire l'amour, c'est plus pratique. Tu vois pas où je pourrais acheter un lit. » Je lui dis : « Tu sais, moi je parlais jamais de ça. Je le faisais, mais personne ne le savait. C'est comme si tu me disais : Je vois *du* cinéma. » Elle m'a dit : « Tu ne peux sans doute pas comprendre. » Et je lui ai dit : « Tu ne peux, toi non plus, comprendre. » L'adultère était un..., un épouvantail, mais, enfin, le conditionnement érotique de l'adultère est irremplaçable *.

X. G. — Mais avec, aussi, la culpabilité que ça pouvait entraîner ?

M. D. — Ah, bien sûr, qui érotisait aussi le rapport. L'érotisation arrivait de tous les côtés, y compris la peur, la peur physique, la peur de la colère, de la violence du mari, la peur d'être tuée.

X. G. — Oui. On ne risque plus d'être tuée actuellement.

M. D. — Non. En Afrique encore, en Espagne...

X. G. — Oui, mais à quel prix ?

M. D. — ... Mais dans l'Occident du Nord...

X. G. — Mais avec une aliénation de la femme tellement grande. Non ?

M. D. — Ah oui.

X. G. — C'est ça. Ça me fait penser à autre chose encore, dans vos livres — j'y reviens toujours, mais... —, il y a une... — ça va pas du tout, ce mot, mais enfin tant pis — ... de l'exhibitionisme et du voyeurisme.

M. D. — Je trouve aussi.

X. G. — Ça va pas du tout, ces mots. Je sais pas ce qu'il faudrait dire ?

M. D. — Il y en a eu, tant que je n'ai pas trouvé l'homme, la troisième personne, l'intercesseur, par exemple l'homme qui marche sur la plage.

X. G. — Oui, dans *l'Amour*.

46

M. D. — Dans *Détruire,* c'est le troisième.

X. G. — Mais, dans *Détruire,* ils laissent encore bien la fenêtre ouverte, leurs rideaux ouverts.

M. D. — Oui, mais Stein est le troisième homme, le témoin, le voyeur. Mais là, il est officiel, il est posé comme tel.

X. G. — Et dans *le Ravissement !* Dans le champ, c'est extraordinaire, ça !

M. D. — Oui. Mais qu'est-ce que c'est que cette troisième personne ? C'est seulement celle qui est informée, c'est celle qui provoque, non ?

X. G. — Qui provoque et qui jouit aussi, non ?

M. D. — Oui. Il y a une sorte de circulation, si vous voulez, de la jouissance.

X. G. — Oui. [*Silence.*] C'est vrai que, d'une certaine façon, l'amour ne se fait qu'à trois. C'est-à-dire que le tiers, même et surtout s'il n'est pas là, est-ce qu'il faut pas qu'il y en ait un, pour que ça continue à circuler, le désir ? Comme dans le triangle de *l'Amour,* le triangle qui se défait et se reforme.

M. D. — Oui. Je voudrais bien qu'on l'élucide, ça. C'est très obscur. J'ai fait un premier roman, un premier script. *Détruire,* c'était pas un premier..., ça existait, c'était « La Chaise longue ». Il n'y avait pas Stein et le livre est arrivé vraiment avec Stein qui, lui, ne fait pas l'amour.

X. G. — Oui, il regarde, il sait.

M. D. — C'est une sorte de parasite, en somme. Oui, il regarde, il sait.

X. G. — Il a quand même un rôle de savoir, d'un certain savoir, d'une connaissance, non ?

M. D. — Oui, mais sans doute connaît-il la jouissance, oui. Et vous croyez que ce troisième personnage, ce n'est pas l'écriture ? Vous croyez qu'on le retrouve... ailleurs ?

X. G. — Je pense, tout bêtement, au triangle œdipien.

M. D. — C'est-à-dire ?

X. G. — C'est-à-dire le père, la mère, l'enfant. Si l'enfant désire la mère, il faut qu'il y ait le père, à côté, bon, qui interdit, mais qui n'interdit pas seulement, qui est là et qui...

M. D. — Et qui soit le rival.

X. G. — Oui, qui complique, en tout cas.

[Interruption, téléphone. Puis, nous regardons ensemble un texte écrit par Marguerite Duras dans un livre d'Alain Vircondelet : « Marguerite Duras », Ecrivains d'hier et d'aujourd'hui, Seghers.]

M. D. — Ce n'est plus supportable.

X. G. — C'est écrasant.

M. D. — J'ai voulu voir, un peu, ce que j'ai dit.

X. G. — Oui, ça c'est très intéressant, sur l'aptitude à l'intelligence, des femmes. Je ne sais pas si on pourrait parler de ça.

M. D. — Vous voulez pas un verre de vin ?

X. G. — Ah si, je veux bien.

[Interruption.]

M. D. — On parlait de ça dernièrement, quelqu'un me demandait comme ça pour des entretiens, un peu partout — sur la demande des gens, d'ailleurs — bien que je ne sache pas parler. Ecrire, c'est différent, tout à fait différent. Eh bien, c'est que les gens s'aperçoivent que le discours théorique pur, ils en ont marre. Ça, c'est féminin, parce que j'essaye, c'est le discours organique, si vous voulez, puisque je n'ai pas de référence.

X. G. — Ça rejoint tout à fait ce que vous dites là *,

que l'homme met une main théorique et rapide sur les balbutiements.

M. D. — Vous avez vu sur Mai 68 ? C'est très dur.

X. G. — Mais c'est très bien, c'est très, très bien, très, très important et je pense lorsque vous dites, le silence, que l'homme empêche que le silence s'entende et, encore une fois je reviens à vos livres, c'est tellement rare, dans vos livres le silence s'entend. Il y a une place pour le silence, une place très grande. Non ?

M. D. — Oui.

X. G. — Et ça, je crois aussi qu'il n'y a qu'une femme qui peut faire entendre le silence.

M. D. — C'est peut-être ça qui fait que je ne lis plus.

X. G. — Oui, parce que c'est trop bavard. Et puis, aussi, immédiatement, les femmes, les fous, pas l'assimilation mais le rapport que vous faites entre les femmes et les fous, c'est quoi ? Ça m'intéresse aussi. J'ai lu un livre de poèmes d'une femme qui s'appelle Jacqueline..., non, Thérèse Plantier. Elle a fait une préface où elle commence par dire : « S'il est un fou, c'est bien la femme. »

M. D. — Oui, moi je dis : les enfants, et les femmes.

X. G. — Oui, mais alors pourquoi ?

M. D. — Un enfant de moins de cinq ans, c'est un être complètement fou.

X. G. — Et une femme ?

M. D. — Ah oui, elle est beaucoup plus proche de la folie... Du moment qu'elle est beaucoup plus proche de toutes les transgressions.

X. G. — C'est ça. C'est comme transgression. Mais, ce qui me gêne dans la comparaison avec l'enfant — avec le fou, je comprends très bien, mais avec l'enfant —, c'est, s'il y a une transgression, elle est complètement innocente et complètement...

M. D. — Je ne la compare pas à l'enfant, je dis : ils sont fous, les enfants et les femmes.

X. G. — Ah oui.

M. D. — Non, je ne dis pas une seconde que la femme est un enfant, non, non... Ce que je dis là, c'est..., enfin, je lis la fin * : « "Je vous rencontre, je vous regarde, je vous parle, je vous quitte." Et puis, ça se passe comme ça : "Elle l'a rencontré, elle l'a regardé, elle lui a parlé, elle l'a quitté." Et puis un troisième stade arrive : "Qu'est-ce qui est arrivé ?" Et puis, le dernier : "Il est arrivé ceci pour la raison qu'il s'agit de moi." "Dans mon ombre interne où la fomentation du moi par moi se fait, dans ma région écrite, je *lis* qu'il s'est passé cela. Si je suis un professionnel, je prends le stylo et la feuille de papier et j'opère la conversion de la conversion. Qu'est-ce que je fais, ce faisant ? Je tente de traduire l'illisible en passant par le véhicule d'un langage indifférencié, égalitaire. Je me prive donc de l'intégrité de l'ombre interne qui, en moi, balance ma vie vécue. Je m'enlève de la masse intérieure, je fais dehors ce que je dois faire dedans." On peut le dire de la femme..., de l'homme. Ça, on peut le dire. "Je me mutile de l'ombre interne, dans le meilleur des cas. J'ai l'illusion que je fais de l'ordre alors que je dépeuple, que je fais de la lumière alors que j'efface. Ou bien on fait toute la lumière et on est fou. Les fous opèrent *dehors* la conversion de la vie vécue. La lumière illuminante qui pénètre en eux a chassé l'ombre interne mais la remplace. *Seuls les fous écrivent complètement.*" C'est ça. "N'importe qui est plus mystérieux qu'un écrivain." N'importe quelle femme est plus mystérieuse qu'un homme. N'importe laquelle. Je peux le dire aussi. »

50

X. G. — Est-ce qu'on peut dire qu'il n'y a que les femmes qui écrivent complètement ?

M. D. — Oui. Peut-être il n'y a que les femmes qui écrivent.

X. G. — De toute façon je pense que les écrivains-hommes, pour écrire, il faut qu'ils soient des femmes, aussi. Non ?

M. D. — Ah oui, ça, c'est certain, ou bien ça donne une horreur montherlanienne.

X. G. — C'est ça, oui.

M. D. — C'est fini. C'est déjà pas mal. C'est fini.

X. G. — Mais alors, ce mouvement qui porte vers la lumière — je ne sais pas comment vous dites ; ces phrases sont tellement belles — mais enfin ce que vous dites là...

M. D. — J'ai essayé d'être claire.

X. G. — Est-ce que...

M. D. — Mais je m'aperçois — j'ai relu tout ça avant de vous voir —, je m'aperçois que, quand je parle de moi, je parle d'une femme.

[*Fin de la bande.*]

DEUXIEME ENTRETIEN

N., mercredi 4 juillet

X. G. — C'est difficile, pour moi, de parler de *la Femme du Gange,* maintenant que je viens de lire le script. Je suis complètement sous le choc, de ça. J'ai l'impression que c'est une sorte de maximum de ce que vous avez pu écrire. Ça n'a jamais été aussi fort, aussi beau et aussi perturbant, c'est-à-dire qu'on se perde autant dedans. Je suis complètement perdue. Je vais vous dire : il y a un mot qui m'a gênée.

M. D. — « Impossible ? »

X. G. — Non. « Héros ». A un moment vous dites : « Les héros du bal », parce que tout ce qui se passe et tout ce que vous dites, c'est pas des héros du tout, il n'y a plus la personne ; l'identification à une personne n'est pas possible.

M. D. — J'ai cherché. Je me souviens avoir cherché le mot et je ne l'ai pas trouvé.

X. G. — Vous voyez pourquoi je vous dis ça — c'est juste un mot, c'est un détail —, mais parce que, dans tout l'ensemble, j'ai eu l'impression d'être perdue, en tant que personne, que ça n'existait plus et c'est pour ça que c'est presque choquant, ce mot de héros. C'est l'inverse de ça *. Dans le script de *la Femme du Gange,* il n'existe plus des individus, puisque le désir passe de l'un à l'autre et qu'il n'appartient pas à l'un plutôt qu'à l'autre.

M. D. — Oui, et puis, dans l'héroïsme, il y a une volonté d'héroïsme, tandis que là il n'y en a pas. Tout le monde subit. On m'a dit que c'était un suicide, le film. Des jeunes l'ont vu à Digne, ils se sont réunis et puis ils sont venus me voir ; ils étaient extrêmement agressifs, enfin agressifs parce que c'est comme si je n'avais pas mérité mon film. C'est étrange. Ils m'ont dit de le murer, de ne le montrer à personne, parce que personne, sauf eux, à dix-huit ans, ne pouvait comprendre cela. Ça m'a fait très peur, parce qu'ils m'ont dit : « Après ça, vous n'avez plus rien à faire. » Alors j'ai dit : « Je vais essayer de faire autre chose. » J'ai essayé de me sauver la peau. Alors, ils m'ont dit : « Bon, essayez. »

X. G. — Ça, je crois que c'est parce qu'on arrive à ce point maximum, très difficilement supportable et peut-être on a l'impression qu'on ne peut pas aller plus loin. Jamais les choses n'ont été autant nues.

M. D. — Il y a quatre livres ensemble.

X. G. — Il y a *l'Amour, le Vice-consul, le Ravissement.*

M. D. — Et le film. Il y a trois livres et un film.

X. G. — Je sais que pour moi ce sont ces trois livres — avec *Détruire,* mais certainement ces trois livres davantage — qui m'ont le plus bouleversée, le plus touchée. Ils ne sont pas mis ensemble, mais de chacun le plus fort est repris là.

M. D. — Brûlés, un peu. Parce que l'histoire de chacun est méprisée, sauf l'histoire du bal.

X. G. — L'histoire du bal, qui est toujours le point de départ.

M. D. — Et puis il y a ce couple que j'ai toujours négligé : Michael Richardson et Anne-Marie Stretter.

X. G. — ... Et qui là apparaît, sur scène.

M. D. — Ça fait quelques lignes, dans *le Ravissement* et dans *le Vice-consul,* quelques lignes.

X. G. — Dans *le Vice-consul,* elle m'avait beaucoup fascinée, cette femme. Elle est très impressionnante. Mais pourquoi, à votre avis, ils ont parlé de suicide ? De qui ?

M. D. — Ils ont dit que ce qu'ils cherchaient, c'était être eux-mêmes, et que j'y étais arrivée, moi, à être moi et que ce fait d'y arriver était un suicide, c'était un suicide de tous les autres possibles de soi.

X. G. — Alors, c'est peut-être ça que je voulais vous dire, en disant qu'il n'y a plus d'identité.

M. D. — Oui, c'est peut-être à force de ne pas exister, quelquefois je pense ça.

X. G. — Si. C'est une existence, au contraire, c'est l'existence la plus forte. Identité, je veux dire, quelqu'un qui se croirait maître de lui, de ses désirs, étant une personne entière et sûre, ayant une volonté, et tout ça, ça s'est perdu.

M. D. — Vous parlez d'eux ou de moi ? Parce que quand je dis que je n'existe pas, c'est à force de ne pas exister, moi, que cela existe tant...

X. G. — ... peut passer.

M. D. — ... ces gens-là.

X. G. — Eux ne donnent pas cette illusion qu'on a dans la plupart des romans et les films aussi, que ce sont des personnes pleines.

M. D. — Ils sont complètement désassortis, délogés de la société, complètement.

X. G. — Et c'est pour ça que c'est effrayant, c'est qu'ils sont complètement traversés, par quelque chose qui est plus fort qu'eux et qui est le désir.

M. D. — C'est ça, c'est un détachement, mais organique en tout cas, physique. Il leur est arrivé quelque chose qui les a sortis de là. Mais quoi ?

X. G. — Certainement que pour le lecteur — en tout cas, pour moi — c'est ça aussi. C'est que ça m'oblige à me déprendre un petit peu de moi-même. C'est pour ça que ça m'effraie en même temps. C'est que, comme eux sont traversés par ça, le livre me traverse.

M. D. — Vous reconnaissez quelque chose, alors ?

X. G. — De moi ?

M. D. — Vaguement ? Quelque chose que vous auriez voulu ?

X. G. — Mais je reconnais tout. Tout entièrement, ... mais pas quelque chose qui soit identique à moi, mais quelque chose qui soit ce qui est en moi et que peut-être j'essaie de masquer, en vivant, de colmater.

M. D. — Parce que, en général le refus de la société, il est d'ordre révolutionnaire ; il est politique. Là aussi sans doute.

X. G. — Entièrement politique.

M. D. — Entièrement politique, mais pas concerté. Il est violent, le refus de la société, il se traduit par un départ, par un refus, une action quelconque. Là, non. Ils sont immergés dans le refus et je ne vois comment ça a commencé, comment ils ont été séparés de la société. C'est comme une naissance, toujours, d'ailleurs, il y a des parturitions. C'est comme un monde liquide.

56

X. G. — Mais comment, à chaque fois, y a-t-il cette sorte d'accident ?

M. D. — ... Qui précède le refus, la séparation ? Mais je ne sais pas, voilà, c'est ça qui est étrange. Je les trouve déjà installés. Quand j'ai commencé le film ou *l'Amour,* c'était déjà là. Alors, il faut croire qu'il y a eu un livre avant ça que je n'ai pas aperçu, ou bien qui ne m'intéresse pas. Un livre qui serait ça, cette séparation, la séparation d'avec la société, qui porterait sur le fait de la séparation. Et dans les livres que j'ai écrits, ils sont déjà séparés, depuis très, très longtemps.

X. G. — Mais, est-ce que les livres que vous avez écrits avant ne permettent pas que cela puisse être écrit ? Je pense, par exemple, *les Petits Chevaux,* que je viens de lire. Finalement, je suis très contente d'avoir lu vos autres livres avant, parce que j'ai l'impression que là, quelque chose va se dessiner et que, d'une certaine façon, tout est en place, par exemple, leur écrasement, dans *les Petits Chevaux,* c'est par le soleil.

M. D. — Oui, séparés, déjà, par le soleil.

X. G. — Ça permet que eux, ensuite, puissent vivre ça, puissent entrer dans l'espace où ils vivent, par exemple ceux de *la Femme du Gange.*

M. D. — C'est très possible. J'ai jamais pensé à ça.

X. G. — Et en même temps, dans *les Petits Chevaux,* c'est encore un livre qui fait moins peur, qui est plus proche des livres qui peuvent s'écrire.

M. D. — Ah oui, il ne fait pas peur du tout.

X. G. — Mais on sait, quand on a lu vos autres livres, que ça peut se passer, que tout peut se passer à partir de là, parce que, dans *les Petits Chevaux,* c'est encore plein de choses autour.

M. D. — Oh, c'est aussi de la psychologie.

X. G. — Oui, et puis après tout ça se décante, les choses inutiles et tout le psychologisme, c'est vrai et c'est pour ça qu'on est affrontés très brutalement, très directement, à ce qui se passe dans *l'Amour,* dans *le Ravissement.*

M. D. — Je trouve que *le Marin de Gibraltar* y préparait davantage que *les Petits Chevaux.*

X. G. — *Le Marin de Gibraltar* aussi. J'ai pensé que notamment l'amour de cette femme pour le marin, l'être complètement inexistant et, à la fois, existant avec énormément de force...

M. D. — Cet état déjà sursitaire..., voyez. Tout amour qu'elle vit s'inscrit dans l'attente d'un amour, de l'amour du marin de Gibraltar. Ça, ça a déjà une parenté avec ce que je fais maintenant. Mais évidemment, entre *les Petits Chevaux de Tarquinia* et *la Femme du Gange,* il y a un siècle.

X. G. — Ce qui serait intéressant de savoir, c'est par quel itinéraire, pour vous, cela a pu passer, que vous ayez réussi à vous arracher, en somme, de tout ça.

M. D. — Je croyais que c'était ça qu'il fallait faire.

X. G. — Et c'était sûrement plus sécurisant.

M. D. — Oh, je pourrais en faire un, en quinze jours, de livre comme ça. J'ai cette vulgarité en moi. Je l'ai. C'est une sorte de facilité, que j'avais à l'école, vous savez, la même. Je peux torcher un livre en trois semaines, n'importe quoi. *La Musica,* qui s'est jouée dans le monde entier, elle est de cette veine-là.

X. G. — Oui, c'est pareil, on sent aussi ce qui peut venir, mais on n'y est pas encore.

M. D. — *Suzana Andler,* ça se détache déjà beaucoup plus sur la mort. C'est quand même aussi très facile. C'est curieux, il y a ça ; il y a ces deux choses. Pendant très longtemps, j'étais dans la société, je dînais chez des gens. Tout ça était un tout. J'allais dans les cocktails, j'y voyais des gens... et je faisais ces livres-là. Voilà, et puis, une fois, j'ai eu une histoire d'amour et je pense que c'est là que ça a commencé. Je ne vous en ai pas parlé, je crois ?

X. G. — Non.

M. D. — Une expérience érotique très, très, très violente et — comment dire ça ? — j'ai traversé une crise qui était... suicidaire, c'est-à-dire... que ce que je raconte dans *Moderato cantabile,* cette femme qui veut être tuée, je l'ai vécu... et à partir de là les livres ont changé... J'ai pensé à ça depuis deux ans, deux, trois ans, je pense que le tournant, le virage vers..., vers la sincérité s'est produit là. Et, comme dans *Moderato cantabile,* la personnalité de l'homme avec qui je vivais ne comptait pas. Enfin, ce n'était pas une histoire..., je dis une histoire d'amour, mais c'était une histoire..., — comment dire ? — sexuelle. J'ai cru que je n'allais pas m'en sortir. C'était très étrange. Parce que je l'ai racontée de l'extérieur dans *Moderato cantabile,* mais je n'en ai jamais parlé autrement. Si, j'en ai parlé à une ou deux personnes, mais vaguement, je n'ai jamais approfondi. Alors, qu'est-ce qui s'est passé ? Pourquoi ? Pourquoi ça a déblayé la facilité ?

X. G. — Ça a été une rupture d'avec tout un entourage, d'avec une tranquillité.

M. D. — Ça a été une rupture en profondeur. J'ai continué à mener une vie mondaine et puis un jour..., petit à petit, plutôt, ça a cessé complètement.

X. G. — Est-ce que vous avez eu l'impression, à ce moment-là, dans cette histoire, d'être submergée par quelque chose de plus fort... ?

M. D. — Ah oui, c'était plus fort que moi.

X. G. — Et c'était la première fois, que vous aviez cette impression ?

M. D. — Oui, c'est-à-dire, j'ai traversé des moments dangereux, dans ma vie, je sais, mais ils n'étaient pas vécus consciemment, tandis que là je savais clairement ce que je voulais. Ce thème revient constamment.

X. G. — C'est ça, oui.

M. D. — Il y avait déjà « Tu me tues » dans *Hiroshima*. Je l'avais écrit ; je ne l'avais jamais, jamais vécu.

X. G. — Pourtant, comme on le ressent dans *Hiroshima* !

M. D. — Et c'est l'année d'après que j'ai écrit *Moderato cantabile*. J'aurais envie de le tourner, tenez, ça.

X. G. — Sans l'écrire avant ?

M. D. — Non. Tourner *Moderato cantabile*. Le retourner, avec des moyens pauvres. Enfin, ça c'est une autre question.

X. G. — Mais est-ce que depuis *Moderato* ça ne s'est pas encore décanté, votre écriture, la façon de dire, tout ça ?

M. D. — Ah oui, beaucoup.

X. G. — Ça va de plus en plus vers un dépouillement de tout ce qui, finalement, n'est qu'accessoire.

M. D. — Oui, mais dans la vie aussi, voyez. Je pense que la vie que je mène est quelquefois, est tellement... dure..., je trouve..., vue de l'extérieur ; c'est dur d'être avec l'écriture, comme je fais..., ou les films..., oui, je finis ma phrase : ... tellement dure que je m'esquinte. Il faut peut-être que je cesse un peu. Surtout dur parce que c'est..., c'est pas surtout : dur *aussi*... parce que les gens comprennent mal ce que je fais. Il y a un silence général sur moi. Ça ajoute à la solitude, forcément. Enfin, ça compte

pas beaucoup, ça, quand même. C'est difficile de vivre...
très.

X. G. — Mais est-ce que vous ne croyez pas que, si les
gens comprennent mal ou refusent de comprendre, vous
enterrent dans un silence, c'est parce qu'ils n'ont pas envie
d'être confrontés à ça aussi brutalement, c'est une confron-
tation très, très difficile à recevoir ?

M. D. — Peut-être. Oh, il y en a beaucoup, il faut dire
quand même, qui comprennent, qui rentrent, je veux dire
— comprendre n'est peut-être pas le terme. Mais, je suis
connue autour de ce que je fais. C'est bien étrange, ça aussi.
Je suis très connue, mais pas de l'intérieur. Je suis connue
autour, voyez, pour de mauvaises raisons, souvent.

X. G. — Oui, c'est bien possible. J'ai eu l'impression
plusieurs fois que, quand on dit votre nom, tout le monde
tout de suite dit : « Oui, oui, Marguerite Duras », mais
quand il s'agit de dire ce qu'il y a dans vos livres, il n'y a
plus personne. C'est comme s'il y avait de vous, comme ça,
une connaissance. On sait que vous existez quelque part et
puis, quand il s'agit d'entrer à l'intérieur des textes..., il peut
y avoir une peur.

M. D. — Ça se fera naturellement après ma mort, ça,
je pense, très naturellement. Mais j'attire la misogynie d'une
façon particulière.

X. G. — Ça ne m'étonne pas. Justement parce que je
crois que ce sont des livres entièrement révolutionnaires,
entièrement d'avant-garde, et d'un point de vue habituel
révolutionnaire et d'un point de vue de femme, et que la
plupart des gens n'y sont pas encore.

M. D. — Oui, c'est une double insupportabilité.

X. G. — Oui. Et c'est peut-être la seule vraie remise
en cause, puisque on a déjà vu des tas de choses, sur un

plan révolutionnaire, des tas de choses dites ou de mouvements ou de choses faites, mais pas par une femme. Mais pas qu'il y ait en même temps... La remise en cause sociale, en général, elle est uniquement sociale, elle n'est pas aussi de sexe ou de personne de femme.

M. D. — Mais, la remettre en cause, la société, c'est quand même l'admettre. C'est comme les films sur la guerre, dans tous les films sur la guerre il y a une adoration secrète pour la guerre.

X. G. — Oui, alors c'est pas « remise en cause », ici.

M. D. — Je veux dire les gens qui s'occupent de ça, qui écrivent sur le refus de la société, portent en eux une espèce de nostalgie. Ils en sont, j'en suis sûre, beaucoup moins séparés que moi. J'en suis absolument sûre.

X. G. — Oui, oui. Et puis ils écrivent de la même façon, ils écrivent contre une société...

M. D. — Voilà, comme dedans, comme dans la société.

X. G. — Ils emploient le même langage et ça ne la fait pas sauter, cette société, ça ne la fait pas disparaître, et vous, oui.

M. D. — Où que j'aille, je vois partout les signes de sa mort, à la société. C'est hallucinant.

X. G. — Oui, et vous les faites apparaître, c'est pour ça, encore une fois, que c'est complètement effrayant.

M. D. — Dans la vie pratique, quand je vois les informations à la télévision, c'est comme un « après », déjà, c'est comme s'ils parlaient... Vous savez, il y avait une anecdote comme ça : l'homme qui oublie que l'escalier s'arrête, il continue à monter après l'escalier. Eh bien, tous ces ministres, tous ces hommes terribles, terribles à voir, terribles à entendre, ils sont morts et ils ne le savent pas.

X. G. — Ils ne s'en sont pas rendu compte.

M. D. — Et quand on commence à voir ces choses-là sous cet angle, c'est terrifiant. Tous ces gens qui veulent gagner de l'argent, c'est comme pour essayer de rattraper ça, de rattraper la mort, mais je sais que, c'est trop tard, c'est fini. Quelquefois, on croit qu'on rêve à les entendre. Dans les bistrots, dans les grands restaurants, quelquefois quand ça vous arrive d'y aller, quand vous entendez parler la bourgeoisie, elle parle aussi au-dessus de l'escalier, dans une zone qui a décollé de la réalité.

X. G. — Et ils ne se rendent pas compte que c'est sapé, en dessous.

M. D. — Voilà, exactement.

X. G. — Et vos livres aussi, c'est ça ; c'est un travail de minage, c'est miné par en dessous.

M. D. — Mais je vois la réalité minée. Alors il y a aussi, dans le film, une sorte de retour à des éléments comme ceux de la nature, le sable, la mer, c'est jamais des rues, vous avez remarqué. C'est des gens..., des maisons, mais vides, comme après, des hôtels, mais désaffectés.

X. G. — Et même le sable, comme ce qui resterait après...

M. D. — C'est ça qui va rester. Peut-être qu'à l'origine de tout ça il y a aussi — parce que jamais une seule raison ne contient tout, n'est valable, n'explique tout à elle seule — un désespoir politique immense.

X. G. — ... C'est-à-dire l'impression que ça ne vaut pas la peine de s'engager dans..., dans tout ce qui existe de soi-disant révolutionnaire, de soi-disant opposé à la société ?

M. D. — Oui, parce que c'est une vieille mécanique.

X. G. — Mais oui.

M. D. — Ça recommence tout le temps..., tout le temps,

à un mot près. C'est hallucinant à quel point tous les discours se ressemblent, tout les discours politiques.

X. G. — Oui c'est ça, c'est le même discours, véhiculé par tout le monde, de temps en temps, c'est l'envers et l'endroit, mais c'est la même chose.

M. D. — C'est la même chose.

X. G. — C'est le même plan, c'est la même façon de parler.

M. D. — Personne ne propose une nouveauté, un moyen nouveau, même tout petit.

X. G. — Si, vous. Dans ce que vous écrivez, parce que je crois que c'est commencer par abdiquer cette illusion de parole et de décision et de lutte en face de quelque chose qui est semblable à vous, bon, abdiquer tout ça, et commencer par se mettre à l'écoute de ce qui nous travaille à l'intérieur de nous, et si on ne commence pas par ça, on ne fait que répéter ce qui se passe à l'extérieur et ce qui se passe depuis toujours.

M. D. — Mais quelque chose qui serait inconscient ou au-delà ?

X. G. — Oui, inconscient, je vois ça comme l'écoute de l'inconscient. L'inconscient, c'est le désir et c'est ce qui parle en nous, à notre place. Et dans vos livres, c'est ça, la voix qui parle, elle parle dans les personnages mais pour eux et il n'y a que cela de vrai, en fait. Tout ce qu'on essaie de dire consciemment, avec une revendication ou quelque chose comme ça, c'est pour assourdir cette voix, pour qu'elle ne passe pas.

M. D. — C'est pour meubler, oui, les trous, les ruines.

X. G. — Mais oui, et là ils apparaissent dans vos textes, ils apparaissent dans vos films.

M. D. — C'est un monde en ruine, dans mes films.

X. G. — Oui, ça s'est effondré.

M. D. — Mais ils n'ont pas de désirs personnels, de desiderata. Il y a une histoire qui vient, le voyageur arrive, il se jette sur l'histoire, il l'épouse et après... ils redeviennent vacants, le temps du film, indéfiniment, ils pourraient se greffer comme ça sur n'importe quelle histoire. C'est peut-être ça, la vie : entrer dedans, se laisser porter par cette histoire — cette histoire, enfin, l'histoire des autres —, sans cesse mouvement de..., comment dire ? quand on est enlevé d'un lieu... ?

X. G. — ... De rapt, de ravissement.

M. D. — Oui, c'est ça.

X. G. — C'est ce mot de « ravissement » que vous avez pris ; on est ravi à soi-même, on est ravi aux autres.

M. D. — C'est ça qui est le mieux, c'est ça le plus souhaitable au monde.

X. G. — Mais oui.

M. D. — C'est ça qui n'arrive jamais, dans la vie.

X. G. — Ou très, très rarement.

M. D. — Oui, dans des moments extrêmes.

X. G. — Oui, de rupture, de vacance, de réception. Mais je crois que tout ça, c'est politique, je veux dire si on ne commence pas par ça, alors ce n'est pas la peine de... continuer, parce que, sinon, on ne fait que continuer. Si on ne commence pas par être envahi par ce vide, par cette béance.

M. D. — Vous croyez qu'elle existe chez tous ?

X. G. — Ah oui, elle existe chez tous. Elle est très habilement ou pas habilement masquée selon les gens.

M. D. — C'est le désir ?

X. G. — Oui, c'est le désir comme une force qui ne nous appartient pas.

M. D. — Enfin, la jouissance — ce qu'on appelle la jouissance —, la recherche de la jouissance ?

X. G. — Je crois que ce sont deux choses différentes.

M. D. — C'est la mère toujours, non ?

X. G. — Oui... mais, à ce moment-là, la mère, c'est quelque chose dont on sait que c'est perdu, et dont on sait que tout ce qui nous arrivera ne sera qu'une...

M. D. — Oui, tandis que là, il ne s'agit pas d'un paradis perdu.

X. G. — Mais c'est ça, c'est différent.

M. D. — Il ne s'agit d'aucun paradis. Il s'agit d'une situation de l'homme par rapport à lui-même, une situation de lui à lui.

X. G. — Et peut-être, justement, encore, dans *le Marin de Gibraltar* peut-être, on pouvait encore penser qu'il y avait un paradis, c'est-à-dire le moment où cette femme aurait connu le marin, dont on ne sait pas si c'est mythique ou réel à la limite.

M. D. — Oui, elle l'a créé de toutes pièces.

X. G. — Donc ça pourrait être une illusion de paradis ; cet homme existe quelque part, on sait qu'on ne le trouvera pas. Quand elle rejette les hommes, après avoir fait l'amour avec eux, elle dit : « C'est pas celui-là *. » Elle sait qu'elle ne le trouvera pas, mais elle pense encore que ça peut exister.

M. D. — Elle se l'est posé, là, dans la vie, comme une sorte d'homme inatteignable, d'homme-Dieu.

X. G. — Ce serait encore le paradis possible.

M. D. — Oui, tandis qu'après, c'est fini. Mais, là, je me souviens de gens très furieux, quand j'avais donné le livre à Gallimard, *le Marin,* Queneau m'avait engueulée, très, très fort — j'en ai même pleuré —, parce qu'il disait que c'était du romantisme **.

66

X. G. — Si on raconte l'histoire comme ça, si on dit, par exemple, c'est une femme qui voit, disons, un homme idéal comme si elle l'avait connu et qui le recherche partout, on peut dire que c'est romantique. Mais, en fait, si on lit le livre, c'est bien autre chose, et la preuve ce qui s'est passé par la suite, et la preuve les livres que vous avez écrits.

M. D. — Je trouve que, dans le traitement, c'est très ancré dans le réel, *le Marin de Gibraltar*.

X. G. — Oui, mais ça devient de plus en plus matérialiste, des livres matérialistes, au sens marxiste, plus du tout idéalistes.

M. D. — Comme *le Square,* d'ailleurs, c'est la même veine matérialiste. *Le Square,* c'est la théorie des besoins. Et on le prend en général comme une histoire d'amour.

X. G. — Justement, je pensais, une chose qui m'a gênée, c'est qu'il puisse y avoir un livre qui s'appelle *l'Amour,* parce que c'est dans *l'Amour* que vous dites : « Il n'y a pas de mot pour dire cela. » Alors, ça m'a paru presque blessant qu'on puisse, surtout en titre, dire : « L'Amour ».

M. D. — Et vous avez été choquée avant ou après la lecture ?

X. G. — Après. Je n'ai pas fait tellement attention, au début. J'ai lu le livre comme ça. Et après je me suis rendu compte — pour moi — que c'était tellement la suspension de cet amour, le non-dit de cet amour, tout ce qui circule au travers de cet amour, que c'était presque brutal de le nommer. C'est brutal ce que je vous dis ?

M. D. — Non, non. Vous avez raison. C'est un titre en réaction. Il est venu après, quand le livre a été fini. C'est un titre en réaction contre les titres similaires.

X. G. — Ah, oui. Que, pour une fois, à partir du mot « amour », on puisse entrer dans autre chose ? C'est ça ?

M. D. — Oui. En tout cas, dans tout ce que vous voudrez, mais pas une histoire d'amour, pas un déroulement.

X. G. — Mais oui, c'est ça.

M. D. — *La Femme du Gange...*, oui..., c'est assez loin de *l'Amour,* c'est assez loin.

X. G. — Il y a beaucoup du livre, quand même.

M. D. — Cette femme-là, en noir, habillée de noir, elle n'existe pas, il me semble, dans *l'Amour,* je ne sais plus.

X. G. — Il y a une seule femme, dans *l'Amour,* déjà c'est différent.

M. D. — C'est celle qui est malade.

X. G. — C'est celle qui est malade.

M. D. — C'est un reste, c'est le reste de quelqu'un.

X. G. — Oui, et en même temps...

M. D. — Tous, on peut dire, c'est des restes — ce que les autres appelleraient des restes. De l'extérieur, on pourrait parler de restes, ce qui pour moi est le principal.

X. G. — C'est ça, quand tout a été évacué de ce qui masque... Mais cette femme dans *l'Amour,* elle a un enfant qu'elle porte, il y a la plainte de l'enfant. J'ai remarqué ça que, dans *l'Amour,* il y a la femme qui porte un enfant, et que dans *le Vice-consul,* il y a aussi la femme qui porte un enfant, celle qui marche et qui — je me souviens, c'est inouï, ça —, qui cherche une indication pour se perdre, c'est fou. Mais je ne sais pas pourquoi ces deux enfants dans le ventre de deux femmes sont disparus dans *la Femme du Gange.* J'ai juste noté, comme ça.

M. D. — L'enfant criait à l'intérieur, voyez, il habitait aussi le lieu, de l'intérieur. Je pense qu'il a été remplacé par les voix.

68

X. G. — C'était encore quelque chose de trop lourd, de trop plein ?

M. D. — Il y avait quelque chose dans cette femme qui continuellement attendait des enfants, des enfants qu'elle laissait derrière la digue, je me souviens — c'est ça ? —, et puis la société venait et les prenait, c'était très clair comme image et la terre en était peuplée. Si vous voulez, elle était trop fonctionnelle, alors, pour *la Femme du Gange*. Je devais retrouver Lol. V. Stein, dans sa situation au bal de S. Thala, nue. Les enfants auraient troublé ça.

X. G. — Oui, c'était encore trop encombrant.

M. D. — Donc, ce n'est pas la femme de *l'Amour,* pas tout à fait. Vous le regrettez ?

X. G. — Non. Non, non.

M. D. — Je pense que ça a été remplacé : elle a enfanté les voix. Je crois que l'une des voix, c'est elle.

X. G. — Mais, justement, cette femme en noir qui parle..., vous dites : « Qui parle pour les autres et qui parle assez fort, comme si on n'allait pas l'entendre... »

M. D. — Oui, comme dans *Détruire,* déjà, dans le film. Ils parlent fort. Le ton confidentiel est exclu, complètement. C'est le ton social *. C'est comme s'ils ne savaient pas parler. Dans *la Femme du Gange,* c'est comme si elle avait complètement oublié comment on parlait aux gens. On parle bas, on ne les regarde pas comme ça : elle vient, elle s'approche à vingt centimètres et elle le regarde comme on regarde un arbre, un matériau quelconque. Elle ne sait plus vivre. Les gens ont été choqués — il y en a eu — par la voix publique de la femme. Je l'ai complètement voulu, complètement. Elle dit tout sur le même ton, elle débite. Mais, quand je parle de la voix, c'est la voix brûlée, c'est les voix off, les voix..., c'est pas des femmes.

X. G. — Ah oui, j'aimerais les entendre. Mais la façon dont vous les présentez — si on peut dire, parce que, comment présenter quelque chose d'aussi calciné ? —, dont vous en parlez, au début, c'est fou... Et en même temps, elles sont deux voix et elles sont jumelles, vous dites : elles sont très proches l'une de l'autre.

M. D. — Elles sont très proches, oui.

X. G. — Mais il faut qu'elles soient dédoublées, quand même, ça ne peut pas être la même voix.

M. D. — Non, ça peut pas, parce qu'il y a quand même une..., une relation entre les deux. C'est deux jeunes filles qui habitent les combles de l'hôtel, à mon avis, elles ont dix-huit ans, comme Alissa, depuis très longtemps, très, très longtemps. C'est l'envers de la femme en noir, elles sont en blanc, voyez, je les vois. C'est comme un autre film, mais pas tourné. Et je vois bien, dans l'hôtel, où elles sont, quand je suis là-bas, elles sont tout à fait concrètes..., en guenilles..., oubliées.

X. G. — Ce sont elles qui peuvent dire. Parce qu'elles sont oubliées, elles peuvent avoir la parole.

M. D. — Pour moi, le film, c'est avant tout ça : ces deux voix. Je trouve que ce qui est le plus important dans le livre, c'est elles, c'est ce qu'elles disent.

X. G. — Est-ce qu'elles n'ont pas pris un petit peu le rôle de Stein dans *Détruire ?*

M. D. — Non, parce qu'elles n'agissent pas sur la situation.

X. G. — Elles sont encore beaucoup plus en retrait ?

M. D. — Complètement.

X. G. — Mais parce que lui, d'une certaine façon, disait aussi, pouvait dire quelque chose. Mais enfin il existait peut-être encore trop.

M. D. — Il était là, on le voyait, il avait avec Alissa des relations..., certaines relations, tandis que là elles sont vraiment au dernier étage du film.

X. G. — Et, à votre avis, pourquoi deux femmes, deux jeunes femmes ?

M. D. — Ça, c'est mystérieux, je ne sais pas. Parce que... c'est sans progéniture, ça s'arrête avec elles..., je crois. Elles sont stériles. Je pense que c'est ça. La fin.

X. G. — Des garçons, ce ne serait pas pareil ?

M. D. — Deux garçons ?

X. G. — Oui. A la place des deux filles.

M. D. — Non, ce ne serait pas pareil. Ils ne verraient jamais ce qu'elles voient, les odeurs d'algues et de pluie, ils ne les sentiraient pas. Ces pluies sur la mer qu'elles inventent : « Il pleut sur la mer », il ne pleut pas, ils ne verraient pas. Les garçons, non, ils ne seraient pas dans ce bain-là, ils ne seraient pas dans ce bain-là, confondus avec la mer, confondus... Ils joueraient un rôle, voyez. Ils ne seraient pas dans cette passivité...

[*La bande est finie. On ne s'en aperçoit pas avant long-temps. Beaucoup de choses sont perdues. On essaie de reprendre.*]

M. D. — Vous disiez : « Le silence, je crois, est décrié, peut-être. » J'ai dit : « La passivité est un mot décrié, déconsidéré. »

X. G. — Déconsidéré.

M. D. — Et vous dites que c'est le silence, la passivité.

X. G. — Ça se rejoint, c'est-à-dire que les hommes font en sorte qu'on ne puisse pas entendre, puisqu'ils parlent.

M. D. — C'est une force considérable. Vous imaginez ce que serait le monde, si on opposait la passivité à..., à toute la bêtise, à tous les gouvernants, à..., à tous les hommes aussi. Oui, je parlais des voix passives ; je ne sais plus ce que je disais. Les voix dans *la Femme du Gange* sont passives, elles n'interviennent jamais. Personne n'intervient, d'ailleurs, dans *la Femme du Gange*. Elles viennent d'un autre temps. Je le dis, je crois, dans la préface.

[*Voix off* : «Où elle est ma mère ? » *M. D.* : « Elle est là. »]

X. G. — Oui, vous avez parlé du parc, justement, pour cet exemple de passivité.

M. D. — S'il y avait eu un homme dans la maison d'Isabelle Granger, le film n'aurait tout simplement pas existé *. L'homme aurait empêché d'être..., le film d'être. Je prends un exemple : c'est Isabelle Granger dans le parc, pendant que le voyageur de commerce pleure, elle est dans le parc, elle colle au parc. On pense : elle est dans le parc. Il y a une cohérence profonde entre le parc et la femme, son mouvement. S'il y avait un homme dans le parc, de cette façon, on penserait : cet homme est allé réfléchir dans le parc. Il est allé résoudre ses problèmes et s'est isolé pour réfléchir, pour philosopher, tout ce que vous voulez. Donc, voyez, l'ouverture se ferme, c'est déjà beaucoup plus étroit, tandis que la femme est dans le parc tout simplement. Cette espèce de constat, qui laisse tout ouvert, tout autour, tout autour du fait, si vous voulez, tout ce qu'on veut, aurait disparu. Si la maison de *Nathalie Granger* n'était pas la maison des femmes et seulement ça, la maison des femmes, si un homme, quel qu'il soit, avait été là, l'habitant, la maison, le film n'était pas possible. Il y aurait eu comme un témoin. Parce que j'ai aussi ce sentiment dans *Nathalie Granger* que, ce qui se passe là, des hommes ne devraient pas le voir. Je l'ai très fort, ça.

X. G. — Parce qu'ils sont dans une incompréhension, finalement, d'un monde de femmes ?

M. D. — Oui, c'est étanche ; on se trimbale comme ça ensemble, mais il y a des parois entre eux et nous.

X. G. — Oui, c'est ce que vous disiez aussi de cette complicité, entente entre les deux femmes, dans quelque chose comme un liquide.

M. D. — Oui. Vous me demandiez s'il y avait un rapport de ..., d'amour, enfin, de désir.

X. G. — Oui, entre les deux femmes.

M. D. — Je ne crois pas. C'est deux mouvements de femmes dans un même lieu et..., oui, je pense que beaucoup d'hommes, quand le film sortira, verront ça comme un « lâcher » de femmes dans un zoo... Mais, quand même, en général, jusqu'ici, ça a porté très violemment sur les hommes, le film. Comme s'ils avaient aperçu là des choses qu'ils n'avaient pas vues avant, ce qui se passe quand ils sont partis, si vous voulez, quand la porte est fermée. Oui, je vous disais que ce que je..., oui, qu'elles étaient enfermées dans un contenant qui aurait été la maison, dans un même liquide. Je trouve que la lumière qui est dans l'eau, la maison endiguée, comme ça, par les murs... Evidemment, à la fin, elle s'ouvre comme ça, suivant un axe, la porte de la cuisine et la porte de l'entrée et tout se répand. Oui, je vous disais que ce que je reprochais, au film, c'était un petit peu comme une leçon que je donnais aux gens qui filment des femmes, qui filment des coquettes, des..., des fardées, des femmes féminines.

X. G. — Oui, et pas des femmes qui repassent du linge et qui...

M. D. — C'est ça, des femmes dans une féminité fonctionnelle, dans la féminité... au service de l'homme. On

73

voit des femmes aimées des hommes, êtres vues par des hommes, etc., convoitées ou rejetées et que, c'est ça, là je les fais repasser, laver la vaisselle..., un petit peu comme un film à l'envers, c'est-à-dire que tout ce qui n'est pas montré d'habitude, moi je le montre. Comme le négatif du film habituel, où des femmes entrent en jeu. C'est un peu un reproche que je me fais, c'est un petit peu didactique, dans ce sens-là.

X. G. — Oui, mais c'était aussi important que ça y soit, parce que, si c'est pas montré d'habitude, c'est une espèce de parti pris esthétique.

M. D. — Ah, puis non, puisque les tâches de la femme sont dégradées.

X. G. — Mais oui, c'est pas beau, ça n'a aucun intérêt.

M. D. — C'est ça. On montre l'homme à son bureau, dans son office, en train de téléphoner et puis la femme dans son boudoir, et comme le loisir s'inscrit aussi, je l'ai montré, j'ai essayé de le montrer ; ça se sent, ça, dans le film ? Je ne me rends pas compte de la violence de l'image. Ça, du point de vue de la femme, de la vie secrète de la femme..., de la vie secrète et publique.

X. G. — Mais moi, je ne sais pas, je crois que c'est la première fois que je la voyais, montrée, quelque part. J'ai bien pu la ressentir dans la vie, mais... c'est vrai que je ne l'avais jamais sentie comme ça dans un film, dans un texte, quelque part.

M. D. — C'est deux mouvements, quelquefois ça se touche. Les deux mouvements se touchent et puis se séparent, c'est comme une seule et même personne, voyez.

X. G. — Oui, un dédoublement.

M. D. — Je pense au moment où Isabelle Granger écoute la voix de la radio et où l'autre..., et où son amie

74

vient avec du bois mort dans les bras, derrière la vitre ; où elles se parlent d'une pièce à l'autre, aussi. C'est des mouvements. C'est très simple — enfin, c'est très compliqué aussi... Si vous voulez, apparemment, c'est traité comme ça, c'est traité... comme si j'avais filmé des chats dans le jardin, voyez.

X. G. — Mais ça c'est, je crois, comme la vie des femmes aussi, qui apparemment est très simple : s'occuper de la maison, et qui est très compliquée.

M. D. — Et puis alors ce que couve ce... silence, cette passivité, cette..., ce labeur très, très journalier. Ce que couve aussi..., enfin, c'est-à-dire la violence de la fin du film, quand elle déchire tout dans le plus grand calme. Je ne sais pas si je l'avais dit avant, ça, mais...

X. G. — Je ne crois pas. Je ne crois pas, justement cette violence calme, vous aviez dit qu'un homme ne l'aurait pas.

M. D. — Non. Impensable.

X. G. — Et que... lui, on le traiterait de fou.

M. D. — Oui, un homme n'aurait jamais écouté le voyageur de commerce comme elles le font, à moins d'être fou, d'être à la maison cloué par la maladie mentale.

X. G. — Non, il n'aurait pas écouté, il l'aurait mis à la porte en criant, c'est-à-dire qu'il aurait pris les mêmes armes que lui... Le voyageur vient pour parler, pour raconter quelque chose et lui, il aurait raconté aussi quelque chose, d'aussi stéréotypé, et elles, non.

M. D. — Et puis alors, il faut bien reprendre une sorte de grammaire élémentaire de l'image, ou de..., de..., comment nommer ce domaine ? ... Je ne sais pas... Une femme habite complètement un endroit, la présence d'une femme remplit un endroit. Un homme le traverse, il ne l'habite pas vraiment. Je ne sais pas sur quel plan nous sommes. Peut-être métaphysique * ? Non ?

75

X. G. — Oh, pas du tout. Je crois très physique, très réel.

M. D. — Non, parce que c'est complètement... à l'image directe que ça se passe..., d'une image directe que je parle..., de la conséquence de l'image. Quand Isabelle Granger est dans cette pièce avec les affaires des enfants dans la main, dans les mains, la pièce est pleine d'elle, jusqu'au plafond..., à elle seule.

X. G. — Oui, à la limite, elle crée la pièce.

M. D. — Voilà, voilà. Et ça, c'est un bonheur extrême de le montrer. J'ai été très sensible à ça, à ce travail, de le montrer dans *Nathalie Granger*. Alors, ce que les gens me disent, toujours, à la sortie du film, c'est : « Oh, ça pourrait continuer encore deux heures », mais ils croient parler du film, mais en fait ils parlent des femmes.

X. G. — Oui, ça pourrait durer toute une vie, même !

M. D. — Voilà. C'est drôle parce que c'est..., ce que je montre là, c'est très quotidien, très journalier, c'est..., ça se produit des millions et des milliards de fois tous les jours et les gens ne le montrent pas. C'est vrai qu'on vient de découvrir les mœurs des chats, maintenant, on ne les connaissait pas. Et c'est l'animal le plus familier...

X. G. — On va découvrir les mœurs des femmes ! Mais c'est vrai qu'il y a tout à découvrir de la façon dont vivent les femmes.

M. D. — Je pensais, voyez-vous, il y a des progrès quand même, elles font la vaisselle pendant quatre minutes, il y a *une* phrase de dite, elles disent : « Il faudra penser à téléphoner à la mairie », une phrase de rien, sans aucun sens. Ecoutez, il y a cinq ans, je n'aurais jamais pu passer ça, on aurait dit : « C'est une longueur, pourquoi montrer les femmes faire la vaisselle ? »

X. G. — Vous auriez meublé ?

M. D. — C'est-à-dire je me serais foutu de la gueule du spectateur, carrément. Maintenant, tout le monde comprend que je l'ai fait. Il n'y a pas un jeune, un seul spectateur, vieux ou jeune, jusqu'ici, qui m'ait dit : « La vaisselle, c'est trop long. » Ils ont tous compris le sens que je donnais à la chose. Entre la table qui est desservie et la vaisselle il se passe près de six minutes. Donc il y a un progrès, quand même, énorme, c'est très encourageant.

X. G. — C'est vrai, oui.

M. D. — Faut le faire. Parce que je prends quand même des grandes vedettes, c'est Lucia Bose et Jeanne Moreau, et, au lieu de les faire « jouer », je les montre de dos. Je montre leurs mains, pendant dix minutes.

X. G. — Comment elles réagissent à ça, justement ? Ça, c'est une question qui m'intéressait. Je me disais, par exemple, Jeanne Moreau...

M. D. — Elles étaient enchantées, heureuses de tourner ça.

X. G. — Elles ont compris ?

M. D. — Complètement.

X. G. — Parce que c'est vrai que des femmes comme ça, qui sont tellement habituées à avoir des rôles extravagants et tout de démonstration...

M. D. — Voilà. Jeanne, c'est un festival, d'habitude. Elle a adoré ce rôle sourd, voyez, sourd et muet, comme ça.

X. G. — Ça, c'est intéressant, parce qu'une vedette, c'est justement le genre de femme à l'opposé de cela...

M. D. — A l'opposé.

X. G. — ... Qui ne montre que ce qui tape à l'œil.

M. D. — Et, à la fin du film, elle me dit : « Margot, quand est-ce qu'on recommence ? » Et elle n'a jamais eu,

77

elle me l'a dit, ces dégoûts qui la prennent pendant les tournages, jamais une fois, ni l'une ni l'autre. Et moi, je crois que la maison de *Nathalie Granger,* c'est une caverne, c'est une grotte.

X. G. — Ah oui, c'est ce que je vous disais un peu tout à l'heure. Ce serait un utérus, avec deux jumelles dedans qui flottent un peu dans ce liquide-là, je ne sais pas comment ça s'appelle, ce liquide qu'il y a, vous savez... ?

M. D. — Les eaux.

X. G. — Les eaux, ah oui, parce qu'après on dit que la poche des eaux se rompt. Ce serait à la fin quand les portes s'ouvrent. Et vous disiez aussi après, quand on allait vers *la Femme du Gange,* ça éclôt...

M. D. — Ça explose. C'est-à-dire que, si vous me demandez où est la maison de Nathalie Granger, je dirai qu'elle est dans les villas vides qu'on voit dans *la Femme du Gange.* J'ai pas pu supporter de rester sur ce film. J'ai fini *Nathalie Granger* en juillet, j'ai écrit *la Femme du Gange* en septembre et je l'ai tourné en novembre. J'ai pas pu rester du tout sur le terrain de *Nathalie Granger,* qui est quand même un terrain didactique, à mon avis. Enfin, c'est un film complexe, mais... — on le dit, du moins, je n'ai pas à le dire —, mais qui n'est pas tout à fait, tout à fait de moi. C'est un peu comme si je disais aux gens : « Vous allez voir, quand je parle des femmes, qu'est-ce que je peux faire, ce qu'il faudrait peut-être faire aussi. » Voilà. Mais je n'étais pas dans mon bain, complètement. Tandis que, dans *la Femme du Gange,* j'étais dans mon lieu, quoi. C'est un petit peu le cinéma des autres revu et corrigé, *Nathalie Granger.*

X. G. — Oui, peut-être que vous *dites* davantage dans *Nathalie Granger* * — alors, dire, c'est encore..., je ne sais

78

pas..., dire, apprendre —, et c'est vrai que c'est beaucoup moins vous.

M. D. — C'est une parole qui s'adresse aux autres, quand même.

X. G. — Oui, alors que, dans *la Femme du Gange,* tout ça s'est rompu, éclaté.

M. D. — Oui, c'est un bateau... qui est parti. C'est le contraire de la maison, ils ne rentrent plus nulle part.

X. G. — Oui, ils sont dans un lieu inhabitable, où on ne peut pas habiter.

M. D. — Oui, où on ne peut pas habiter.

X. G. — A ce niveau-là, c'est l'inverse.

M. D. — Exactement. On m'a demandé d'ailleurs (c'est hors du truc), on a beaucoup parlé avec mon assistant, il me demande précisément de les publier ensemble, parce qu'il trouve ça intéressant que l'un suive l'autre. [*Silence.*] Bon, eh bien, il faut que j'aille faire les courses. [*Silence.*] Il y en a beaucoup de perdu ?

TROISIEME ENTRETIEN

X. G. — On pourrait commencer, pour ne pas l'oublier — finalement, c'est pas agréable d'en parler, c'est pour
ça qu'on pourrait en parler pour ne pas l'oublier — de ce
qui s'est passé quand vous avez fait *Hiroshima, mon amour*.

M. D. — C'était la première fois que je travaillais pour
le cinéma et je ne savais pas que la clause d'un pourcentage
pouvait exister, bien sûr, puisque je n'avais jamais signé un
contrat de cinéma. Je n'avais pas d'argent, et j'ai fait tout
le travail, le scénario et les dialogues pour un million ancien,
un million de francs anciens. Et dix ans après Resnais m'a
dit que, en dix ans, j'avais dû perdre des millions — vingt-
deux millions, je crois. A ce moment-là, je n'avais absolument pas d'argent. On ne pouvait pas partir en vacances,
tellement on avait peu d'argent. Maintenant, je crois que si
je n'avais pas été une femme, on ne m'aurait pas ... volée
— c'est le mot, il n'y en a pas d'autre — de cette façon-là.

X. G. — C'est ignoble. Parce qu'on a l'impression, je
suppose, que les femmes n'y connaissent rien, ne connaissent
rien aux affaires, à l'argent, et qu'on peut se permettre de
le faire.

M. D. — Parce que c'est quand même un mystère total ; pourquoi personne — ni Resnais, je dois dire — personne ne m'a dit : « N'oubliez pas de demander un « pourcentage » » *.

X. G. — C'est fou, ça !

M. D. — Pourquoi personne ne me l'a dit ?

X. G. — ... Alors que vous étiez la personne essentielle. Il est évident que le film ne se serait pas fait s'il n'y avait pas eu la base de l'histoire, du texte.

M. D. — Ça n'aurait pas été le même film. Mais l'histoire, je l'aurais écrite de la même façon pour d'autres metteurs en scène. Je n'aperçois pas la raison pourquoi les auteurs, dans les chaînes de production de cinéma, sont tellement..., comptent si peu, alors qu'on dit qu'ils sont cinquante pour cent du tout.

X. G. — Je ne sais pas, peut-être tout simplement un mépris de — enfin, au meilleur sens du terme —, de la culture.

M. D. — C'est peut-être... l'histoire, ils n'aperçoivent pas l'intérêt de l'histoire, peut-être. Le film, c'est le traitement de l'histoire. Le film, c'était le travail de Resnais, qu'il aurait pu faire indifféremment autour de n'importe quoi, je pense que c'est ça.

X. G. — Encore que, même le mot d'histoire, je ne sais pas si ça convient pour *Hiroshima*.

M. D. — On pourrait dire scénario.

X. G. — ... Parce que c'est une histoire, mais pas au sens traditionnel, qui se raconte.

M. D. — C'est comme un préambule..., c'est-à-dire, non, l'histoire a eu lieu.

X. G. — Ce n'est pas raconté d'une façon traditionnellement chronologique et linéaire, des choses qui arrivent les unes après les autres, et c'est une sorte de redoublement de l'histoire qui a eu lieu.

M. D. — A Hiroshima. L'histoire d'Hiroshima double celle de Nevers. Oui, c'est ça. Je viens de le revoir, c'est ça dont je suis le plus contente encore, quand le Japonais, en parlant de l'Allemand, lui dit : « Quand je suis mort, où es-tu ? » et elle dit : « Dans la cave », quelque chose comme ça. Le Japonais dit en lieu et place de l'Allemand : « Quand je suis mort, tu cries ? », c'est ça : « Quand je suis mort, tu cries ? » et elle dit : « Tu es mort », oui *.

X. G. — Oui, comme quoi déjà à cette époque-là le désir circulait de personne à personne, pas indifféremment, mais quand même ça pouvait passer d'une personne à l'autre.

M. D. — Oui, j'ai été frappée par ça et aussi par le refus que représente Riva, la femme de Nevers.

X. G. — Oui, face à toute la société.

M. D. — Face à toute la société, elle a toujours refusé ce qu'on lui avait fait et elle retrouve, intégrale, comme un diamant, sa colère de Nevers, sa douleur, mais sa colère aussi, la colère est restée, elle est parfaite. Ça, ça m'a frappée quand je l'ai revue et ça n'a pas vieilli, dans ce sens-là.

X. G. — Non, absolument pas. Moi aussi, je l'ai revu, il y a peu de temps, il est passé à Paris, et je me disais — j'avais été tellement impressionnée quand je l'avais vu la première fois, mais au point d'avoir des symptômes hystériques, c'est-à-dire d'avoir le corps blessé, de me sentir... complètement... mal en point physiquement — et je me demandais l'impression que ça me ferait. Ça m'a fait la même impression, aussi forte. Et curieusement, j'avais l'impression de ne pas m'en souvenir, beaucoup — enfin, je me souvenais de l'histoire, et tout ça — et, quand je l'ai entendu, enfin, quand je l'ai vu, j'aurais pu réciter avec elle tout ce qu'elle disait. Je me souvenais de tous les mots, mais au moment, c'est fou !

M. D. — Et combien de temps après ?

X. G. — Je l'avais vu quand il était sorti. C'est quelle date ? Je ne sais jamais les dates.

M. D. — Ah bien oui, c'était treize ans avant, quatorze ans. C'est dans la même année que j'ai écrit *Moderato cantabile*. J'ai écrit les deux choses dans la même année. Puisque *Moderato cantabile* a été tourné tout de suite après, je me rappelle.

X. G. — Ah, je pensais aussi. Justement, dans *Moderato*, c'est Jeanne Moreau qui joue, et vous avez pris, vous, Jeanne Moreau, dans *Nathalie Granger*, dans un rôle complètement à l'opposé, enfin, pas à l'opposé de *Moderato*, mais à l'opposé des rôles qu'elle joue habituellement, c'est-à-dire de vedette.

M. D. — Ah oui, aucun morceau de bravoure, rien, rien, un rôle complètement sourd. Et c'est curieux, la première chose qu'elle m'ait dite après le film, quand on s'est dit au revoir, elle m'a dit : « Margot, quand est-ce qu'on recommence ? » * Elle a des moments dépressifs dans les films, en général, elle est très intelligente, je crois qu'elle aperçoit la pourriture sous les [*mot inaudible*] qu'on lui fait dans les films commerciaux et, là, elle était toujours d'égale humeur, très rassurée, très heureuse.

X. G. — Je ne sais pas comment vous dirigez un film parce que je ne vous ai jamais vue, mais est-ce qu'elle n'aurait pas davantage l'impression, habituellement, de subir un traitement d'objet ?

M. D. — Oui elle l'a dit à la télévision aussi, souvent,

ça, que la façon dont les metteurs en scène traitaient les actrices était quelque chose d'inimaginable, d'horrible.

X. G. — Pour *Nathalie Granger,* elle s'est sentie mieux ?

M. D. — Oui, elle était mieux. Elle était très, très bien là. On se connaît depuis longtemps aussi, faut dire. Et puis elle avait lu le sujet, c'est elle qui m'avait téléphoné en me disant : « Si Lucia Bose le fait pas, je veux le faire. » Et finalement, quand mon assistant est venu me voir, je lui ai dit ça, je lui ai dit : « Ecoute, j'ai envie de les prendre les deux. » Il a hurlé de joie et j'ai pris les deux. Il faut dire aussi qu'elles se sont parfaitement entendues, Lucia et Jeanne.

X. G. — Donc la complicité qu'on voit entre elles est authentique.

M. D. — Ah oui, absolument. Elles étaient, vraiment, merveilleusement gentilles. Elles ont fait la cuisine pour nous, le café.

X. G. — Comme dans le film.

M. D. — Oui, oui, elles tenaient la maison. Je sais que Jeanne est arrivée un jour à faire dix-sept cafetières de café. C'était son record, disait-elle. Ça c'est fait très, très naturellement. Faut dire que c'est presque toujours la même équipe que je prends. On est très fraternellement unis avec les techniciens, ça fait quatre films que je fais avec eux.

X. G. — Et comment ça se passe ? Tout le monde lit le sujet ?

M. D. — Oui. On parle beaucoup du sujet entre nous. Pour *Jaune le soleil,* il y a eu de véritables discussions avec Samy Frey, Dionys Mascolo et Catherine Sellers, entre les comédiens.

X. G. — ... Qui ne voyaient pas les choses de la même façon que vous ?

M. D. — C'est ça. Et qui disaient qu'il fallait les éclair-cir à certains moments, et j'écoute toujours tout, bien sûr. Vous savez, je tourne mes films en onze jours, douze jours. Le plus long, ça a été *Détruire,* quatorze jours. Alors, faire ça, c'est pire que..., non, c'est pas pire, c'est comme faire la guerre... Vous n'imaginez pas ce que ça peut être, l'état d'harassement et de passion, à la fin, dans lequel on est.

X. G. — De tension. Mais vous ne faites que ça, jour et nuit ?

M. G. — Oui. Je vois, pour *la Femme du Gange,* le directeur de la photo et moi, on était hallucinés à la fin par la fatigue, on était..., les comédiens aussi, d'ailleurs. [*Silence.*] Je suis toujours très près du directeur de la photo. [*Interruption, téléphone.*]

M. D. — Oui je ferai toujours des films comme ça, je crois, des films pauvres.

X. G. — Pauvres de.... moyens ?

M. D. — Oui.

X. G. — ... D'action aussi.

M. D. — Oui.

X. G. — Dépouillés ?

M. D. — Avec très peu de plans.

X. G. — Qu'est-ce qui se passe pour vous quand vous passez de l'écriture au film ?

M. D. — Avant, je crois que je vous l'avais dit, c'était pour éviter l'angoisse, la peur, que je crois aussi que je faisais du cinéma... Mais maintenant ça recommence avec les films, c'est la même chose. Mais avouez que c'est un sale état, un même état.

X. G. — Face au film, vous n'êtes pas seule. C'est le travail en équipe.

86

M. D. — Oui, mais par exemple, pour *la Femme du Gange,* ça s'est vraiment fait au montage, l'essentiel du film. L'image est à peine un support, mais les voix, ça correspond à une crise aussi angoissante que... celles que j'avais découvertes en écrivant — ces deux voix comme sorties d'un autre film.

X. G. — Que vous avez dites ?

M. D. — Non, que je n'ai pas dites, que j'ai greffées sur l'autre, que j'ai collées sur l'autre, le film de l'image — ce que j'appelle le film de l'image —, c'est comme un bi-film.

X. G. — Et vous avez écrit le texte des voix après ?

M. D. — Oui, oui, quand ça a été complètement fini, quand l'image a été complètement montée et, justement, ces voix ne seraient pas arrivées vers le film si le film avait été comblé d'images, si le film n'avait pas eu des failles, des..., ce que j'appelle des trous, s'il n'avait pas été pauvre — enfin, ce qui est pour moi la richesse. Les films les plus pauvres sont les films avec deux mille plans, pour moi. Ceux desquels on ne sort que dans la désolation, après avoir vu tellement d'efforts, tellement de labeur, tellement d'argent déployés pour arriver à cette asphyxie — plus rien ne peut entrer —, tout est explicité, tout ça.

X. G. — Tout est bouché, alors.

M. D. — Tout est bouché, asphyxiant.

X. G. — Oui, ça, je comprends bien, mais les voix ne viennent pas boucher, non plus, les trous du film.

M. D. — Oui, mais elles me font penser à des oiseaux qui passent entre des rocs, vous savez, le film des voix me fait penser à ça, à des masses de pierres comme ça dans l'eau, dans la mer ; les voix passent entre les masses... et elles disparaissent, elles reviennent ; elles circulent comme ça entre les [*le mot suivant,* « flots », *est remplacé dans la transcription par*] îlots *.

X. G. — Eventuellement, elles résonnent sur les flots. A certains moments, on sent comme un heurt entre l'image — enfin, l'image, je ne l'ai pas vue, la description de l'image, mais ce n'est pas une description non plus... : le dire de l'image...

M. D. — La lecture de l'image.

X. G. — Oui, la lecture de l'image et la voix. A certains moments, ça fait un heurt, ça ricoche.

M. D. — Il y a un endroit où le film des voix touche le film de l'image. Je dis « film des voix », un film, c'est une image et un son. C'est faute d'un autre terme que je dis « film de voix ». Oui, il y a un choc. Ils se touchent, et c'est mortel. C'est mortel, les voix disparaissent. Donc, la concomitance des films était quelque chose de dangereux, de très dangereux à manier. La mort de l'un et de l'autre film était constamment..., était un risque constant, et ce danger, je l'ai senti, c'est la raison pour laquelle je l'ai fait, ça augmente encore la fragilité — la fragilité, c'est pas ça, je dirais : la maigreur du film de l'image, son côté désertique et *minimal,* comme on parle maintenant.

X. G. — Mais, le moment mortel où le choc se fait, alors c'est quelque chose quand même de..., que vous ne pouvez... faire que seule. Parce que si c'est avec les voix que ce choc s'est fait et que ça a été la mort, c'était vous les voix. Enfin, plus seule que dans une équipe de film, non ?

M. D. — Ah oui, ça s'est fait dans cette nuit du montage, cette espèce de nuit extraordinairement féconde du montage. Mais au moment où plus rien n'était possible sur l'image. Faut pas que j'oublie ça. L'image était montée, c'est comme si j'avais eu un loisir devant moi, voyez-vous, tout d'un coup, et que les voix sont arrivées, à ce moment-là, quand j'étais débarrassée du véritable travail de montage. Alors elles parlaient dans tous les sens et... des oiseaux, c'est des oiseaux, ces voix, c'est comme un bruit d'ailes. Elles parlaient dans tous les sens. Il a fallu aussi... choisir, dans tout ce qu'elles disaient.

X. G. — Eliminer ?

M. D. — Oui, mais c'est un autre film. Je vois le film, là.

X. G. — Là, vous dites, par exemple, les oiseaux et vous aviez dit aussi des petites filles.

M. D. — Des jeunes filles de dix-sept ans, dix-huit ans. Pour moi, elles habitent les combles de l'hôtel, les block-haus de l'hôtel désaffecté, ce dernier étage aveugle, où on ne voit que par des vasistas, mais très loin. Elles ont dix-huit ans, elles sont en guenilles, en blanc. Elles ont dix-huit ans depuis très longtemps, tout le temps. Elles guettent tout. Elles surveillent l'espace. C'est des détails. Tout le monde peut les voir autrement. Il n'y a qu'une façon de ne pas les voir, c'est les voir en commentaire, parce qu'un commentaire, ça voudrait dire que c'est une voix extérieure au film. Or ces voix sont dans le film. Elles habitent les sables, comme les héros..., pardon, comme les..., les personnes de *la Femme du Gange*, elles habitent là.

X. G. — Effectivement, un commentaire, c'est quelque chose qui explique, donc qui vient *sur* et qui colmate toutes ces ouvertures qu'il y a dans le film.

M. D. — C'est ça. C'est le contraire d'un commentaire, oui, parce que le commentaire bouche les trous, tandis que là elles traversent le film. Elles font des trous en plus, dans le film. Ça m'a beaucoup bouleversée, les voix, parce que tout d'un coup les gens qui ont..., sont entrés dans le film aussi, beaucoup parce qu'ils ont vu là une possibilité énorme du cinéma... Je vois, à Digne, il y avait cent cinquante jeunes et tout le monde sur ce point-là était d'accord. Ça veut dire qu'on peut encore faire des tas, des tas de choses nouvelles avec le cinéma, s'en servir..., pas de faire des choses nouvelles, je m'explique mal, je veux dire : faire un *autre* cinéma, se servir du cinéma comme on ne s'en est pas servi.

X. G. — Oui, à la limite, c'est complètement aberrant, quand on y pense, que le cinéma soit aussi servile...

M. D. — Il ne bouge pas.

X. G. — Il imite, il redit, il raconte.

M. D. — Mais il n'y a rien qui s'imite comme le cinéma.

X. G. — Mais oui, alors qu'il y a toutes les possibilités dedans. Moi, j'ai toujours été étonnée qu'il soit aussi à ras de terre, aussi pareil, tout le temps.

M. D. — En ce moment, les films de jeunes, c'est tout pareil. Il y a des séries, comme ça, ça rend très triste. Une espèce de nouveau réalisme très coloré, à la new-yorkaise, voyez.

X. G. — Il y a une dureté dans vos films, comme une ascèse un peu..., parce que élaguer..., c'est élaguer de tout un bagage encombrant et élaguer, c'est couper peut-être.

M. D. — Oui, je pense qu'il manque des plans..., ce n'est pas qu'ils manquent, parce que souvent je les tourne et après je les néglige, des plans..., ce que j'appelle les plans charnières, les plans intermédiaires.

X. G. — C'est ça, donc ils sont coupés, ils sont enlevés.

M. D. — Ils sont enlevés, les plans qui permettent au spectateur de passer d'une séquence à l'autre.

X. G. — De se repérer, de suivre.

M. D. — Est-ce que c'est gênant, ça ?

90

X. G. — Mais non, enfin, c'est gênant..., ça fait que le lit... euh, le film est plus dur, je ne sais pas comment dire, dur, ce n'est pas un jugement de valeur..., est plus fort..., n'est pas facile, voilà, il n'y a pas une facilité. Il faut bien voir que dans la plupart des films il y a une facilité, c'est-à-dire que quand on va au cinéma, on est content : on entre entièrement dans l'histoire, on suit l'image et on est content.

M. D. — On est porté.

X. G. — On est porté, on est fasciné, on est dedans, ça y est. C'est comme ça.

M. D. — Ah oui, c'est ça que je trouve mauvais, le rapport du film au spectateur, en général.

X. G. — Un rapport d'entière passivité.

M. D. — Un rapport comme balzacien. Tout est digéré. On lui amène, il avale, ou bien il le vomit, comme moi, je ne peux plus du tout les voir.

X. G. — Et, ce qui est curieux, c'est qu'on s'est rendu compte depuis un certain temps dans l'écriture que c'était plus possible, Balzac, et que dans le cinéma on répète toujours ça.

M. D. — Absolument. C'est peut-être parce qu'ils suivent l'écriture. J'écris, par exemple dans *Nathalie Granger*, quand la femme va chercher le journal, la lettre et les carnets, j'écris : « ramasse le journal », à la ligne, « déchire », à la ligne, « déchire, encore ». Je prends un exemple. Je n'écris pas : « fait trois pas, ramasse, se relève, regarde et ensuite déchire le journal et une fois... » Voyez-vous ? Alors c'est : « ramasse le journal », à la ligne « déchire », il n'y a pas d'intermédiaire. Alors c'est peut-être parce que ça se suit, c'est peut-être pas tout à fait une écriture de cinéma. Mais est-ce qu'il y a une écriture de cinéma ? Qui peut s'en prévaloir ?

X. G. — Mais parce que jusqu'à présent l'écriture de cinéma a été la plus courante et la plus narrative...

M. D. — Il y a, au cinéma, une prétention énorme, dans le monde du cinéma, qui n'existe pas dans le monde littéraire, je dois dire. Dans le cinéma, vous trouvez..., le moindre petit gars qui a fait un film vous dit : « Le cinéma, c'est ça. Le cinéma, c'est pas ça, c'est ça. » Et en général, on me dit : « Ce que vous faites, c'est pas du cinéma. » Alors je demande : « Qu'est-ce que le cinéma ? » On me dit : « C'est autre chose que ça, ça bouge plus. » — « Alors, le cinéma par excellence, c'est le film..., le western ? C'est là où ça bouge le plus. » Alors on me dit : « Vous n'avez pas compris le cinéma. C'est pas ça qu'on veut dire. » Et quand je dis qu'une parole, ça bouge autant qu'un bras, ou qu'un regard, ça bouge autant qu'un cheval, qu'un regard qui se déplace, ça vaut un déplacement d'une machine, ils ne comprennent pas.

X. G. — Mais, précisément, le regard, dans vos films, tout tourne autour de cela. C'est fixe, mais tout l'espace glisse et se déplace sur un regard.

M. D. — Oui, le regard, dans *la Femme du Gange*, filme, je peux dire ça. Parce qu'en général le regard..., on regarde et ensuite on voit la chose regardée. Et là, très souvent, il faut la deviner. Le regard est comme..., c'est comme si on voyait un travail de caméra, à travers les yeux. On ne voit pas ce qui est vu.

X. G. — Oui, ça ne désigne pas.

M. D. — Et la caméra ne remplace jamais le regard. Elle le filme, elle le regarde, elle regarde le regard mais elle ne peut pas le remplacer. C'est pour ça que mes films sont très maigres, c'est qu'il faut toujours que le regard soit là. Voyez-vous, si j'étais un metteur en scène commercial, j'aurais montré des multitudes d'images, dans *la Femme du Gange* : des villas vides, des collines pleines de maisons, des sables, des jetées, des ports, le port du Havre, les pétroles du Havre, etc., des raffineries. Mais, rien du tout, puisque je ne montre que ce qui est vu. Tout ça était fait, mais j'ai tout enlevé. Il y avait douze maisons de prévues, il n'y en a plus que deux, deux qui sont vues..., trois, trois.

X. G. — Donc vous ne permettez pas au spectateur de... [*Fin de la bande.*]

X. G. — ... que vos films ne permettaient pas au lecteur d'entrer dans l'illusion de la réalité, c'est-à-dire ce ne sont pas des films réalistes, au sens : imitateurs de la nature, imitateurs de la vie, enfin au sens balzacien : faire concurrence à l'état civil.

M. D. — Non, ils ne le sont pas, sauf peut-être *la Musica.*

X. G. — Encore un peu, oui.

M. D. — Mais il y a du réalisme dans *Nathalie Granger,* non ? C'est-à-dire que le réalisme, aussi, poussé à fond, il devient irréel.

X. G. — Oui, mais je ne veux pas dire... Ce sont des films entièrement réels, mais je veux dire réaliste au sens de : qui font semblant de copier la réalité. Je ne sais pas, ce n'est pas facile à dire. C'est-à-dire, quand la femme essuie la table...

M. D. — Oui, je pensais à la même séquence. Oui. Essuie la table, fait la vaisselle, essuie la vaisselle...

X. G. — Oui, eh bien, je ne sais pas, il y a une façon..., c'est filmé de telle façon que ça ne copie pas la réalité, ça en dit quelque chose.

M. D. — Vous croyez pas que c'est l'insistance qui fait que... ça perd un sens réaliste, justement ?

X. G. — L'insistance ? Par exemple la longueur ?

M. D. — La longueur.

X. G. — ... Enfin, ce que des gens appelleraient une longueur.

M. D. — La table est montrée vide, nettoyée, en tant que telle. Je ne dis pas : « Elle nettoie la table » dans le script, je dis : « Leurs mains desservent », et je dis à la fin, je passe à la ligne et je dis : « La table est nettoyée. » Et, après, on voit longtemps la table nettoyée, tandis qu'on entend les bruits dans les cuisines ; elles *doivent* être dans la cuisine. Donc, nous, on est encore à table, on est encore collés à la table, tandis qu'elles, elles sont déjà dans la cuisine. Il y a là quelque chose de bizarre, vous voyez, vous vous souvenez ?

X. G. — Oui, oui, je me souviens.

M. D. — C'est peut-être ce décalage, c'est peut-être qu'au lieu de montrer elles..., elles desservant la table, je montre la table desservie.

X. G. — Oui, oui, par exemple.

M. D. — C'est ça qui fait que le réalisme est battu en brèche, là.

X. G. — Oui, elles ont une sorte de..., de liberté, elles font quelque chose pendant ce temps-là.

M. D. — C'est ça, mais c'est intéressant, ça, et, quand on les retrouve, c'est avec retard. J'aurais pu filmer ça à l'envers, les précéder dans la cuisine... C'est ce qu'on ferait..., c'est ce qu'on fait habituellement. Donc, elles auraient mis la caméra dans la cuisine et j'aurais attendu qu'elles viennent avec le dernier verre, les verres et les fourchettes. Tandis que là, je reste avec la table desservie ; qu'est-ce qui

94

se passe là ? C'est des découvertes très obscures, finalement. Parce que je sais que je l'ai voulu comme ça. Dans le premier état du script, c'est déjà écrit comme ça, sans que je..., je sache pourquoi. Je ne peux pas clairement vous le dire.

X. G. — Je ne peux pas clairement l'exprimer non plus, mais je crois que c'est ça la petite..., la petite rupture d'avec ce qui aurait pu être — enfin, petite, mais qui déclenche tout —, d'avec ce qui aurait pu être la copie de la réalité. Mais je crois que si on peut, tout d'un coup, découvrir...

M. D. — Du réalisme, parce que la réalité, la table aussi elle est dans la réalité, seule.

X. G. — Oui, mais dans cette façon de la filmer, après que les femmes soient parties, par exemple, ça ne l'imite pas, la réalité, ça ne la copie pas, quand même.

M. D. — Mais qui la voit, à ce moment-là, la table ?

X. G. — J'ai l'impression qu'elle est livrée à elle-même.

M. D. — Voilà. On peut dire : « C'est la caméra. » Mais non. La caméra est là parce qu'elle était là. Elle reste là, comme saisie de paresse. Elle reste, devant la table, bêtement, on pourrait dire, oui, bêtement. La table rend compte d'autre chose, d'un tout, de la vie... Peut-être — non, c'est une mauvaise direction —, j'allais dire de la vie..., d'une vie à un niveau plus bas, d'une vie encore plus... encore plus... physique, voyez-vous, de la maison. On voit, de même, à un moment donné, la radio, seule, sur une table, il y avait du soleil là.

X. G. — Livrée à elle-même. Mais, je crois que, justement, après avoir vu le film, des tas de gens peuvent découvrir ce que ça peut être qu'un travail de femme, de ménagère, enfin de ce que les femmes font à la maison. Et pourquoi ? il y a quelque chose là... Par exemple, si ça avait été un film documentaire, comme on en voit, les femmes en usine, les femmes ceci, les femmes cela, avec ce réalisme justement qu'ont les films documentaires, je ne sais pas, ce serait passé comme une information. Et ici, c'est pas une information, justement, à cause de l'écriture du film, c'est..., c'est quelque chose qui se passe.

M. D. — Mais vous croyez pas qu'il faut revenir à cette notion de réalisme..., de réalisme a contrario ? Le réalisme, ce serait de montrer une table, quand elle a une fonction, dans la fiction du film..., la fonction d'occuper les femmes, n'est-ce pas, mais que là où on saute dans l'irréalité, c'est quand on montre la table toute seule, les femmes étant parties.

X. G. — Oui, mais, encore, je ne crois pas que ce soit l'irréalité.

M. D. — Ah, moi, ça me donne un sentiment d'irréalité, cette table nue, c'est la magie. Là, tout d'un coup, la table a une vie en elle-même, une vie un peu... inquiétante...

X. G. — Mais... enfin, peut-être je comprends mal ce que vous dites...

M. D. — ... Concurrentielle de la femme. C'est des objets touchés par la femme et qui ont une vie propre. Peut-être c'est ça, peut-être une bêtise ce que je dis, mais c'est comme ça aussi.

X. G. — Non, non, là..., quand vous dites..., oui..., une vie, du fait par exemple que les femmes l'aient touchée, oui, ce qui m'effrayait, à un moment quand vous disiez...

M. D. — Magie ?

X. G. — Oui.

M. D. — Quand je dis magie, je dis cinéma en général, mettons une vie cinématographique, si vous voulez. Parce que c'est ça le cinéma, c'est bizarre. Vous mettez une caméra là, il ne se passe rien, apparemment, et au cinéma c'est fantastique, quelqu'un va déboucher de cette allée et..., et on aura peur.

X. G. — Donc, ça révèle, les choses et les gens ?

M. D. — Oui, et c'est pas toujours ce qu'on a prévu, c'est toujours différent.

X. G. — C'est vous qui filmez ? C'est vous qui avez l'œil à la caméra ?

M. D. — Je regarde toujours le plan, le cadre avant, avant qu'on tourne, toujours, et en général, quand il y a des accidents de tournage, je les garde. Par exemple, on parle toujours de cette table, qui est un des plans, à mon avis, essentiels du film, qui donne le ton à tout le reste, si vous voulez, le mode de tournage. Lucia Bose s'était trompée dans la manipulation des objets sur la table ; elle ne devait pas prendre les verres d'abord. Elle s'est trompée, elle a pris les verres ; elles les a lâchés, elle a pris les couverts. J'ai fait signe au directeur de la photo de continuer à tourner. On voit maintenant... la traduction de l'accident, c'est que Lucia Bose est comme une infirme, à cause de son angoisse, et que ses gestes sont tout à fait différents de ceux de l'amie. Ils sont beaucoup plus malhabiles, beaucoup plus lourds. Heureusement qu'il y a eu cet accident. Mais, quand vous parlez du travail de la femme — ça, je voudrais qu'on en parle, du travail de la femme à la maison —, vous le voyez comment, vous ?

X. G. — Je ne sais pas. Je le vois... Bon, habituellement c'est quelque chose, pour moi, que je ne peux pas supporter. Bon. J'ai du mal, quand je vois une femme faire la cuisine à son mari, par exemple, je suis très mal à l'aise. Ça me paraît comme une servitude, très grossièrement. Et je vous assure que dans *Nathalie Granger* j'ai eu l'impression que c'était un véritable travail. D'habitude, je n'ai pas l'impression que se soit un travail qui produit quelque chose.

M. D. — Par opposition à la notion de corvée.

X. G. — Oui, et j'ai eu l'impression, à cause de la création qu'il y a dans la maison et de la maison, que quelque chose se passait. Et d'habitude je n'ai pas l'impression que c'est quelque chose qui se passe.

M. D. — Ah oui, ça s'inscrit dans un mouvement général, là, dans *Nathalie* ? C'est ça que vous voulez dire, c'est une activité harmonieuse.

X. G. — Oui, oui.

M. D. — Comme un mouvement. Comme si elles marchaient.

X. G. — Oui, une activité de leur corps. Et ça, je ne m'étais jamais rendu compte.

M. D. — Oui, maintenant que vous le dites, j'aperçois ça.

X. G. — Mais, dans votre esprit, c'était quoi ?

M. D. — C'est le temps, le passage du temps : on mange, les enfants partent à l'école, le mari s'en va, on téléphone, les deux ou trois petites corvées, on dessert la table, on lave la vaisselle, la vaisselle est rangée, et puis toc..., c'est le vide, c'est le loisir, elles ont deux ou trois heures devant elles, vides, voilà.

X. G. — Je me demande si le temps pour un homme est le même que pour une femme. Ça paraît peut-être absurde, dit comme ça.

M. D. — C'est le même dans les prisons. J'ai lu, souvent, des descriptions des prisons, de gens qui avaient été en prison, ils font la même énumération : on apporte la gamelle, ils mangent, bouchée par bouchée, le temps passe, voyez, ils reposent la gamelle, on frappe, ils rendent la gamelle et puis toc..., c'est le loisir. C'est dans les prisons seulement que

98

l'homme vit la durée de la femme, je le crois complètement. Parce que cette activité-là — je le vois en creux, là, en ce moment —, cette activité-là, elle est complètement ignorée des hommes, complètement. Ça va de soi, pour eux. C'est même pas un travail. C'est comme un rongement, c'est comme un travail intestinal, glandulaire. Ils ne le voient pas plus que comme ça.

X. G. — Ça rejoint ce que je vous disais, ça n'existe pas comme travail.

M. D. — Pour eux, la femme est tellement préposée à la chose que... elle se fond avec ça.

X. G. — Oui, ça fait partie d'elle-même.

M. D. — Mais, si vous demandez à des tas de femmes ce qu'elles font, les femmes des H. L. M. et tout ça, et même dans la bourgeoisie, ce qu'elles font l'après-midi, elles disent que ça, c'est le problème, que si ennui il y a, c'est là, c'est à ces heures-là. Ce creux dans l'après-midi, entre les corvées et l'arrivée des enfants ou l'arrivée du mari... Tendance suicidaire, un peu.

X. G. — Est-ce qu'au moment où la violence extérieure vient frapper..., aux différents moments où des interventions plus ou moins violentes de l'extérieur viennent frapper ces femmes, est-ce qu'il n'y a pas un changement de temps ? Eventuellement, une accélération du temps ? Est-ce que le temps est le même pour les criminels des Yvelines...

M. D. — Non.

X. G. — ... et pour ces deux femmes ?

M. D. — ... Et même, l'intrusion de la violence dérange la durée qui s'écoule. Elle introduit une autre durée, qui a trait à une durée plus longue chez les femmes, si vous voulez. Ce qui est touché chez les femmes, à ce moment-là, ça va beaucoup plus loin que les femmes, cet après-midi-là. C'est ces femmes depuis toujours, sans doute. Mais, pour en revenir au travail, je ne vois rien chez l'homme qui soit de cet ordre-là, les corvées de la maison. Ils ont tous un travail, bien sûr, la plupart d'entre eux, mais différent, tandis que quatre-vingt-quinze ou quatre-vingt-dix-huit pour cent des femmes du monde entier ont le même travail.

X. G. — C'est curieux, parce que je me demande... Ça devrait les rapprocher, normalement, ça devrait leur faire un...

M. D. — Oui, mais il est complètement occulté et elles n'en parlent même plus. C'est comme de respirer.

X. G. — Oui, encore une fois, c'est pas un travail.

M. D. — Dans mon film, est-ce que c'est un travail ?

X. G. — Oui, pour la première fois.

M. D. — Quand vous dites « travail », c'est pas dégradé, c'est ça ?

X. G. — Ah non.

M. D. — C'est ça, c'est revalorisé, en somme.

X. G. — Bon, ce serait... C'est peut-être un peu extérieur ce que je vais dire là, disons par exemple, si on pense au travail au sens marxiste...

M. D. — Oui, justement, je voulais en venir là.

X. G. — C'est une production de quelque chose, qui est utile à la société, qui est rémunéré en échange et qui fait tourner, enfin, la société. Mais là, là, tel que c'est dans la société, c'est d'un ordre différent, puisque ce n'est pas reconnu comme travail, que ce n'est pas rénuméré, et que malgré tout ça entretient les hommes qui travaillent, ça entretient leur force de travail. Par exemple, on lave leurs vêtements, on leur donne à manger. Donc, pourquoi ça a ce schéma-là ?...

M. D. — Il y a une sorte de hiatus, là, complet.

X. G. — Oui. Pourquoi ça a... ?

M. D. — Parce que ce n'est pas payé. Parce que ce n'est pas dans un circuit de production.

X. G. — Mais oui, ce n'est pas dedans et pourtant...

M. D. — Ou bien c'est ludique, ou bien c'est des corvées, dans ce cas-là. Tout ce qui n'est pas payé, ce sont les fêtes ou les corvées... enfin, les corvées ménagères... C'est ça, c'est le travail des femmes.

X. G. — Mais oui, corvées, même au sens des serfs, enfin, c'est-à-dire qu'on ne les payait pas et leur vie... En échange de ça elles ont une vie..., enfin soi-disant...

M. D. — Mais, si vous analysez la vie d'une femme, c'est très, très..., c'est extrêmement restreint, la vie, c'est-à-dire la relation, l'échange. Elles n'ont pas toute cette..., elles n'ont pas la marge énorme — la femme qui ne fait rien —, la marge énorme de..., du travail, du lieu de travail, que représente la communication au lieu de travail par l'homme..., de l'homme, je veux dire.

X. G. — Bien sûr, mais voyez, vous dites aussi : « La femme qui ne fait rien », oui, c'est-à-dire celle qui travaille chez elle, mais...

M. D. — C'est ça.

X. G. — Et puis là-dedans on considère qu'elles ne font rien, effectivement, quand elles ne travaillent pas au-dehors.

M. D. — « Qui n'est pas salariée », il faudrait dire.

X. G. — Elle n'est pas salariée, elle est entretenue.

M. D. — Mais c'est tellement en nous... Comment..., comment faire... Ça n'est pas que..., qu'il faudrait que la femme soit dehors, livrée à l'extérieur, comme l'homme. A mon avis, c'est pas ça le problème..., enfin le problème, il est..., le problème majeur, à mon avis, c'est comment empêcher une femme de nettoyer une table sale, comment enpêcher une femme de faire la vaisselle quand la vaisselle est sale, comment empêcher une femme de donner à manger à un enfant quand il a faim ?

X. G. — Ce serait une culpabilité énorme que de ne pas le faire.

M. D. — Et vous croyez qu'il faudrait arriver à ne pas le faire ?

X. G. — Je ne sais pas. Non, je ne vois pas pourquoi chasser systématiquement les femmes de ce qu'elles ont toujours fait et, malgré tout, ça pose un problème, qu'elles répètent comme ça, je ne sais pas.

M. D. — Quand on voit un homme se livrer à des tâches ménagères, c'est tellement pénible, c'est tellement piteux, évidemment, on a envie de lui dire : « Laisse-moi faire. »

X. G. — D'ailleurs, à mon avis, ils le font très mal pour qu'on dise : « Ecoute, tu n'y arrives pas... » Enfin... Peut-être, inconsciemment, il y a un ratage comme ça.

M. D. — Un homme qui recoud un bouton, c'est très pénible.

X. G. — Maintenant, peut-être que là aussi on en est quand même à une période un peu transitoire ? C'est vrai aussi qu'en étant petites filles on nous a appris à coudre des boutons.

M. D. — Voyez dans les villages, les petits enfants qui font les courses, c'est les petites filles. La mère envoie la petite fille parce qu'elle sait que déjà la petite fille perdra moins souvent le porte-monnaie que le petit garçon et qu'elle saura mieux redire les choses à l'épicière et au boucher. Et puis, c'est comme ça.

X. G. — Mais, c'est comme ça..., je ne sais pas...

102

M. D. — Je veux dire, elles le disent naturellement, il ne leur viendrait pas à l'esprit de...

X. G. — Oui, ça semble naturel, mais est-ce que c'est pas parce que, dès le début...

M. D. — Oh, bien sûr : parce qu'elles ont été élevées comme ça.

X. G. — Oui, parce que, si on envoie le petit garçon, d'abord il va se faire fiche de lui : « Comment, tu fais les courses ! » Enfin, je ne sais pas... C'est tout un engrenage, dès le départ, une espèce de honte, comme ça, qu'il aurait à faire les tâches ménagères, qui peut se transformer en son contraire, c'est-à-dire de fierté : « Moi, je fais le ménage chez moi ! », ou quelque chose comme ça. Ça ne paraît jamais aller de soi.

M. D. — Mais alors, ce travail, quand c'est des bonnes * à tout faire ou des femmes de ménage qui le font, vous ne le jugez pas de la même façon ?

X. G. — Ça me pose aussi un problème, mais enfin elles ont un salaire.

M. D. — Les femmes qui *sont,* simplement, et qui ont un salaire. Je pense aux femmes du début du siècle, une grande courtisane entretenue, aux femmes actuellement, aux femmes entretenues du boulevard Haussman, par... des hommes d'affaires. Elles sont payées...

X. G. — Oui, c'est pas un salaire.

M. D. — Elles ont des appartements...

X. G. — Oui, mais c'est pas un salaire.

M. D. — On leur donne de l'argent...

X. G. — C'est pas pareil.

M. D. — ... des autos, des fourrures... Je vois ça comme un salaire.

X. G. — Non, je ne crois pas que ce soit un salaire.

103

Elles sont entretenues ; en échange d'être la femme, on leur donne de l'argent. Un salaire, c'est en échange d'un travail *.

M. D. — Mais toute la société bourgeoise, mariées, qui ont des domestiques, qui ne font rien **...

X. G. — Oui, c'est basé là-dessus.

M. D. — Elles sont entretenues ?

X. G. — Oui.

M. D. — Et ce fait de l'entretien est-il... ? Moi, je le trouve inadmissible.

X. G. — Bien sûr, il est catastrophique.

M. D. — Inadmissible, inadmissible.

X. G. — Catastrophique, complètement.

M. D. — Et vous croyez que les femmes de la bourgeoisie se rendent maintenant compte de ça ?

X. G. — Je ne sais pas, un peu, oui, puisqu'il paraît qu'il y en a plus qui travaillent un peu.

M. D. — On connaît de moins en moins de femmes qui se laissent porter comme ça, complètement, par le mari, alors qu'il y a encore vingt ans ça passait pour être tout à fait normal et même souhaitable. Tous les parents souhaitent ça pour leurs filles.

X. G. — Oui, oui, encore que, si la femme travaille, c'est quelque chose d'appoint. C'est quand elle n'a pas des enfants en bas âge, c'est quand..., pour meubler un petit peu son existence, ça peut être un travail à mi-temps. C'est pas la même conception de travail.

M. D. — Pour se désennuyer.

X. G. — Oui. Pour ne plus être la femme oisive, et en fait..., si leur travail n'est pas nécessaire, c'est pas non plus un vrai travail

M. D. — Oui, voilà.

X. G. — Après tout, si elles en ont marre, elles arrêtent. C'est pas pareil qu'un travail d'homme.

M. D. — ... Ou que le travail des femmes des milieux pauvres, des milieux populaires... qui font marcher le bateau. Chaque maison est comme un bateau, elles sont dans la salle des machines, en bas. Sans ça, tout stoppe.

X. G. — Oui, mais en général ces femmes-là font un double travail.

M. D. — En général, elles font le double. On peut parler de l'ennui, si vous voulez, de l'ennui chez ces femmes.

X. G. — Elles, vous avez l'impression que les femmes du film, de *Nathalie Granger,* s'ennuient ? Quand elles écoutent, par exemple, le voyageur de commerce ?

M. D. — Non, non.

X. G. — Elles vivent très bien, je crois.

M. D. — Il y a beaucoup de gens qui m'ont demandé ça, en voyant le film, et j'ai toujours répondu : « Non, elles ne s'ennuient pas. »

X. G. — Elles se sentent bien, je crois.

M. D. — Enfin, il y a le problème de l'enfant.

X. G. — Oui, l'enfant qui n'accepte pas du tout non plus leur rythme, leur temps de femmes.

M. D. — Et qui est contre..., contre tout, enfin elle est à l'école contre la maîtresse, contre tout ce qui lui est proposé.

X. G. — Oui, elle est révoltée, absolument.

M. D. — Absolument. C'est une violence informe, mais extrêmement douloureuse, et cette violence, elle plombe tout le ciel du parc, elle plombe toute la maison. Quoi faire de l'enfant ? Quoi faire de l'enfant, en face de la société ? C'est deux intolérables, si vous voulez, l'intolérable de l'enfant et l'intolérable de la société. Quoi faire d'un enfant

105

quand on l'a fait, n'est-ce pas ? Je crois qu'en ce moment, partout dans le monde, toute maternité est dramatique. On parle de l'Inde. La maternité d'une Indienne est forcément dramatique. Elle se demande : « Est-ce que mon enfant mangera ? Est-ce qu'il va vivre, même trois ans ? » Bon, mais ici aussi, c'est pareil. Dans tout l'Occident, en Amérique, qu'est-ce qu'un enfant va devenir ? Quel sera son devenir dans cette société horrible ?

X. G. — Moi, personnellement, je n'arrive pas à imaginer comment on peut élever un enfant.

M. D. — Ce n'est pas possible. Je crois que les gens posent ça en principe. Ils se font des enfants pour se désennuyer, ils se posent ça en but parce qu'ils n'ont plus rien. La vie de groupe a complètement cessé, la vie de village, la vie communautaire a complètement cessé. Les gens s'ennuient mortellement, c'est partout, ce cri, l'ennui, plus rien n'arrive. Alors, ils se posent un enfant comme ça. Ils se font un enfant pour se donner un..., même pas un but, c'est beaucoup trop dire.

X. G. — Une contenance.

M. D. — Voilà, une occupation, je dirais. Et quand un enfant a une chambre, c'est la chance ; quand il a une place à l'école, c'est la chance ; quand il trouve un travail, c'est la grande chance. Et là, il faudrait rejoindre la passivité dont on parlait, et plus en faire. Tout est à l'avenant. C'est très curieux, dans ce monde-ci, ce processus se retrouve partout : les automobiles, les enfants. On a une automobile, on ne sait pas où la mettre, pareil.

X. G. — Oui, on a un enfant, on ne sait pas où le mettre.

M. D. — Voilà. On a une automobile, on vous punit. On vous donne des contraventions parce que vous avez une automobile. Vous avez un enfant, on vous punit, on ne vous donne pas de place à l'école pour lui et ils gueulent tous : « Faites des enfants et achetez nos automobiles ! » C'est un circuit, comme ça, d'ordre infernal qui entoure l'individu. Partout. Dans tous les domaines. On vous dit : « Partez en vacances ! » Il n'y a pas de place pour vous dans les vacances. Il n'y a pas de place du tout. C'est tout trop cher. La moindre maison, c'est six cent mille francs par mois, et on vous dit : « Allez-y ! »

X. G. — Mais qu'est-ce qu'on peut faire ? Est-ce qu'il faut refuser tout ?

M. D. — Il faut, je sais pas, c'est..., c'est une chose qu'on n'a jamais essayée. Avec ça, il y a le vote...

X. G. — Oui, ça, quelle escroquerie !

M. D. — Voilà. Et c'est là que la passivité aurait dû s'exercer tout de suite. On cherche quelqu'un : il n'y a personne. Même si vous dites « non », vous entamez le dialogue. C'était ça, les référendums gaullistes, la grande, grande escroquerie intellectuelle. « Dites-moi si vous me choisissez... » Et on avait envie de lui dire : « Mais on ne vous a rien demandé. » Tout le monde a marché. Eh bien, ça, voyez-vous, je pense qu'avant on n'aurait pas marché comme ça, il y a encore cinquante ans, cent ans. Je crois que les gens s'abêtissent. Ils n'aperçoivent pas là où ça..., là où ça cloche, là où la chose... est infirme, là où la demande est infirme, que c'est une fausse demande.

X. G. — Et vous croyez qu'ils l'apercevaient avant ?

M. D. — Je crois qu'il y avait plus d'intelligence, j'ai l'impression.

X. G. — On fait davantage croire des choses aux gens peut-être, par exemple leur faire croire qu'ils sont intelligents.

M. D. — Oui. Non, mais il me semble qu'un homme très, très, très simple à qui on dirait : « Choisissez-moi », je parle du vote, n'est-ce pas, à tous les échelons, le vote électoral, le référendum, il semble qu'un homme très simple apercevrait tout de suite qu'il n'a rien demandé et qu'il demanderait : « Mais pourquoi je vous choisirais ? Je choisis personne. Je choisis plutôt un autre qui me demande rien. » L'abêtissement, c'est précisément de marcher.

X. G. — Oui. On ne cesse pas de faire croire aux gens qu'ils sont libres. Et qu'en votant, par exemple, ils disent quelque chose.

M. D. — Oui, mais c'est étonnant à quel point ça colle.

X. G. — Mais il y a plus de moyens de propagande, de lavage de cerveau, actuellement.

M. D. — Oui.

X. G. — Et plus on abrutit les gens, plus on leur dit : « Voyez... », on leur explique : « Voyez, vous êtes libres, vous êtes intelligents, vous pouvez choisir, vous pouvez faire ça », mais c'est parce qu'on leur dit, je crois, surtout.

M. D. — Mais les gens qui dénoncent des tas de choses demandent de passer à une action politique, alors que la première chose à faire, ce serait de s'abstenir. Dire aux gens avant tout, avant les programmes : « Ne payez pas votre téléphone, volez dans les magasins, n'achetez plus d'automobiles, ne votez plus, ne payez pas vos impôts. » Mais qu'on soit des millions à le faire.

X. G. — Mais c'est ça le problème.

M. D. — C'est tout. Je rêve d'un programme politique entièrement négatif, comme ça *.

X. G. — En fait, les gens en ont certainement envie, mais il y a aussi un surmoi et une loi qui les écrase, je crois. J'ai entendu parler d'une... d'un groupe de jeunes, politisés, aux U. S. A... Je sais pas très bien qu'est-ce que c'est. Ils vont dans les immenses supermarchés et, vous savez, où il y a quelquefois un présentateur qui a un petit micro pour dire : « Achetez machin chouette », tout ça. Ils s'amènent, ils attrapent le type, ils le fichent en l'air et ils prennent le micro et ils disent : « Pendant une demi-heure, vous pouvez tout prendre, c'est absolument libre. »

M. D. — Et personne ne prend ? Si ?

X. G. — Il paraît que tout le monde se précipite.

M. D. — Parce que, la première fois, les gens n'osaient pas.

X. G. — ... A ce qu'on m'a raconté.

M. D. — Les premières fois, les gens n'osaient pas bouger.

X. G. — Oui, ça, c'est possible aussi. Il paraît que ça a été fait et que les gens se sont précipités..., enfin, après plusieurs fois..., ils répètent leur phrase, ils la redisènt..., ils se précipitent pour voler. Alors, bon, c'est fou, cette impression, pour les gens...

M. D. — En Amérique, ils ont comme ça une politique silencieuse, gestuelle plutôt, qui est parfaite, qui a été parfaite pendant la guerre du Vietnam.

X. G. — Oui ?

M. D. — Le refus de payer les impôts, le refus de payer le téléphone, ça s'est généralisé beaucoup, surtout dans l'Etat de New-York.

X. G. — Oui.

M. D. — Mais... nous sommes dans une telle situation..., enfin, il faut pas..., c'est un entretien qui ne porte pas forcément sur une époque..., cette époque-ci, ou cette époque-là, enfin, ce que je veux dire, c'est simplement que l'inertie, les refus, le refus passif, le refus de répondre en somme, est une force colossale, c'est la force de l'enfant par exemple, c'est la force de la femme.

X. G. — Oui.

M. D. — Ça serait une force d'ordre féminin, qui ne s'explique pas, le refus, et je crois que les femmes pourraient l'opposer, celui-là. Des hommes passeraient tout de suite, toujours, au discours pour expliquer, n'est-ce pas, pour l'expliciter. Et les femmes pourraient l'opposer. Elles le ressentiraient tout de suite, et je crois qu'elles agiraient si elles avaient la parole. Malheureusement, dans cet ordre de choses, c'est le suivisme à peu près dans quatre-vingt-quinze pour cent des cas.

X. G. — Mais parce qu'il y a aussi ce morcellement des femmes... C'est assez curieux parce que, comme vous disiez, bon, elles font presque toutes le même travail, mais chacune dans leur maison ou leur appartement, et les hommes qui font des travaux différents se retrouvent sur des lieux de travail et ont quelque chose comme ça en commun qui se crée, même si c'est artificiel.

M. D. — C'est ça, la vie publique.

X. G. — Et c'est pour ça qu'il est difficile de... Pourquoi ça se passe pas, ce refus passif des femmes ?

M. D. — Parce qu'il correspond..., ça se trouve qu'il faut revenir au marxisme..., c'est pas un travail marxiste. C'est pas un travail qui peut être politiquement fécond. Il n'est pas collectif ; il est isolé.

X. G. — C'est ça.

M. D. — C'est peut-être pas le non-salaire, c'est plutôt parce qu'il est isolé. Chacune dans sa cuisine, chacune dans sa boîte, faisant la même chose. Supposez des cuisines collectives, des cuisines de village ou des buanderies de village, ça serait tout à fait différent. Si tout un village

110

habitait un seul dortoir, ça serait tout à fait différent. Le travail des femmes deviendrait..., aurait des conséquences politiques.

X. G. — Oui, encore que là il y a peut-être un autre problème, c'est-à-dire que, lorsqu'un homme fait la grève, il ne la fait pas seul, il a toute une organisation, contre son patron, son employeur. Si la femme fait la grève d'une certaine façon, par exemple refuse de se lever, son patron, c'est son mari ou son amant, enfin c'est un homme avec lequel elle a des rapports affectifs, sexuels, etc., c'est beaucoup plus difficile.

M. D. — En aucun cas ça ne peut être une grève, ça ne peut être pris par l'homme comme une grève.

X. G. — C'est ça. C'est très différent.

M. D. — Je crois que, dans le rapport de personne à personne, le rapport de personne à personne est rarement un rapport politique dans la connaissance. Il faut qu'il soit impersonnel. Vous avez un rapport politique entre un patron et un ouvrier qui ne se connaissent pas, qui sont liés par le salaire donné et le salaire reçu. Mais dans un couple, évidemment, bien que c'est éminemment souhaitable, mais le rapport ne peut jamais être..., je ne crois pas qu'il puisse un jour devenir politique. Je crois que c'est les femmes entre elles qui devraient..., qui devraient se grouper... et... agir. C'est pas la femme chez elle, c'est la femme en dehors de chez elle.

X. G. — Mais le problème, justement, c'est qu'elles ont des intérêts affectifs, et sexuels, opposés. C'est que, si elles font quelque chose entre elles, elles ont chacune un mari ou un homme qui ne sera pas d'accord et qui les retiendra par cette affectivité, par tout, par des rapports qui sont entièrement subjectifs.

111

M. D. — Alors, il ne faut pas vivre avec eux.

X. G. — Avec les hommes ?

M. D. — Non.

X. G. — C'est un problème aussi, ça.

M. D. — Il faudrait avoir des amants, peut-être des maris, mais ne pas cohabiter, ... c'est-à-dire donner prise à ça. Donner prise à la servitude. C'est immédiat.

X. G. — Oui. Et vous croyez qu'on peut avoir des amants ou des maris sans entrer dans un rapport affectif ?

M. D. — Si. Il y aura un rapport affectif. Il y aura..., mais là il y aura pas la prise en charge de l'entretien du mari par la femme et de la maison. Parce qu'on aura son lieu et le mari son lieu aussi. C'est le lieu commun qu'il faut casser, peut-être. C'est-à-dire la maison.

X. G. — C'est curieux parce que, regardez, on est parti, avec *Nathalie Granger,* d'une maison qui sauvait les femmes, d'une certaine façon..., enfin, les sauvait, pas au sens chrétien, mais enfin qui était une sécurité, un havre, pour les femmes...

M. D. — Elles ne sont pas surchargées de travail, c'est surmonté, vous comprenez, là, le travail est surmonté parce qu'il est rare, il est..., elles ont...

X. G. — Oui, mais est-ce qu'elles ne sont pas aussi isolées que les autres femmes ?

M. D. — Oui, elles sont isolées.

X. G. — Si elles restent dans leur maison, est-ce qu'elles peuvent faire quelque chose ? Et après, vous dites — on en arrive maintenant... —, vous dites : « Il faut casser la maison. »

M. D. — Oui, mais c'est... La maison de *Nathalie Granger* est une maison qui se casse à la fin, elle se casse, elle est détruite.

112

X. G. — Elle s'ouvre.

M. D. — Tout le monde y rentre. Elle est ouverte et c'est ce petit accident qui fait que la petite fille n'ira plus à l'école, dont on ne sait plus du tout ce qu'elle va devenir, qui fait que la maison se casse. Dans la chaîne, ce chaînon qui manque justement, la petite délogée du social, ça fait casser le reste... Elle s'ouvre. Ah non, je n'aurais pas pu faire un film où la maison se serait refermée. Ma maison est toujours ouverte.

X. G. — Oui, ça, c'est vrai.

M. D. — Vous avez remarqué ?

X. G. — Oh, mais oui.

M. D. — En ce moment, la porte d'entrée est ouverte. En revenant dans l'entrée, puisque nous sommes dans la même maison, on peut, peut-être, trouver un voyageur de commerce.

X. G. — Oui...

M. D. — Je la ferme la nuit. Ou quand je suis complètement seule.

X. G. — En plus, elle est réellement ouverte ; enfin..., ce n'est pas seulement la porte, le loquet de la porte : c'est que c'est vrai, que des gens y viennent et... sont d'une certaine façon chez eux ; c'est ça, l'ouverture.

M. D. — Oui. C'est parce que je ne vis avec personne.

X. G. — C'est vrai. Oui.

M. D. — Il y a quelques années, j'ai rencontré un homme qui voulait vivre avec moi et qui m'a dit : « La première chose que nous ferons, c'est nous enfermer à N... » Personne n'y viendra plus. N'y vivra plus. Ah, l'horreur, l'horreur !

X. G. — Alors, ça repose la question du couple. Un couple, c'est deux personnes dans un lieu clos ?

113

M. D. — C'est une économie fermée qui a des conséquences sur..., le fait du couple a des conséquences totales jusqu'à..., la conséquence du couple sur l'individu est totale. Elle va jusqu'au bout de l'individu. Quand un homme et une femme sont en couple, plus rien d'eux n'est jamais tout à fait pareil à avant, plus rien, tout se modifie. Tout *. C'est extraordinaire. Ils sont un en deux. Les couples qui vont bien, qui marchent. Je ne sais plus où j'ai parlé de ça.

X. G. — C'est souhaitable ?

M. D. — Je ne crois pas. J'ai l'impression très claire maintenant, même lumineuse, que c'est depuis que j'ai cessé de vivre avec un homme que je me suis complètement retrouvée. Tous mes livres, ceux dont vous parlez, qui comptent pour vous, je les ai écrits sans homme ou bien avec des hommes de passage, qui ne comptaient pas, des aventures de passage, qui sont le contraire du couple. Ceux, précisément, qu'on évite dans la vie de couple.

X. G. — C'est très important, ce que vous dites là.

M. D. — On voit bien..., il me semble que ça se lit à travers les livres.., que c'est des livres de la solitude.

X. G. — Mais, dans vos livres, il n'y a pas de couple. Il y a des passions, entre les gens, il n'y a jamais un couple, c'est-à-dire deux personnes.

M. D. — C'est horrible, le couple, les gens qui se disent : « On va se mettre ensemble. » : « se mettre ensemble », c'est une expression populaire... qui dit bien ce qu'elle veut dire. Manger la même chose, dans le même espace, fermer les portes.

X. G. — C'est..., c'est une façon de se tenir chaud et de se rassurer.

M. D. — Ah oui, c'est éviter complètement l'aventure. C'est la seule chose valable, toute aventure, je ne parle pas de l'aventure amoureuse et passionnelle, c'est toute aventure, de l'esprit, tout.

X. G. — Oui, et malgré tout j'ai l'impression que c'est surtout pour la femme que ça refuse le...

[*Fin de la bande.*]

M. D. — ... dont on dit qu'ils sont très liés, ils le sont, ils le sont, relativement ils le sont, qui sont politiquement de notre bord, tout à fait ouverts à une exigence révolutionnaire, enfin... et qui disent, en toute innocence, qui disent : « Sans ma femme, je ne serais pas ce que je suis. » Et quand on leur demande : « Et elle ? », ils ne comprennent pas.

X. G. — C'est fou, ça.

M. D. — La chose la pire, dans cet ordre d'idées, je l'ai entendu dire récemment à propos de la musique, des femmes et de la musique. Je disais que de même que le prolétariat n'est pas passé à la pratique compositionnelle, comme on dit, les femmes ne sont pas passées à la pratique compositionnelle. Il n'y a pas de femme compositeur, parce que, pour composer de la musique, il faut que l'individu soit dans une totale liberté. C'est une activité..., comment dirais-je ?..., l'homme qui se prend pour Dieu, c'est pas... celui de la légende, c'est vraiment le musicien. Faut qu'un homme soit en possession totale de sa liberté pour passer à la musique. C'est ce que je disais et on m'a rétorqué : « La femme n'a pas besoin de créer de la musique, parce qu'elle *est* la musique ! »

X. G. — Et l'homme en joue... comme il joue de la musique.

M. D. — L'homme en profite.

X. G. — Oui, mais dans les deux sens.

M. D. — Voilà, et c'était, dans la bouche de cet ami, un immense compliment. Et la phrase commençait par :

115

« Vous n'avez pas compris, vous n'avez pas besoin de créer de la musique, vous êtes la musique. »

X. G. — Eh bien, quand on dit ça aux femmes, elles sont flattées.

M. D. — Oui, les femmes qui étaient là avaient l'air ravies. Et quand j'ai hurlé, elles ont dû se dire : « Voilà, avec son mauvais caractère... toujours contredire... »

QUATRIEME ENTRETIEN

X. G. — Qu'est-ce tu en penses ?

M. D. — Oui.

X. G. — Sinon, on va avoir du mal à se revouvoyer, peut-être. [*Silence.*] Je sais pas. Non, je sais pas. Commence, si tu veux. Dis.

M. D. — « Ne sais pas être regardée », oui : Ce qui te frappe, c'est le..., c'est le négatif ? C'est que, on dirait peut-être d'habitude : « On la regarde, elle ne le sait pas. »

X. G. — Oui, tu te rends compte, le nombre de pronoms personnels, oui de prenoms personnels et de..., que ça fait en plus !

M. D. — J'avais noté ça, que d'habitude on regarde se faire quelque chose, ou bien on regarde se défaire quelque chose. On regarde le plein. Pas le creux. Oui. « Ne voit pas qu'on la regarde », c'est quelque chose qui se fait autant pour moi que : « Voit qu'on la regarde. » Cette distraction est plus importante. On sait à peu près d'habitude toujours qu'on est regardé. [*Silence.*]

X. G. — Oui.

M. D. — Voilà.

X. G. — On arriverait directement à *la Femme du Gange,* comme ça, parce que tout le film est fait comme ça.

M. D. — Oui.

X. G. — Non ?

M. D. — C'est vrai que, la dernière fois, tu n'avais pas vu le film.

X. G. — Eh oui.

M. D. — Tu avais lu le script.

X. G. — Quand on a commencé ? Non, j'avais rien lu. Parce que tout le film est fait comme ça, sur le regard en creux.

[*Long silence.*]

M. D. — Ça marche, la mini-cassette. [*Rires.*]

M. D. — Si on pouvait garder le silence dans la typographie...

X. G. — Oui, je sais. Ça ne fait rien. Ça se déroule. [*Silence.*] Non, mais je ne sais pas, j'ai peur d'en parler, de *la Femme du Gange.* Je voudrais surtout pas qu'on remplisse, tu vois, que ce soit une..., qu'on dise des choses autour pour..., pour remplir ce film, tu vois, avec toutes les issues qu'il a, tous les creux qu'il a *...

M. D. — Au départ, il y a une dislocation du tout, quand même. De trois livres. [*Silence.*] Toujours, ça se défait et puis ça se refait comme..., comme ça peut..., c'est-à-dire, je fais des erreurs, mais je les garde.

X. G. — Tu fais des erreurs... ?

M. D. — Dans la chronologie. Je ne sais plus ce qui s'est passé dans les livres... :

X. G. — Tu ne gardes que l'essentiel. C'est-à-dire ce qui frappe, ce qui t'a frappée.

M. D. — Je viens de relire *le Vice-consul,* j'avais com-

118

plètement oublié qu'il y avait très longtemps qu'ils étaient déjà aux Indes, Anne-Marie Stretter et Michael Richardson. J'avais complètement oublié. C'est bien parce qu'il y a tout un creux, là, qui est disponible. Hier on m'a téléphoné, quelqu'un m'a dit : « Mais c'est très intéressant, comment vous avez concerté les choses » — comment dit-on encore ? —, « organisé ». J'ai dit que je n'avais rien organisé du tout. Elle a essayé, cette personne, de voir les explications partout.

X. G. — Mais c'est ça dont j'ai peur, tu vois.

M. D. — Les explications dans le détail. Elle croyait que la femme habillée de noir de *la Femme du Gange,* c'était une autre Lol. V. Stein. A mon avis, non ; à mon avis, c'est Tatiana Karl. Alors elle m'a dit : « Pourtant elle fait ça, et ça et ça... et, dans les livres, Tatiana Karl ne le fait pas. » Je lui ai dit : « Mais j'ai oublié mes livres. Et quand je fais quelque chose comme ça, je le fais avec autant l'oubli de mes livres, une fausse mémoire *, je veux dire, qu'une mémoire de mes livres. » Les deux jouent. Maintenant, je sais ça. Dans un sens, ça m'embête un petit peu d'avoir relu *le Vice-consul,* parce que je fais quelque chose là-dessus, maintenant..., enfin, qui a trait à ce qui est tu dans *le Vice-consul,* tu vois... Il y a des choses pas dites dans *le Vice-consul,* et ce serait le sujet de..., d'un... truc à venir **.

X. G. — Mais il y a toujours quelque chose qui, enfin, je ne sais pas, dans ce que tu feras, enfin, c'est sûr..., il y aura aussi quelque chose qui sera tu, qui pourra être dit, c'est indéfini, c'est infini, je veux dire. Ça se..., ça se..., il y a toujours une structure de creux qui attend, qui peut attendre quelque chose.

M. D. — Oui, mais pourquoi ça tourne toujours autour de ces deux... lieux : le Népal, et le Nord, l'Occident, un endroit vide, S. Thala ? Pourquoi ? Pourquoi ? Le Népal, je crois quand même que c'est l'enfance. C'est pas possible, c'est pas possible, pour que ça exerce sur moi une fascination pareille. J'ai vu une fois Calcutta, mais j'avais dix-sept ans. J'y ai passé une journée, c'était une escale de bateau, puis, ça, j'ai jamais oublié. Et la lèpre, je l'ai vue à Singapour, sur le quai de douane de Singapour *. J'ai jamais oublié. Mais je crois qu'il faut aller plus loin que Calcutta et Singapour. Faut aller dans..., dans les rizières du sud de l'Indochine.

X. G. — Où tu étais ?

M. D. — Dans lesquelles je suis née.

X. G. — Ça ferait un petit peu quelque chose d'à rebours. Parce que..., enfin non, pas dans *le Vice-consul*, mais par exemple dans *la Femme du Gange,* ah, non plus, c'est bizarre..., j'essayais de trouver un ordre dans la plage de l'Atlantique et la chaleur. En tout cas, dans *Lol. V. Stein,* c'est l'appel vers autre chose, ça va dans l'autre sens que ce que toi tu as vécu **.

M. D. — *Lol. V. Stein,* c'est de mon âge adulte, déjà.

X. G. — Mais ça va en sens inverse.

M. D. — Oui.

X. G. — Elle est dans le Nord et il y a quelqu'un qui part vers là-bas. Toi, tu as fait l'inverse. Comme si elle allait, par exemple quand Richardson s'en va, comme s'il allait vers un passé, alors, vers ton passé.

M. D. — Oui, oui, c'est vrai.

X. G. — Et dans *la Femme du Gange,* c'est aussi un passé.

M. D. — C'est un passé universel, c'est le passé de tous. Non ? Quand elle dit : « De n'importe quel passé je me

120

souviens », elle meurt de se souvenir. Je crois que c'est un passé commun. C'est *le* passé *.

X. G. — Mais leur... mémoire aussi, leurs désirs aussi sont communs.

M. D. — **Oui.**

X. G. — Je veux dire, c'est aussi bien les nôtres que les leurs, puisqu'ils ne les ont plus. Tous les quatre — le fou, le jeune homme, Lol. V. Stein et puis la femme en noir aussi —, sont arrivés au point où ils n'ont plus quelque chose à eux. Ils le disent. Ni leur désir, ni leur mémoire, tout ça, ne leur appartient.

M. D. — C'est un état, oui. Le refus a été fait comme, par des générations qui ont précédé, le refus de la société. Tu ne crois pas ?

X. G. — **Oui.**

M. D. — C'est pas eux qui l'ont opéré. C'est toujours ce fameux livre dont on parlait, qui a été occulté ; le passage du plein au vide, je ne l'ai jamais écrit.

X. G. — Oui, mais par exemple, pour le voyageur, c'est pas encore fait. Le film, c'est ce passage.

M. D. — C'est en cours, c'est ça. C'est ça, le film, c'est ce passage, exactement.

X. G. — Ça permet le passage pour lui.

M. D. — Il les rejoint.

X. G. — Par exemple, comme il est venu pour se tuer, c'était encore un désir très personnel ; il croyait qu'il pouvait se tuer, lui. Alors que les autres le..., enfin, il n'a pas besoin de se tuer, les autres le font venir dans ce..., dans ce lieu où ils sont déjà morts, où c'est déjà fait d'une certaine façon.

M. D. — C'est pareil. Cet état de refus est pareil, il

pourrait être pris comme un état de mort. Et, en fait, c'est un état de naissance, au contraire, hein ?

X. G. — Oui.

M. D. — Mais il se tue d'une façon extrêmement... courante. Je pense que... c'est impossible de voir, autour de soi, la société en place, de la *voir* — bon, c'est rare de voir, il y a peut-être une personne sur cent qui voit — sans avoir envie de se tuer. Leur gueule à la télévision, ça donne envie de se tuer.

X. G. — Oui mais, se tuer encore, comme on a pu croire que faisait le voyageur avec ses...

[*Interruption, téléphone.*]

X. G. — Je sais plus ce qu'on disait.

M. D. — Tu veux me faire entendre la fin ?

X. G. — Oui. Je crois que j'essayais de dire que, quand on le voyait sur le lit, comme s'il était mort, avec les médicaments, il me semble que c'est encore un moment où... il peut encore se poser la question de mourir. Tu vois ?

M. D. — Oui.

X. G. — Donc il est encore dans une vie, relativement banale, parce que, quand on est dans une vie comme ça, on dit : « Je veux mourir. » Ensuite, ce n'est plus possible...

M. D. — C'est la dernière fois qu'il se le demande, peut-être.

X. G. — Oui, oui, il me semble. Et qu'après, quand il est complètement pris par eux, il n'y a plus à se le demander, il n'y a plus de..., je ne sais pas comment dire...

M. D. — Il n'y a plus d'acte préférentiel, on peut dire.

X. G. — Oui, oui.

M. D. — Parce que se tuer, c'est quand même un acte préférentiel. C'est ça qui est odieux dans le suicide. Heureusement qu'on en dispose, parce que la vie serait tout à fait, tout à fait, tout à fait invivable, si on n'en disposait pas ; mais c'est quand même un acte préférentiel.

X. G. — C'est un acte de volonté.

M. D. — Oui.

X. G. — Alors qu'après il n'est plus question de ça, je crois, il ne peut plus penser qu'il peut ou qu'il doit faire quelque chose *.

M. D. — Il y a une équivalence qui se produit. Il les rejoint, et c'est comme s'il s'était tué, avec cette différence qu'il est en vie et que son refus est là. S'il était mort, son refus ne serait pas là. On peut refuser. Cette passivité, cette immense force des fous de S. Thala, ce refus organique *, si tu veux, il ne peut s'exercer que dans la vie. Il se tue à un certain ordre de choses, il meurt à un certain ordre de choses, à ce qui est proposé. Mais moi aussi je suis morte à cet ordre de choses. Toi aussi. Dans notre milieu, on ne voit que des gens qui sont morts... au *reste*.

X. G. — Oui.

M. D. — Donc, ce voyageur, il est près de nous. Bon, ce qui se produit après, c'est-à-dire qu'il a reconnu cette jeune fille comme étant Lol. V. Stein, la jeune fille qu'il a tuée, mais il ne s'abandonne jamais à la culpabilité, au remords...

X. G. — Ça aussi, ça n'a plus de sens, hein ?

M. D. — Non.

X. G. — La culpabilité, ça voudrait dire qu'il a voulu cet acte, qu'il a voulu la tuer.

M. D. — Voilà, voilà.

X. G. — Alors qu'il n'a pas voulu. Ça s'est fait.

M. D. — Ça s'est fait dans la force de leur désir, quand les amants sont partis du bal. Ils ne voyaient plus rien, ils n'entendaient plus rien. Elle les a appelés pour vouloir les

123

suivre à ce moment-là, mais c'était un appel complètement vain *. Elle les a appelés, d'ailleurs, parce qu'ils en étaient là où ils n'entendaient plus rien. C'est vrai. C'est ça, Lol. V. Stein, c'est cette espèce d'équilibre du déséquilibre. C'est ce que j'ai appelé les trois termes du désir, le désir entre les amants et le désir de Lol. V. Stein de les rejoindre. Mais la distance qu'il y avait entre elle et les amants, elle était infranchissable.

X. G. — Elle était infranchissable et pourtant elle était très, très..., elle existait. C'est comme un lien. C'est une distance infranchissable, mais c'est comme un lien.

M. D. — C'est ça, c'est cette distance qu'elle n'a pas franchie qui la lie à eux, qui la lie, elle, à eux...

X. G. — Oui.

M. D. — ... jusqu'à..., jusqu'à la maladie mentale.

X. G. — Et c'est pour ça, ensuite, qu'elle suit qui que ce soit..., bon, le fou, ce ne sont plus les amants, mais elle suit ce qui bouge * *. Donc c'était presque encore trop personnel quand elle suivait les amants et ça a pu prendre une autre forme, celle du fou.

M. D. — Ça prend la forme dégradée, ça prend la forme dégradée que ça a dans la vie, tu crois pas ?

X. G. — En fait, oui, mais tu ne crois pas que dans la vie les gens pensent savoir qu'ils suivent une personne très précise, sans se rendre compte que, ce qu'ils suivent, c'est là où est le désir, là où est l'amour.

M. D. — Oui, la personne est un support passager. C'est ça que tu veux dire ?

X. G. — C'est ça.

M. D. — Oui, ce serait toujours le même amour, au départ, qui se déplacerait, de personne en personne.

X. G. — Oui, dans ton film, c'est ça.

M. D. — Oui. Mais quand on voit un enfant jouer, très enfant, de façon très élémentaire, il prend une herbe, un caillou, il le regarde. Bon, cet état de jeu de l'enfant, eu égard à plus tard quand il aura des jouets faits pour jouer, des jouets fabriqués par les adultes, tu as la même dégradation dans le jeu. L'enfant est un fou, complètement, qui s'assagit. Et dans *l'Amour,* en tout cas dans *Lol. V. Stein,* c'est absolument ce que tu viens de dire. Tu as dit que le fou..., attends..., qu'est-ce que tu as dit sur le fou par rapport aux amants ?

X. G. — Il prend leur place pour Lol. V. Stein, c'est-à-dire qu'au lieu de suivre les amants elle suit le fou, mais c'est pareil. Ce n'est pas qu'il soit les amants, il prend la même valeur pour elle.

M. D. — C'est ça, mais les amants se présenteraient, elle ne pourrait pas..., elle les suivrait de même qu'elle suit le fou. Elle est détruite.

X. G. — Mais, à la fin, elle suit le voyageur.

M. D. — Elle a été vraiment détruite pendant la nuit de S. Thala. Oui, elle suit le voyageur.

X. G. — Donc, d'une certaine façon, on peut penser qu'elle le retrouve, que c'était lui qu'elle devait suivre depuis le début et en fait, même pas, je crois.

M. D. — Oui, à mon avis, c'est le moment le plus désespéré.

X. G. — Oui, c'est effrayant, ça.

M. D. — C'est quand elle se met à suivre le voyageur, comme le fou, sans aucune reconnaissance et là c'est fini. L'espoir est vraiment...

X. G. — C'est ça.

M. D. — ... enlevé jusqu'à sa racine.

X. G. — Voilà, parce qu'alors c'était lui qu'elle voulait

suivre depuis le début, mais, quand elle le suit, lui, c'est exactement pareil que quand elle suit le fou.

M. D. — Il est dit : « Elle suit ce qui bouge, ce qui va. »

X. G. — Oui.

M. D. — Il reste la forme, c'est ça *.

X. G. — Oui. Mais... ce qui bouge, justement, tout... le mouvement, dans *la Femme du Gange*... Tu vois, c'est peut-être ce qui est le plus impressionnant, c'est la façon dont le mouvement est à la fois d'une lenteur..., enfin c'est plus que lent, c'est ralenti, je ne sais pas ralenti par rapport à quoi, peut-être à ce qu'on a l'habitude de voir, ou ralenti par rapport à ce que ça « devrait » être dans...

M. D. — Mais est-ce que tu n'as pas eu ce sentiment parce que, toujours, c'est le même pas ? C'est pas que ce pas est particulièrement lent, c'est qu'il est toujours le même, alors tu crois qu'il est ralenti. D'habitude, dans les films, on va plus vite à certains endroits et moins vite à d'autres. Il n'y a aucune urgence, jamais, ici.

X. G. — Oui. Et c'est pareil, tu dis : « C'est le même pas », c'est-à-dire tu peux passer d'un personnage à l'autre, c'est la même chose que pour le désir. Mais, par ralenti je veux dire, oui, peut-être parce que quelquefois on voit des accélérations...

M. D. — Mais pas dans le film ?

X. G. — Non, pas dans le film. D'habitude, on voit des accélérations, et là, il n'y en a pas. Et, tu vois, le désir et la douleur sont tellement forts..., on pourrait imaginer, pour s'en délivrer, de faire un geste plus rapide, tu vois, ou un pas plus rapide. C'est pour cela que je dis « ralenti ». Et c'est... pour moi, c'est l'érotisme, ça. Je l'ai ressenti d'une façon très, très érotique..., un mouvement ralenti, je ne sais pas comment le dire autrement. C'est-à-dire la tension qui est tellement forte, qui monte tellement et on ne fait pas le geste de décharge ou le pas de décharge qui serait rapide, qui atteindrait un but.

M. D. — L'orgasme ?

X. G. — Oui, l'orgasme.

M. D. — C'est ça, l'orgasme n'a pas lieu.

X. G. — C'est cela, c'est pour ça que c'est d'un érotisme insupportable, on aurait besoin, presque, que ça aille plus vite et ça ne va pas plus vite, alors c'est..., tu vois, on le ressent tellement plus fort... et alors... En même temps donc, il y a le mouvement que je dis ralenti et quand même, à des moments, il y a, non pas une rapidité, mais une fulgurance. Par exemple, quand elle chante, la femme, avec la bouche fermée et en remuant la tête, c'est extraordinaire.

M. D. — Elle chante lentement. Il y a plus d'intensité, davantage d'intensité dans la voix. Le son est plus fort, il n'est pas plus vite.

X. G. — Le rythme est le même. Il n'est pas plus rapide. Il est fulgurant.

M. D. — Ils marchent comme elle parle.

X. G. — Oui, le même rythme. Pourtant, il déchire, là.

M. D. — Remarque, dans *Nathalie Granger,* ce même pas était là, non ? Peut-être quand même qu'il y avait quelques différences.

X. G. — C'est vrai que *Nathalie Granger* est plus inséré dans une réalité sociale.

M. D. — Oui, tu vois, les jeunes de Digne — là, le film a été vu, quand même, par cent cinquante personnes —, ils ont fait remarquer aux organisateurs ceci, ils leur ont dit : « Vous avez voulu nous faire croire que *Nathalie Granger,* c'était le film « différent », le cinéma différent.

C'est pas vrai du tout. Le cinéma différent, c'est *la Femme du Gange*. » Qu'est-ce que tu en penses ?

X. G. — Moi, je pense que c'est déjà dans *Nathalie Granger*, le cinéma différent, mais que c'est parfait, c'est-à-dire que c'est totalement un cinéma différent dans *la Femme du Gange*.

M. D. — Oui, mais dans *la Femme du Gange*, du point de vue de l'entrée du spectateur dans le film, de..., c'est ça, de l'intégration du spectateur dans le film..., dans *Nathalie Granger*, tu peux aimer un peu, tu peux aimer certaines choses, tu peux plus ou moins ne pas rentrer. Rentrer plus ou moins dans le film, je veux dire.

X. G. — Oui, oui, je comprends.

M. D. — Tandis que, dans *la Femme du Gange*, si tu n'entres pas, il n'y a rien.

X. G. — C'est tout ou rien, oui.

M. D. — Rien du tout.

X. G. — Oui. Et *Nathalie Granger*, on peut davantage en discuter, je crois, que de *la Femme du Gange*, qui.. est entier, moi, qui m'a prise entièrement.

M. D. — C'est ça. Comme on peut plus ou moins y pénétrer, on peut plus ou moins parler autour *.

X. G. — Oui. Et tu vois — ça, je n'y avais pas pensé en lisant le script —, quand j'ai entendu la femme mariée parler, la femme aux enfants, la femme sociale, dans le script...

M. D. — Alors elle, tu vois — je t'arrête, je m'excuse —, elle marche plus vite, elle est pas de S. Thala, elle.

X. G. — Ça, c'est sûr.

M. D. — Elle est du seizième arrondissement.

X. G. — Et sa voix !

M. D. — Elle a Pompidou comme gouverneur.

X. G. — Oui, ça se sent tout de suite, oui.

M. D. — Elle est pourrie, elle est foutue. Et elle marche vite à S. Thala, ce qui choque.

X. G. — Oui, c'est vrai. Quand on les voit arriver, la femme et les deux enfants, je me suis dit — je ne me souvenais pas dans le script —, comme s'il y avait une erreur de tournage, comme si tu avais pris par erreur dans la caméra des gens qui se baladaient, qui étaient des gens de la réalité, tu vois des gens qui n'étaient pas dans le film. Je t'assure qu'à un moment, je me suis dit : « Mais qui c'est, ces gens, c'est pas possible qu'elle les ai pris comme ça dans la caméra », je ne me souvenais pas quelle était cette femme. »

M. D. — Oui, mais les gens comme... les metteurs en scène en place, commerciaux, diraient : « Ça, c'est du cinéma. »

X. G. — Voilà, ils seraient tranquilles avec ça.

M. D. — Elle descend, donc elle descend, elle déboule, après elle marche plus vite, elle a peur, donc elle crie, elle est triste, donc elle pleure, etc.

X. G. — Oui, c'est logique. Ce que je voulais dire, c'est que quand je l'ai entendue parler, je me suis dit : « Peut-être qu'elle pourrait être aussi le spectateur... »

M. D. — Oui, comme Gélin, dans *Détruire,* qui est le spectateur.

X. G. — Parce que par exemple quand elle dit : « Mais enfin, je ne comprends pas, qu'est-ce que ça veut dire ? Je voudrais une explication, j'y ai droit, il me semble », je croyais entendre le spectateur dans la salle dire : « Mais enfin, qu'est-ce que c'est que ce film ? J'ai droit à une explication ! »

M. D. — Ah, mais j'y ai pensé, absolument, tu as complètement raison. J'ai ri pendant le tournage et j'ai ri en l'écrivant. Et j'ai pensé que c'était une phrase du spectateur.

X. G. — C'est ça, qui dirait : « Il me semble que j'y ai droit, à cette explication », c'est-à-dire complètement perdu. Et aussi quand elle demande : « Ça dure depuis combien de temps ? » et qu'il lui dit : « Depuis toujours », c'est le film, aussi.

M. D. — Oui, et il dit : « Je ne le savais pas. »

X. G. — Il dit : « Je ne le sais que depuis quelque temps » — et on ne le sait que quand on le voit, le film, c'est ça. Mais il dure depuis toujours, oui.

M. D. — Tu vois, quand je parle d'accident de mémoire, je pourrais parler aussi bien d'indécision dans la vision, une vision qui n'est pas tout à fait déterminée. Le bal mort de S. Thala, je le vois aussi bien dans le hall de l'hôtel, l'hôtel des Roches noires de Trouville, cette espèce de blockhaus, que dans le Casino municipal. Alors j'ai tourné les deux. C'est une contradiction éclatante.

X. G. — En principe, oui.

M. D. — Le spectateur pourrait me dire : « Mais où a-t-il eu lieu ? » Qu'est-ce que ça peut faire ? En moi, il a eu lieu dans deux endroits.

X. G. — Non, mais, tu vois, le film est fait de ça, de ce que le spectateur pourrait dire des contradictions, bon, de lieu, de temps, c'est la même chose. A quel moment cela s'est passé ? Ça s'est passé, ça se repasse, ça revient, ça se passe dans l'avenir aussi, je crois.

M. D. — C'est ce que disait Michèle, un peu.

X. G. — Oui, c'est vrai que le film recommence, va recommencer.

M. D. — Mais Blanchot, à propos de *Détruire,* il m'avait dit une chose qui m'avait amusée et puis, en même

130

temps, frappée, il m'a dit : « Il faut le donner sans cesse. C'est-à-dire mettre à peine un noir à la fin du film et repartir à la première image. » Et j'ai cru qu'il plaisantait ; il le disait sérieusement.

X. G. — Oui, bien sûr. Et c'est ce qu'il dit, Blanchot, quand il parle de l'écriture, il dit : c'est quelque chose qui ne peut pas cesser, et c'est sa maladie, en somme, à l'écrivain, c'est qu'il ne peut pas cesser — ça ne peut pas s'arrêter et ça se dit sans cesse. Je pense qu'en te disant ça..., c'est la véritable écriture pour lui. [*Silence.*] Je pense par ailleurs aux photos, aux prises de vue de mer, de la mer. C'est vrai, aussi, que la mer n'existe pas comme ça, tu vois, quand on la voit.

M. D. — C'est un monde liquide.

X. G. — Alors, là, elle se met à prendre une existence... Je me souviens d'une photo : la mer est loin, il y a le sable et il y a des bancs de mer, des bancs d'eau.

M. D. — Au crépuscule ?

X. G. — Au crépuscule, et on la voit très brutalement, ça fait un choc !

M. D. — Oui, là où elle dit..., la voix dit : « Avez-vous envie parfois de mourir ? » Or et bleu. Il faut dire que j'avais un caméraman, qui est d'ailleurs un de mes amis, qui a été vraiment héroïque. Aucun, aucun caméraman n'aurait tourné ça, les plans de nuit. Il se serait cru déshonoré. Et je suis contente pour lui, parce que le directeur du festival de New York qui vient d'inviter le film, ça me fait d'ailleurs plaisir, m'a dit : « Je me souviens pas — qui est votre directeur de photo ? — je me souviens pas d'avoir vu une photo si belle que ça. » Je vais d'ailleurs lui téléphoner, à mon ami...

X. G. — Oui, par moments, c'est inouï, les photos.

M. D. — C'est comme un deuil de la couleur, tu ne trouves pas ? Je l'ai fait et il l'a fait avec moi — Bruno Nuytten, il s'appelle. C'est un type qui n'a..., nous l'avons fait tous les deux, vraiment on était endeuillé parce qu'on était obligé de prendre de la couleur, on était malheureux et ça se sent.

X. G. — Oui, c'est une couleur qui est très, très particulière. C'est pas du tout une couleur qui colore...

M. D. — C'est ça, c'est très juste.

X. G. — Les films, sont..., c'est un peu coloré, tu sais comme les enfants font des coloriages : il y a une silhouette de dessinée et puis ils colorient à l'intérieur. Et ça, c'est complètement l'inverse et c'est vrai qu'à côté de ça les autres films paraissent coloriés *. C'est un tout, c'est entier, ce qu'on voit, la couleur et ce qui se dit, et c'est indiscernable.

M. D. — Elle a une autre fonction que dans les autres films. Pourquoi emploie-t-on la couleur, d'habitude, dans les films ? — oh, c'est pas méchant, ce que je vais dire, je le pense vraiment — : c'est pour faire passer le reste, pour aider le spectateur à manger la nourriture du film. Tu vois ces choses sur les plats dans les restaurants, colorées, des morceaux de radis, des fleurs quelquefois. C'est pour faire passer la nourriture. Parce que les gens se disent, peut-être, que la matière présentée est trop pauvre, trop maigre pour se présenter elle seule. Quelqu'un m'a dit — Benoît Jacquot, mon assistant pour les deux films —, il m'a dit : « C'était normal que *Nathalie Granger,* qui ne débouche sur rien, qui reste enfermé jusqu'au bout et qui à la fin s'ouvre sur deux axes morts, deux axes aveugles, deux trous aveugles, c'était normal qu'il soit en noir et blanc, et que l'autre film, qui est ce sur quoi débouche *Nathalie Granger,* soit en couleur, parce qu'à ce moment-là ça

132

débouche sur une totalité et on prend ce qu'il y a. La couleur est là, on la prend, le sable est là, on prend tout ce qu'il y a. Je ne sais pas, j'ai reconnu quelque chose de juste là-dedans.

X. G. — Oui, oui, il faut que ça fasse partie de l'ensemble.

M. D. — Ils sont tous en noir parce que c'est en couleur. En blanc et noir.

X. G. — Les vêtements de la femme en noir, c'est fabuleux.

M. D. — Elle est d'une très grande beauté.

X. G. — Avec son visage complètement blanc. C'est une espèce d'oiseau de proie. On dirait qu'elle guette, elle.

M. D. — Elle surveille les sables.

X. G. — Elle est différente.

M. D. — Elle n'est pas dans *l'Amour,* mais elle est dans *Lol. V. Stein.*

X. G. — Bien qu'elle ait tout perdu, elle aussi.

M. D. — Elle a encore une chambre à l'hôtel.

X. G. — Elle a encore une chambre, oui, elle est différente des trois autres. Elle a aussi une façon d'interroger et de dire qui est très différente *...

M. D. — Elle est indécente.

X. G. — ... de celle du fou qui ne fait qu'acquiescer ou de celle de Lol. V. Stein qui ne parle pas ou de celle du jeune homme qui est complètement muet, complètement.

M. D. — Oui, c'est le double. Ça aussi, c'est un accident de tournage. Et je suis très contente de l'avoir. Parce que Gérard Depardieu m'a dit : « Je ne peux pas faire le film, je t'ai amené quelqu'un d'autre, je dois finir *Dominici.* » *L'Affaire Dominici.* [*Rires.*] « Alors, j'ai signé un engagement. Il n'y a rien à faire, faut que je termine. Alors, je t'amène un jeune homme. » Puis, deux jours après, il s'est amené en disant : « Je peux quand même le faire, le film. » Alors, j'ai gardé tout ; comme dans *Nathalie Granger*, j'ai gardé les deux femmes. Mais, il se serait présenté trois ou quatre acteurs, je les aurais gardés.

X. G. — C'est ce qui entre dans la caméra...

M. D. — Oui. Faut laisser ça. Faut laisser faire comme tu fais des rencontres dans les rues.

X. G. — Mais c'est très étrange, ce jeune homme muet, et moi je pensais — probablement tu ne l'as pas voulu comme ça — que ça faisait encore une sorte d'inverse, d'inverse des deux jeunes filles, qu'on ne voit jamais et qui parlent tout au long du film et lui, on le voit très souvent et il ne parle jamais *.

M. D. — Il dit un « oui » : « Il est fou ? » — « Oui », une fois, c'est moi qui l'ai dit pour lui, d'ailleurs, au doublage.

X. G. — Ah oui ? C'est ta voix ?

M. D. — Les voix sont doublées, les voix *on*. J'aime bien, elles ont l'air plaquées.

X. G. — Elles ont l'air un peu étrangères aux...

M. D. — Oui, j'aime bien ça. Le ton réaliste des films, je ne peux plus le supporter. Mais, si tu veux, on peut revenir à ce Gange, là, à cette espèce d'endroit à Calcutta, cette espèce de creuset, tout vient de là.

X. G. — Oui.

M. D. — Les sables, là, dans S. Thala, c'est le Tonlé-Sap d'où vient la mendiante. Tu crois pas que c'est l'enfance ?

X. G. — Oui.

M. D. — La forêt de *Détruire,* c'est l'enfance.

X. G. — Oui, comme un endroit... dans lequel on a pu commencer à vivre.

M. D. — Peut-être là seulement où j'ai vécu. Peut-être que je suis en sursis depuis que je suis en France, dans cette patrie pourrie, pourrie. Tu comprends, là-bas, on vivait sans politesse, sans manières, sans horaires, pieds nus. Moi, je parlais la langue vietnamienne. Mes premiers jeux, c'était d'aller dans la forêt avec mes frères. Je ne sais pas, il doit rester quelque chose d'inaltérable, après.

X. G. — Mais est-ce que ce n'est pas aussi..., pas seulement pour toi, tu vois, le resurgissement d'une culture, plus ancienne que la culture occidentale qui a tout policé, qui a tout arrondi les angles et mis les choses en place ?

M. D. — Ah, ce serait bien si c'était...

X. G. — Une culture, plus forte, tu vois, plus généreuse. Il y a une générosité.

M. D. — Tu crois que ça peut se déposer comme ça, dans une petite... Blanche qui passe.

X. G. — Mais c'est sûr, ça va quand même à l'encontre, je te le fais remarquer, de ce que tu disais l'autre jour *.

M. D. — Mais non, ça va pas à l'encontre, parce que le langage, il a été double. J'ai été bilingue. J'ai passé mon bac avec le vietnamien.

X. G. — Mais peut-être, justement, que ça t'a permis à toi, qui avais aussi une autre culture, de sentir cette culture-là comme quelque chose de..., maintenant comme un passé, mais aussi quelque chose d'étrange et de plus fort qui vient un peu bouleverser la civilisation occidentale. Les gens qui sont entièrement dans l'une ou dans l'autre ne peuvent pas sentir ça.

M. D. — Et pourtant, ils le sentent. Sans ça, j'aurais personne. Si je le sens et que les autres sont d'accord, ils le sentent aussi. Donc on l'a tous en nous. Il n'y a pas que moi.

X. G. — Oui, oui.

M. D. — C'est pareil, le spectateur ou l'auteur.

X. G. — Je veux dire que tu as pu, très particulièrement, le dire — parce que, quand même, c'est toi qui l'as dit —, peut-être parce que tu avais cette double culture *, que tout le monde a, tu vois, comme quelque chose qu'on peut attendre, qu'on peut espérer, qu'on peut imaginer, mais toi tu l'as vécu. C'est pour ça qu'on peut le recevoir. On pourrait pas vivre, sinon.

M. D. — Par le biais de mon extradition ici.

X. G. — Oui.

M. D. — Tu sais, ma mère s'est ruinée avec le barrage. Je l'ai raconté. J'avais dix-huit ans quand je suis partie pour passer ma philo ici, la deuxième partie, et faire l'université, et je n'ai plus pensé à l'enfance. Ç'avait été trop douloureux. J'ai complètement occulté. Et je me trimbalais dans la vie en disant : Moi, je n'ai pas de pays natal ; je reconnais rien ici autour de moi, mais le pays où j'ai vécu, c'est l'horreur. C'était le colonialisme et tout ça, hein ?

X. G. — C'est ça.

M. D. — Et je pense que c'est une revanche de ça. Le pays natal s'est vengé.

X. G. — Il a resurgi d'autant plus violent qu'il était plus enfoui.

M. D. — J'avais douze ans. On avait une maison à Sadec, sur le Mékong. Bon. Je me souviens d'un administrateur colonial. Il est mort mais peut-être ses enfants sont encore en vie. Il s'appelait B... Et il y avait à ce moment-là en Indochine un impôt, une sorte de capitation, un impôt par tête, de paysan, d'habitant et à l'époque où cet impôt devait être payé — j'ai vu ça, j'ai vu ça pendant des années, tous les ans à la même époque —, il descendait des multitudes de jonques des campagnes — le Mékong irrigue des milliers de kilomètres, comme tu sais —, dans leur barque, dans leur sampan et ces gens-là, beaucoup, beaucoup de ces gens-là, amenaient la capitation à l'administrateur, leur impôt. Mais ils n'avaient que ça, les trois piastres ou les dix piastres, je ne sais plus, pliées dans un mouchoir. Bon. Quand ils arrivaient au bureau de l'administration coloniale, de l'administrateur général, puisque ça s'appelait comme ça, on leur disait : « Ah, oui, faut trois piastres (ou dix piastres) plus une piastre, pour l'administrateur. » Beaucoup n'avaient pas cette piastre et ils restaient des jours et des nuits à attendre sur le Mékong, toutes ces nuées de barques, et ma mère me les montrait, elle me disait : « Regarde, ils attendent, ils n'ont pas la piastre pour B... *. » Bon. J'ai essayé d'oublier ça. C'est une époque, ma mère me disait les prix, heureusement elle m'a tout dit. Une Légion d'honneur, ça se payait dix-huit mille piastres. Alors, tu avais les plus grands escrocs de l'Indochine qui avaient tous la Légion d'honneur. Mais, pour en revenir à ce Mékong, plein de multitudes de barques, c'était admirable à voir, les sampans noirs, tu sais, le Mékong est absolument terreux à la saison des pluies. J'ai occulté tout, parce que B..., je pouvais pas le supporter. Je me disais : « Si on garde ce savoir-là tout le temps, on va mourir de ça. On peut en mourir, donc il faut l'exclure. » Mais le Mékong est quand même resté quelque part. Ce Mékong auprès duquel j'ai dormi, j'ai joué, j'ai vécu, pendant dix ans de ma vie, il est resté. Puis quand je dis : « Qu'est-ce que c'est que cette rumeur ?

137

C'est le Gange », c'est le Mékong qui parle. Tu vois ? Près du barrage, ils ont fait, les Blancs, ces salauds, une station qui s'appelait Bokor. Ils l'ont faite avec les forçats, des forçats vietnamiens. Les forçats, c'étaient des gens qui, par exemple, n'avaient pas pu payer la capitation. Alors, toute la route était — ma mère m'a tout dit —, toute la route était comme un chemin de croix. Tous les kilomètres, tous les deux kilomètres, on voyait des trous remplis, et c'était des gens qu'on mettait pour les forcer à travailler, pour les punir, on les mettait dans la terre jusqu'au cou, sous le soleil, pour l'exemple. Bon. J'ai occulté Bokor. Mais Bokor, ça faisait partie de la Chaîne de l'Eléphant où j'allais avec mon frère pendant la sieste pour tuer des singes, c'était horrible, on tuait tout ce qu'on trouvait. Et là, j'ai eu les plus grandes peurs de ma vie, parce que mon frère s'arrêtait, il me disait : « Ecoute le tigre. » On entendait le tigre. On voyait les oiseaux égorgés par les tigres, j'ai raconté ça dans *le Barrage*. Et ces lianes énormes qu'il y avait au-dessus de nos têtes, pleines de poissons. On se demandait d'où venaient les poissons à trente mètres de haut dans la jungle. C'étaient des lianes qui s'étaient agglomérées pendant des siècles, tu comprends [*fin de la bande*] [et qui formaient des bassins suspendus entre les arbres].

M. D. — Oui, alors c'était extraordinaire, on essayait de grimper, on pouvait pas, on avait dix ans, douze ans. Enfin, je te parle des vasques, c'est parce que j'en ai un souvenir ébloui, hein ? de cette nuit, comme ça, dans la forêt, la nuit, sous les vasques, c'était extraordinaire, quand on marchait là-dedans, pieds nus, pieds nus alors que ça pullulait de serpents !... Enfin, bon. Ma mère dormait pendant ce temps-là. Alors, j'ai occulté tout ça à cause de Bokor. Mais la forêt, je la retrouve partout. Et, pour tout te dire, j'ai toujours peur. Je n'ai jamais pu dans ma vie, une fois, faire cinq cents mètres dans une forêt, seule, sans être épouvantée.

X. G. — Et, à ce moment-là, tu n'avais pas du tout peur.

M. D. — Pas du tout. On faisait des choses, on aurait dû mourir vingt-cinq fois.

X. G. — C'est drôle, parce qu'on dirait aussi une omission, comme si tu n'avais pas vécu la peur, au moment où tu aurais dû la vivre.

M. D. — Mais c'est sûr. Mais c'est que tu es en train de me dire, que je suis en train de te raconter. Je n'avais pas peur à douze ans et puis, avec l'âge adulte, j'y ai pensé beaucoup et je me disais : « Mais comment a-t-on pu sortir vivants ? » On allait à l'embouchure du rac * voir les singes, je te jure, il y avait des panthères noires. J'ai vu une panthère noire filer à cent mètres. Il n'y a rien de plus féroce au monde. On allait sur des sampans — toujours avec mon frère —, c'est plein, plein de caïmans. On les attrapait, les petits caïmans, on les mangeait.

X. G. — Ahhh ! Cuits ?

M. D. — Non, dans la saumure, on était tellement pauvres, on bouffait n'importe quoi, des oiseaux, des oiseaux de mer qui puaient le poisson. Enfin, je l'ai raconté, pas complètement, dans *le Barrage*. Evidemment, dans *le Barrage*, je voulais pas raconter tout. Je voulais que ce soit harmonieux. On m'avait dit : « Il faut que ce soit harmonieux. » C'est beaucoup plus tard que je suis passée à l'incohérence.

X. G. — Mais, tu sais, maintenant que tu me dis ça, on peut voir aussi *la Femme du Gange* comme une vengeance contre le colonialisme, c'est-à-dire que là, à Trouville, dans cette plage froide, débarque le Gange, déferle l'Asie...

M. D. — L'embouchure.

X. G. — ... Tu vois, l'Asie envahit..., envahit cet Occident...

M. D. — Ah, mais c'est juste.

X. G. — ... A la place des Blancs qui envahissaient l'Indochine, tu vois, il y a une espèce de retour *...

M. D. — Oui, mais quand on parle de passion, personne ne s'aime plus à S. Thala. Ils sont dans un bain de désir, mais non préférentiel, comme on disait. Mais, tu crois pas aussi — ça rejoint ce que tu dis — que la passion, dans son acceptation stendhalienne, si tu veux, balzacienne, proustienne, allons jusque-là, elle se vit au passé. Quand elle parle des fêtes passées de S. Thala, quand elle dit : « Quel amour c'était, quand on pense à ce que ça été... », est-ce que c'est pas la société de classe ? Parce que, la société de classe, il y a à regretter, dans tout, dans tout il y a à regretter. Il y a à regretter dans la société de classe aussi. Tu crois pas que c'est le monde de l'exaspération folle de l'amour qui est fini ? A mon avis, c'est fini **.

X. G. — C'est aussi le déchet, alors, d'un monde..., du monde..., du monde où nous sommes encore.

M. D. — Oui, la passion reviendra mais, pour le moment, c'est une vacation, quoi. Peut-être...

X. G. — C'est important, ce que tu dis, mais ça peut toujours se lier, je crois, avec...

M. D. — ... le colonialisme.

X. G. — ... la culture asiatique et la culture occidentale. Parce que je ne connais pas très bien la culture asiatique mais je sais que ce qui est propre à l'Occident et qui nous vient de Descartes — mais en passant par Stendhal, etc. —, c'est cette illusion que nous sommes maîtres de nous-mêmes et que nous avons un moi et que c'est nous

140

qui désirons, etc., et dans les autres cultures, par exemple dans la culture islamique — je sais dans la culture balinaise aussi, parce que je suis allée à Bali — et je crois dans la culture asiatique aussi, il n'y a pas cette illusion-là. On n'entretient pas les gens dans cette « philosophie » de l'Occident et il y a une très grande soumission à ce qu'ils appellent..., bon, ça dépend..., le destin, je ne sais pas, mais ça veut dire quelque chose qui est plus fort que nous et qui nous traverse. Tu vois ce que je veux dire ?

M. D. — Oui, mais c'est en nous. C'est plus fort que nous, mais, puisque nous le créons, c'est en nous. Il y a quelque chose en nous qui est plus fort que nous.

X. G. — Oui, c'est en nous. Bon. Pour certaines cultures, on l'extériorise, on dit : « C'est... »

M. D. — « C'est Dieu. »

X. G. — Voilà. Bon. Ça aussi, c'est une illusion. Mais ils ont quand même compris, beaucoup plus que les Occidentaux, que c'était plus fort que nous. Alors que les Occidentaux croient toujours que ce sont eux qui créent et qui pensent. Bon. « Roseau pensant » et cette blague monstrueuse dans laquelle on vit.

M. D. — Mais Kant, il a dit une ânerie là-dessus.

X. G. — Mais ils ont tous dit des âneries.

M. D. — Kant, il a dit que, pour que l'homme progresse, il aurait fallu un surhomme comme modèle. C'est une des plus grandes âneries qu'on puisse dire.

X. G. — Oui, oui.

M. D. — Alors que le surhomme, puisque l'homme l'a pensé, il est en lui. Et puis, qu'est-ce que ça veut dire, aussi ça ? quel mot horrible !

X. G. — Alors, bon, dans ton film, tout ça est complètement balayé et est-ce que ça ne pourrait pas aussi venir de la culture asiatique, qui est autre ?

M. D. — Je suis évidemment incapable de te dire. Pour moi, c'était aussi sérieux que si j'avais été une petite Viet-namienne. J'ai des souvenirs *... ah... plus beaux que tout ce que je pourrai jamais écrire. Les plages de la mer..., comment ça s'appelle..., c'est le golfe du..., je ne sais plus..., là où on allait en vacances, toujours avec mon frère, on se perdait dans la montagne... les bonzeries, les petites pagodes qu'on voyait, perdues, le calme qu'il y avait là, ces hommes qui étaient là, un calme extraordinaire, cette absence à eux-mêmes, tu vois **.

X. G. — Ç'est ça...

M. D. — Au milieu des tigres, de tous les dangers, le paludisme, la dysentrie. Oui, ces hommes, je ne les ai plus jamais revus.

X. G. — Est-ce qu'il y a là-bas la culpabilité, comme l'ont les chrétiens ?

M. D. — Ah, pas du tout !

X. G. — Ah, tu vois.

M. D. — C'est ça qui choque.

X. G. — Ça aussi, c'est parce que les chrétiens pensent qu'ils sont maîtres d'eux-mêmes, et qu'ils ont commis une faute, qu'il faut qu'ils se rachètent.

M. D. — Exactement.

X. G. — C'est terrible.

M. D. — Ça relève encore de la mégalomanie, de l'or-gueil, la culpabilité.

X. G. — Mais oui, tu te rends compte tout ce que met par terre ce film.

M. D. — Ce que Sartre traîne aussi, c'est ça. C'est la

142

même chose. Je n'ai aucune culpabilité d'intellectuelle ou d'écrivain.

X. G. — Sa philosophie est héritée tout droit de ça, de cette philosophie occidentale.

M. D. — Alors, il y avait chez les jeunes filles que j'ai connues là-bas — toutes mes amies étaient vietnamiennes —, jusqu'à seize ans, une espèce de joie, de joie de vivre, très, très animale.

X. G. — On ne sait pas ce que c'est, ici.

M. D. — Non. J'allais dire une horreur : c'était comme si l'état de la jeune fille n'avait jamais été atteint. Enfin, je dis une horreur, parce que jeune fille, ici, c'est un mot dégradé, c'est un mot péjoratif, Je me souviens d'une grâce, de grâce presque collective, tu vois, circulante, de ces jeunes filles qui était... faite d'une sorte d'état de réceptivité de la nature. Elles parlaient peu, elles s'amusaient entre elles, et elles recevaient la pluie, la chaleur, les fruits qu'elles mangeaient, les bains dans les fleuves, tu vois, une réceptivité très, très, très élémentaire, apparemment.

X. G. — C'est comme ça à Bali. Ça me fait penser à Bali, ce que tu dis là. C'est une vraie vie communautaire.

M. D. — Cette douceur, et puis l'absence de tout sentiment de jalousie, entre elles, ou de tristesse. Il n'y avait pas de tristesse, pas de préoccupations pour savoir comment elles allaient vivre, ce qu'elles feraient. C'étaient les élèves de ma mère. Il y en avait de très pauvres que ma mère recueillait.

X. G. — Mais, l'enseignement que ta mère leur donnait — enfin, c'est pas là ta mère qui est en cause —, c'était un enseignement occidental ?

M. D. — Absurde. Elle riait elle-même quelquefois.

Oui, elle disait quelquefois, je me souviens : « Jeanne d'Arc, qu'est-ce que tu veux que ça leur dise ? » [*Rires.*]

X. G. — Mais je repense — ça va peut-être te paraître un peu décousu, mais je crois que c'est très lié —, société de classe, c'est pareil, c'est très différent mais le processus, la démarche marxiste, ça balaie aussi complètement, l'homme n'est plus ce qu'il croyait être, avec l'analyse marxiste.

M. D. — Tout homme est prévenu du marxisme. C'est ça que tu veux dire, non ?

X. G. — Tout homme est quoi ?

M. D. — ... Est prévenu du marxisme.

X. G. — Je ne comprends pas ce que tu veux dire.

M. D. — Il sait, actuellement, ce qu'est le marxisme.

X. G. — Oui, mais, ce que je veux dire aussi, c'est que, dans le marxisme, on sait qu'on est déterminé d'une certaine façon, par les formes économiques, par les relations économiques, sociales...

M. D. — C'est ça, tout homme est dans un circuit de production, et il le sait.

X. G. — C'est une façon aussi de se rendre compte que l'homme n'est pas à la tête, comme il croyait être, tu vois, à la tête de quelque chose, à la tête de ce qu'il dit, de ce qu'il pense.

M. D. — Oui, mais faut prendre le marxisme comme une analyse momentanée, immédiate, de la réalité.

X. G. — Oui, mais tu ne crois pas qu'en ce sens elle peut servir à aller contre toute la philosophie occidentale ?

M. D. — Qui ?

X. G. — Le marxisme.

M. D. — Qu'il irait à l'encontre de toute la philosophie occidentale ?... qui est le rationalisme, en somme. Non, comment tu appelles cette philosophie qui fait que l'homme est maître de lui ?

X. G. — Non...

M. D. — Toutes les philosophies essentialistes, alors.

X. G. — Oui, mais toute la philosophie occidentale est comme ça, c'est la philosophie du « moi », tu sais, le « je pense » de Descartes, c'est à partir de là. Et le sujet marxiste ne peut pas dire « je pense » comme ça, puisqu'il sait qu'il pense à cause de ça, à cause de ci.

M. D. — Non, il faut qu'il dévie la conjugaison : « Je penserais comme ça si... »

X. G. — Oui, mais est-ce que tu ne crois pas... ? Tu vois pourquoi je dis ça, pourquoi ça rejoint le travail que tu fais, toi ?

M. D. — Hum ?... Oui, à détruire cette illusion de l'homme comme le marxisme la détruit...

X. G. — Oui, d'une façon différente.

M. D. — De l'homme par lui-même déterminé.

X. G. — Oui, de l'homme-Dieu.

M. D. — Mais les marxistes se savent surdéterminés, déterminés de l'extérieur — je ne sais pas si on dit « sur-déterminés » — par le processus de production. Mais, mes gens à moi...

X. G. — ... C'est de l'intérieur ?

M. D. — Ils ne *savent* plus, c'est le mot « savoir » qui choque.

X. G. — Oui, je comprends très bien. Je ne peux pas dire du tout que c'est pareil. D'une certaine façon, ils en sont plus loin, tes gens à toi.

M. D. — Oui, on peut dire : ou bien, c'était pas la peine qu'ils en passent par là, ou bien ils sont passés par là il y a cent ans.

X. G. — Oui, c'est ça.

M. D. — Mais ils relèvent du marxisme, en ce sens qu'ils sont tout le monde.

X. G. — Oui.

M. D. — Ils se comportent vis-à-vis du refus de la même façon, tous, quels qu'ils soient. De même que l'homme qui a une conscience marxiste * peut se reproduire à l'infini, c'est ce qu'on appelle le peuple. Ça, oui, ça, c'est marxiste.

X. G. — Ils sont arrivés à un endroit où il n'y a pas... — je ne sais pas comment dire, c'est un peu choquant ce mot —, mais où il n'y a pas de patron.

M. D. — Mais je parle aussi de ce qu'ils se pensent comme tels. Ils ne se pensent pas : « Moi, Paul Durand, j'échappe... »

X. G. — Oui, oui, absolument. On parle de la même chose, tu sais.

M. D. — Mais je ne sais pas si la fonction égalitaire qui joue là peut se nommer ou le marxisme ou la passivité.

X. G. — La passivité, bien sûr. Mais je ne veux pas du tout la nommer le marxisme, tu sais. Je voulais simplement dire... qu'il y avait un processus qui était très juste politiquement.

M. D. — Oui. On peut y revenir, là. La passivité, je te parle de la passivité. Nous sommes d'accord. Mais, c'est la passivité *avertie*. L'homme passif averti de la réalité. Donc il est marxiste. Quand je te parle de la passivité qui pourrait être inaugurale d'une politique féminine, comme réponse à la proposition de la société de classe, dans sa forme actuelle, je te parle d'une passivité qui est complètement informée d'elle-même, complètement, sans ça il n'y a rien, sans ça c'est du bidon. Faut aussi traiter le marxisme comme un savoir. Parce que c'est bien étonnant — je ne sais pas si

146

on en a déjà parlé —, je le disais à l'instant : tout homme, quatre-vingt-dix pour cent du prolétariat est averti ; je parle du prolétariat occidental ; pour les émigrés, mettons cinquante pour cent ; pour le prolétariat européen, ici — enfin, je parle des grandes nations industrielles capitalistes comme l'Allemagne, l'Italie, la France —, le prolétariat est averti à quatre-vingt-dix pour cent, de la loi de la plus-value et des termes de son exploitation, il connaît parfaitement les termes de son exploitation, son équation marxiste, il la connaît. Bon. C'est pas suffisant pour passer aux actes. Pourquoi ? Parce qu'il croit qu'il faut passer aux actes. Et un acte, actuellement, c'est de plus en plus impossible, c'est de plus en plus difficile, c'est de plus en plus équivoque.

X. G. — C'est de plus en plus une acceptation ?

M. D. — Oui. C'est une sorte de croisement schizophrénique entre la connaissance qu'a le prolétariat et son subissement. Je l'ai dit à un journaliste anglais, ça, mais enfin je peux le dire ici. Bon. De même que le malade mental, il est au courant de la psychanalyse, complètement, il peut l'analyser, son cas, pratiquement ; mais la maladie reste là, sa connaissance ne suffit pas *. Je trouve qu'il y a un rapport entre les deux, entre le général et le particulier. C'est sûr que la recherche, en ce moment, la recherche révolutionnaire, la recherche de l'exigence révolutionnaire, elle porte plus sur les moyens que sur le fond. Le fond, il est complètement inventorié. On sait tout, tout ce qui nous arrive, on le sait, on peut l'analyser, en faire la synthèse. Tous les livres qui paraissent tournent autour. C'est le moyen d'exploiter cette connaissance qu'on est en train de chercher.

X. G. — Et alors c'est là qu'intervient la force de la femme.

M. D. — Oui. Il y aura des ânes pour me dire que ce film n'est pas politique, je le sais, *la Femme du Gange* !

X. G. — Quelle absurdité !

M. D. — J'ai honte quelquefois pour les gens. Quand je vois la fête qu'on a faite à Druon, tiens. Comment les gens ont osé répondre à cet âne, ce minus ! Enfin !... Faire une manifestation pour ça ! C'est honteux. J'ai eu honte vraiment pour eux.

X. G. — C'est trop beau pour lui !

M. D. — Oui. J'ai eu honte aussi quand Brejnev est tombé dans les bras de l'homme du Vietnam, Nixon. On croit qu'on est détaché et puis on a honte quand même. Il reste ce sentiment. Voilà. J'ai beaucoup parlé aujourd'hui.

X. G. — C'est bien. Mais j'aimerais bien que tu parles aussi de la force de la femme dans ton film, parce que c'est la force du désir féminin et fou — les fous et les femmes —, il n'y a plus que cette force-là, dans ton film ?

M. D. — Oui.

X. G. — C'est la seule possible, maintenant ?

M. D. — Les enfants aussi, quand ils sont pas dans les plagiats de l'adulte. C'est la femme, la force. La folie, socialement, c'est pas une force. Parce que la folie ne peut pas s'organiser. Elle reste en dehors du marxisme, si tu veux. Je pense qu'il faut l'organisation de la force.

X. G. — Et les femmes le peuvent ?

M. D. — Les femmes peuvent. Si les femmes étaient écoutées, elles pourraient. Il faut qu'elles organisent cette écoute, qu'elles se fassent entendre. Cette grande passivité qui, à mon avis, s'annonce, fondamentale, il n'y a qu'elles, vraiment qu'elles, qui puissent l'imposer, qui puisse en donner l'exemple.

X. G. — Mais...

M. D. — Alors elles sont dans une passivité, je dis bien, très importante, bien sûr, en ce qui concerne leur..., leur cas. Elles se séparent des hommes, elles vivent en groupe, elles sont dans une passivité vis-à-vis de l'homme, elles le refusent, mais je crois que si cette passivité pouvait sortir des groupes, et que les femmes commencent à être dans la rue, et à refuser les propositions, elles vivraient leur féminité, autant que dans un groupe fermé. C'est ça qui me gêne, parce que tu peux appeler ça n'importe comment, je veux dire, c'est pas ça, on peut tourner autour pendant... pendant une heure, c'est quand même un militantisme, de s'enfermer entre soi.

X. G. — Quand elles sont ensemble ?

M. D. — Oui.

X. G. — Mais ce qu'il y a, c'est qu'il faut bien...

M. D. — Même à l'usage interne, c'est un militantisme *. Mais je crois que, dans le fait d'imposer à l'extérieur une force qu'elles sentent spécifique à elles, ce refus, la passivité, il y en a bien d'autres qu'on n'a pas encore exploitées, c'est une façon, un mode de connaissance d'elles-mêmes aussi fort que celle de..., peut-être plus fort..., plus sûr, plus fécond que le..., que l'échange de la parole dans un groupe fermé.

X. G. — Mais...

M. D. — Je dis pas « causeries », c'est un mot péjoratif.

X. G. — Mais, pour savoir où est leur force et pour se retrouver, il faut bien qu'elles soient ensemble à un certain moment. Ce n'est pas quelque chose d'isolé. Comme tu disais tout à l'heure, il faut des découvertes individuelles,

149

mais on a besoin de parler entre femmes, entre nous...

M. D. — Que ce soit un autre temps, alors.

X. G. — ... On a besoin de dire nos expériences, par exemple, de corps, comme on le disait dans la conversation qu'on a eue l'autre jour, si tu te souviens, ici. Je veux dire à table, avec un homme. Tu te souviens de cette conversation ? Cette discussion ?

M. D. — Non.

X. G. — ... Qu'on a eue ici, très violente ! Avec un homme !

M. D. — Ah oui ! Un homme qui était présent.

X. G. — Oui. Et où tu disais : « L'important, c'est que nous, femmes, nous nous disions nos expériences. » Bon, je ne sais pas, la maternité. Par exemple, tu parlais de la maternité.

M. D. — Oui.

X. G. — Tu ne crois pas que c'est important que tu le dises, à une femme, je ne sais pas, à moi, à Michèle, à Solange, et qu'elles le disent aussi ?

M. D. — Non, elles le disaient à quelqu'un, qui était un homme...

X. G. — Mais là il y avait un homme, mais ça pose des problèmes, justement.

M. D. — Mais, n'empêche, il a entendu. Même s'il s'est débattu comme un beau diable, il a entendu tout.

X. G. — Mais tu ne crois pas aussi qu'il faut qu'il y ait des moments où les femmes se parlent entre elles ? Pour savoir où elles sont...

M. D. — Oui, moi, ça, je ne peux pas tout à fait le penser. Je crois que tout se trouve seul. Mais c'est mon..., c'est mon défaut. C'est ma..., c'est ma maladie. C'est comme ça. C'est ma maladie. Peut-être que je serais très bien dans un cercle de femmes, je ne sais pas.

X. G. — Il ne s'agit pas d'un cercle, il ne faut pas que ce soit un cercle. Non, mais moi je pensais...

M. D. — Il est évident que je peux te parler parce que tu es une femme aussi.

X. G. — Mais... oui, je crois, tu vois.

M. D. — Oui, oui.

X. G. — Je crois que par exemple, entre nous deux, on a des choses à se dire qu'on comprend, l'une et l'autre, et qu'un homme ne... — ce n'est pas qu'il ne comprendrait pas, mais ce serait différent *.

M. D. — Mais non, il ne comprendrait pas.

X. G. — Il serait ailleurs..., enfin, je ne sais pas, il y a quand même des choses qu'il faut qui passent entre les femmes.

M. D. — Oui, mais il comprendrait le refus, par exemple... Suppose qu'un homme passe dans une rue où un groupe de femmes... écrivent sur les murs. Ce qu'on disait l'autre jour, l'A B C de la protestation, et le fondement même : « Ne payez plus vos impôts, ne payez plus votre téléphone, ne les écoutez plus, ne leur répondez plus. » Bon. L'homme, c'est impossible que l'homme reste insensible à la chose, c'est impossible.

X. G. — Oui, mais il entre dans une colère terrible **.

M. D. — Non. D'abord, la colère, comme toujours avec les femmes, ils sont toujours en colère d'abord, quand les femmes font des livres, ils sont en colère, toujours. Mais ensuite, quand même, ils y repensent et ils auront vu et entendu.

X. G. — Oui. Ça viendra. Ça va être très lent, tu sais, je crois.

151

M. D. — Evidemment, je te parle d'un acte qui est public, d'une parole qui a un effet sur le réel, qui a un impact. Donc d'une action politique mais qui là est — comment ça s'appelle, en deux parties ? — est double. La femme, se faisant, écrivant sur les murs, se déclare, et à elle-même, profondément, et en même temps elle se déclare à l'extérieur. Il y a un double mouvement, une conjugaison, c'est ça que je cherche, le mot.

X. G. — Oui, mais il faut qu'il y ait les deux, c'est sûr.

M. D. — Peut-être. J'ai jamais été dans un groupe de femmes. Je ne sais pas. J'ai toujours eu une parole... personnelle avec les femmes. Pendant toute une période de ma vie, j'ai pas pu les supporter du tout.

X. G. — Ah oui ? Et maintenant ça change ?

M. D. — Ah oui. Je ne vois pratiquement que des... femmes ou bien des homosexuels. Faudrait qu'on dise quelque chose là-dessus.

[*Interruption, téléphone.*]

M. D. — Je connais beaucoup de femmes dans mon cas qui ne peuvent supporter d'homme qu'homosexuel..., des hommes que lorsqu'ils sont homosexuels.

X. G. — Moi aussi, la plupart du temps.

M. D. — Oui. C'est même peut-être pas la peine d'expliquer, ça va de soi, ça.

X. G. — Pour moi, ça me paraît évident, oui aussi, que je ne peux pas supporter les hommes « hommes », ceux qui..., je ne sais..., qui nous agressent, qui veulent nous..., nous tenir, nous..., enfin, tu vois ?

M. D. — C'est-à-dire ils vivent sur un fond de désespoir et de peur qui les ouvre.

X. G. — Les homosexuels ?

152

M. D. — Oui, comme nous.

X. G. — Oui.

M. D. — Il y a une donnée commune, là — mettons, dans l'oppression de la classe phallique. Mais un homme, tu sais, comme on l'entendait il y a encore vingt ans, un homme fort qui bâtit l'avenir [*rire*], ah, ah, c'est fini. Il y en a pas un qui entre chez moi.

X. G. — Moi, je ne peux pas supporter. Ça me fait rire, à la limite.

M. D. — Il y en a encore dans les écrivains ?

X. G. — Il y en a encore partout, mais... Et tu vois, quand même, c'est vrai que moi je me sens beaucoup plus proche des homosexuels hommes...

M. D. — Attends, on fait un hiatus. Il n'y en a plus, mais il y en a dans la critique.

X. G. — Oui.

M. D. — Tu sais ? Tous les hommes de la critique, là, ce sont des mâles.

X. G. — Beaucoup, beaucoup, oui.

M. D. — [*Mots inaudibles.*]

X. G. — Tu crois qu'il faut dire tous ?

M. D. — Ah, je sais pas, regarde la critique du *Monde*.

X. G. — Oui. [*Rire.*] Effectivement. Ce qui s'est passé... Non, mais moi, je pensais, je ne sais pas, à des gens qui font quelquefois des textes critiques... comme S... ou comme B... C'est quand même une critique différente.

M. D. — B... est homosexuel.

X. G. — Oui.

M. D. — Et S... est..., est désespéré. [*Rires.*]

X. G. — Oui, c'est ça que je pensais : c'est vrai que je me sens beaucoup plus proche des homosexuels que des autres hommes, mais malgré tout je crois qu'il ne faut pas

153

non plus dire que c'est — enfin, tu ne l'as pas dit — ... mais penser que c'est pareil... là où sont les femmes et là où sont les homosexuels.

M. D. — Ah, non, moi je dis que ce qui fait qu'ils se joignent, qu'ils se rejoignent, c'est un fond de peur et de désespoir, un fond commun.

X. G. — Oui, oui, là je suis tout à fait d'accord.

M. D. — Un lot commun, c'est bien aussi de l'oppression, il y a pas de doute.

X. G. — Mais il y a..., bon, le corps est différent, la façon de sentir est quand même différente, bon. La maternité, eux non plus, par exemple, ne peuvent pas la vivre.

M. D. — Oui, mais ça, jamais — même dans un avenir lointain !...

X. G. — Oui, bien sûr. Je veux dire : il faut quand même voir ce qui est spécifique, complètement spécifique à la femme. Non ?

M. D. — Oui.

X. G. — Ce qu'elle a vraiment en propre.

M. D. — Absolument, absolument en propre, le dernier, le dernier truc qu'elle a et que les hommes n'ont pas, c'est ça, c'est la maternité, c'est irréductible.

X. G. — Mais oui.

M. D. — Mais tu te souviens, à cet homme, je lui disais : « Est-ce que vous pouvez vous mettre à la place d'un Noir ? », il m'a dit oui. Je réponds en femme, moi, je dis non. « Est-ce que vous pouvez vous mettre à la place d'une femme enceinte ? » Il a dit : « Oui. »

X. G. — Quel culot !

M. D. — Si on me disait : « Est-ce que vous pouvez vous mettre à la place d'un homme qui a un phallus ? », je dirais non.

154

X. G. — ... Ou qui a des ennuis avec, comme il a posé la question : un homme impuissant.

M. D. — Oui. Il parle en lieu et place du rôle qu'il se donne.

X. G. — Oui, mais ça a toujours été comme ça.

M. D. — ... De régisseur. C'est vrai que c'est plus du tout supportable, plus du tout.

X. G. — Euh... spécifique à la femme, la maternité et, je sais qu'en général il faut pas dire ce mot, mais les règles aussi, c'est propre à la femme.

M. D. — Il y a les règles.

X. G. — Et ça, c'est un sujet complètement tabou.

M. D. — C'est la même chose.

X. G. — Et malgré tout, c'est le corps de la femme, ça se passe dans son corps et les hommes ne peuvent pas savoir ce que c'est. Savoir comment c'est vécu pour la femme. Elles n'ont pas le droit d'en parler, parce que c'est vraiment un sujet..., c'est considéré comme quelque chose de tellement sale. La femme est considérée un peu comme quelqu'un de sale.

M. D. — Ben oui, chez les jeunes gens, les règles, c'est toujours traumatisant. C'est un surtrop, un surplein qui est jeté du corps, rejeté par le corps, c'est..., oui, c'est ça.

X. G. — Tu vois, moi je pense que ça peut être important que des femmes ensemble parlent de ça, par exemple, parce que d'habitude, à la rigueur, tout bas...

M. D. — C'est les mères, ça, qui nous ont habituées. Ma mère me disait : « Il faut pas parler ni des règles, ni de la siphyllis. »

X. G. — Tu vois, c'est considéré comme une maladie honteuse, les règles.

155

M. D. — Oui. « Faut le dire à personne », elle me disait.

X. G. — Oui, on dirait que c'est une maladie qu'on a, puis on l'a tous les mois. C'est quand même très, très important, je veux dire, regarde cette répétition, qu'on la vive si souvent et quelque chose qu'on a à vivre seule, que la société nous impose de vivre seule.

M. D. — Ah, complètement, comme la maternité. La maternité, très longtemps, dans nos sociétés, les gens se cachaient, les femmes se cachaient quand elles étaient grosses et même dans les ménages et les mariages bourgeois, il y avait ce préjugé-là qu'on ne faisait plus la mort..., l'amour, pardon, avec une femme enceinte.

X. G. — Ben, une femme qu'a ses règles, pareil.

M. D. — Oui, c'est sale, ça salit.

X. G. — La femme est considérée comme impure, c'est une impureté. Dans les religions, c'est pareil, la femme est impure.

M. D. — Dans la religion juive.

X. G. — Dans la religion musulmane aussi.

M. D. — On ne peut pas la toucher, qu'est-ce qui se passe ?

X. G. — Est-ce que, dans la religion chrétienne, c'est bien vu, ce genre de choses ? Je ne me souviens plus ce qu'on dit ?

M. D. — Ben, notre sainte... Marie, mère de Dieu, elle a jamais eu d'enfant, elle a échappé à...

X. G. — Mais oui, c'était une souillure.

M. D. — ... à la corvée. Donc elle ne devait pas avoir des règles. Immaculée, qu'est-ce que ça veut dire ?

X. G. — Ben oui, elle n'a pas de taches.

M. D. — Hein, finalement.

X. G. — Enfin, une femme pure ! La seule ! Ça veut dire que toutes les autres sont impures, toutes les autres sont maculées.

M. D. — Bon, ça, c'est l'interprétation de la nature, qui a été faussée dès le départ, parce qu'on peut voir aussi les règles comme un surplein de vie, un trop de vie.

X. G. — Puis, enfin, ça fait partie de notre vie, ça fait partie de notre corps, moi je le considère comme quelque chose qui fait partie de moi, tu vois, et je ne sais pas, c'est... pas comme une maladie.

M. D. — Ah non.

X. G. — Mais au début, pour moi, c'était terrifiant, c'était une maladie, c'était une honte, ça c'est la société qui nous..., qui nous fait croire ça. Tu sais, je crois qu'il y a tout un travail, qui va peut-être être long, de... reconnaissance du corps de la femme, qu'elle se redécouvre. Quand je vois, par exemple, la publicité, je me suis amusée à prendre des publicités dans des journaux dits féminins tels que *Elle* ou *Marie-France,* tu vois, publicités sur les règles, enfin publicité sur les tampons ! Eh bien, c'est incroyable, c'est marqué : « Un médecin l'a pensé pour vous, un gynécologue l'a conçu, voilà comment c'est pour que vous sentiez bien et que ce soit discret, que personne ne le voie, c'est toujours comme ça, et que vous ne sentiez pas mauvais », enfin, vraiment c'est..., tu vois, d'abord c'est les hommes qui le pensent et ensuite c'est tout pour que..., soi-disant on en parle mais surtout pour qu'on n'en parle pas, en fait, pour que ce soit le mieux, le mieux possible caché, le mieux possible inexistant. Alors que ça existe.

M. D. — Comme la vérité, c'est pareil, l'éducation porte beaucoup là-dessus : apprendre à un enfant à ne pas dire la vérité, on codifie et le mensonge et la vérité : « Ça tu peux, ça tu ne peux pas. » Je vois pas de différence de nature.

X. G. — Je peux te prendre encore une cigarette ?

M. D. — Mais bien sûr.

X. G. — Bon, mais je repense à..., par exemple, la passivité de Lol. V. Stein, elle est devenue complètement passive, elle suit, elle ne parle plus.

M. D. — Du moment qu'elle n'a pas pu suivre les amants.

X. G. — Oui.

M. D. — Tu es d'accord ?

X. G. — Oui. Est-ce que..., elle est quand même enfermée, aussi, dedans.

M. D. — Dans... ?

X. G. — Dans..., dans sa passivité.

M. D. — Oui.

X. G. — Elle gêne les autres ?

M. D. — Oui. Elle gêne tout le monde.

X. G. — Elle effraie ?

M. D. — Oui. Tu te souviens de cette réception qu'elle donne, tout le monde est mal.

X. G. — Oui. Donc c'est..., ça agit sur les autres.

M. D. — Ah, oui.

X. G. — Mais de quel ordre c'est, par rapport à l'autre femme ?

M. D. — De *la Femme du Gange ?*

X. G. — Oui. La femme en noir. Elle aussi est passive et pourtant elle parle, quelquefois, très rarement, elle chante.

M. D. — Elle est folle aussi, mais elle est folle au bout d'une vie vécue.

X. G. — Pas Lol. V. Stein ?

158

M. D. — Lol. V. Stein est folle au bout d'une vie non vécue.

X. G. — Elle n'a pas pu vivre.

M. D. — Invécue. [*Forte détonation.*] C'est les hommes qui tirent des pétards... Oui, tu crois que Lol. V. Stein, c'est une femme, c'est-à-dire qu'elle a vécu, de façon spectaculaire et très exem... — comment dirais-je ? —, gonflée, en somme...

X. G. — Oui, hypertrophiée.

M. D. — Hypertrophiée, c'est ça. Le trauma ini..., initial de toute femme...

X. G. — Peut-être. De façon un peu exemplaire.

M. D. — Tu crois que ce mouvement qu'elle avait de se fondre aux amants, de rejoindre les amants et auquel on a opposé un refus, est le même mouvement * que toute femme a en elle de rejoindre... tous et à qui on oppose un refus, de rejoindre tous, de rejoindre le groupe, l'humanité.

X. G. — Oui.

M. D. — Tu crois ?... On peut le voir aussi comme ça. [*Silence.*] La même brimade, c'est-à-dire, au sens le plus..., brimade, c'est pas assez fort..., le même « non », quoi : « Non tu n'iras pas plus loin. »

X. G. — Oui, le rejet. L'autre femme apparemment a lutté, elle.

M. D. — Oui.

X. G. — Longtemps.

M. D. — Mais elle a tout abandonné, elle a eu beaucoup d'amants, des maisons et tout, elle a tout abandonné, petit à petit.

X. G. — C'est-à-dire que pendant longtemps elle a été dans un..., elle a été dans le monde des hommes et...

M. D. — Oui. Elle pouvait pas se passer d'hommes,

d'amants. Elle avait un mari complaisant, un peu comme Anne-Marie Stretter.

X. G. — Oui, mais elle fait penser par certains côtés à Anne-Marie Stretter.

M. D. — Oui, on peut quelquefois les confondre.

X. G. — Oui, parfois je pensais à elle.

M. D. — Mais Anne-Marie Stretter est crucifiée de l'extérieur, par l'intolérable du monde, tandis que... — une région immense qu'est le monde, si tu veux —, tandis que cette femme-là est crucifiée de l'intérieur, par elle-même, sa région est beaucoup plus petite...

X. G. — Oui.

M. D. — ... à l'origine — je pense à Tatiana Karl — tandis qu'elle devient immense avec le désespoir de la mort qui s'avance. Elle s'élargit, la femme..., la femme du..., la femme habillée de noir, la nouvelle, l'ancienne Tatiana Karl, évidemment elle prend les dimensions de Lol. V. Stein, là, mais sur le tard. Dans la dépossession et de la jeunesse et de l'argent et des hommes. [*Silence.*] Moi, je ne peux pas croire que Lol. V. Stein, c'est *la* Femme. Je reçois beaucoup de lettres... [*Fin de la bande.*]

M. D. — Oui, je ne peux pas tout à fait croire que Lol. V. Stein illustre une..., la situation de la femme ; maintenant dans le monde, plus loin..., plus la société..., plus loin que l'insertion dans la société de classe, dans l'histoire, si tu veux. Parce que c'est..., peut-être parce que je n'y ai jamais pensé. Il y a une chose troublante, c'est que je l'aime infiniment, cette Lol. V. Stein, et je peux pas m'en débarrasser. Elle a pour moi une..., une sorte de grâce inépuisable. Ça, c'est bien étrange aussi, ça contredit ce que je viens de dire. Je reçois beaucoup de lettres de gens me disant toujours la même chose, à propos de Lol. V. Stein,

160

toujours, toujours c'est : « Lol. V. Stein, c'est moi. » C'est vrai que j'en reçois aussi d'hommes qui me disent : « Le vice-consul, c'est moi », c'est moi, moi. J'en ai reçu aussi à propos d'*Hiroshima,* des gens qui disent : « Ça ne s'est pas passé pendant la guerre, mais c'est mon histoire. » Mais c'est..., la guerre est déterminante, mais l'histoire, leur histoire a foré le film et s'est retrouvée, quand même, les gens l'ont quand même retrouvée, leur propre histoire, en dehors de tous les contextes. La plus belle chose qu'on m'ait dite, à propos de *Lol. V. Stein,* c'est un critique, c'est ceci : « *Lol. V. Stein,* c'est moi qui l'ait écrit. » [*Mots inaudibles.*] Mais, le pire article que j'ai eu sur ce livre, c'est quand même Jacqueline Piatier qui l'a écrit dans *le Monde,* c'est-à-dire une femme *. Et qui a sorti Lol. V. Stein de son cercueil ? C'est quand même un homme, c'est Lacan.

X. G. — Oui, mais, tu sais, on dit une femme, mais on sait bien que les femmes encore actuellement sont beaucoup des hommes, enfin sont beaucoup aliénées. C'est pour ça, encore une fois, je crois que c'est important qu'elles se retrouvent entre elles, parce que, sinon, qu'est-ce qu'elles sont des hommes !

M. D. — Ah, c'est odieux, c'est odieux. C'est des chefs de bureau, c'est des capitaines, c'est comme ces tenancières de bordel, dès qu'une femme a de l'autorité sur d'autres femmes et qu'elle les fait marcher à la trique, les contre-maîtres dans les usines, elles deviennent des tenancières de bordel.

X. G. — Mais elles prennent tellement bien le rôle des hommes, c'est ça qu'est terrible.

M. D. — C'est ça ; c'est désolant, désolant complète-ment.

X. G. — C'est ça qui est très dangereux, c'est cette soi-disant égalité — il y a rien de pire que l'égalité — qu'on demande maintenant entre les hommes et les femmes, qu'est-ce que ça veut dire ? Ça veut dire qu'elles deviennent ce que sont les hommes. Merci — merci pour moi, en tout cas. On entend ça partout, des gens qui disent : « Il faut que la femme ait une promotion sociale, il faut qu'elle devienne, elle aussi, chef de bureau. » C'est horrible. C'est ça qui est très dangereux dans ce qui se passe actuellement, c'est qu'on dit qu'il y a une « émancipation » de la femme.

M. D. — Oui. Parce que les chefs de bureau sont hommes, alors donc, pour devenir un bon chef de bureau, elles copient.

X. G. — Eh oui. Et après on leur dira : « Mais qu'est-ce que vous voulez ? Vous avez la même chose que les hommes. » Alors que, surtout, il faut pas qu'elles veuillent la même chose que les hommes.

M. D. — Mais tu as vu cette bande d'oies de Brest, là, de..., c'est de Brest je crois ?

X. G. — Je sais pas.

M. D. — Des jeunes filles d'un lycée qui ont déclaré : « Nous, nous sommes les femmes de toujours, nous nous marierons, nous aurons des enfants. » Elles sont toutes fiancées à des officiers de marine ou des Saint-Cyriens. [*Rires.*] *Match* a fait un sort à ça, bien sûr. Non, mais ça, la bêtise, elle est générale, qu'est-ce que tu veux faire contre la bêtise, la bêtise apprise ? Les copieurs. Avant tout, avant tout, faut que la femme ait plus honte d'elle.

X. G. — Oui, mais tout est fait pour qu'elle ait honte d'être une femme

M. D. — J'ai connu un gars qui était gangster, et je lui ai demandé un jour : « Mais qu'est-ce que vous faites de vos femmes ? » Il me disait : « Mais elles nous attendent, on est très, très durs avec elles. » Alors je lui dis : « Mais où ? » Il me dit : « Mais dans les cafés, quand on joue au poker, elles nous attendent. » Je dis : « Mais elles tombent de sommeil, quelquefois, la nuit, là, on vous voit jouer toute la nuit dans les cafés. » Il me dit : « Ben, elles sont obligées d'attendre, sans ça, c'est les coups. » Bon, il trouvait ça énorme, mais finalement, quoi ? Tu as vu des réceptions mondaines, où il y a des femmes qui se taisent, trois heures d'affilée ?

X. G. — C'est pareil.

M. D. — Elles attendent. Elles sont déguisées, elles ont des mises en pli, elles sont allées chez le coiffeur, elles ont une belle robe, à fleurs.

X. G. — Oui, ce qu'on appelle des femmes féminines ! On croit que c'est ça la féminité, on leur fait croire, elles croient qu'elles sont très femmes, qu'est-ce qu'elles sont ? Elles sont complètement faites par l'homme.

M. D. — Mais elles n'osent pas parler.

X. G. — Mais on leur a dit : « C'est pas à une femme de parler... Te mêle pas de politique. » On dit par exemple : « C'est des histoires d'homme, des affaires d'homme. » Elles attendent ; leurs maris partent à la guerre, elles attendent ; ils partent au bureau, elles attendent.

M. D. — Il serait quand même bon de rappeler ce que disait Michelet, là, sur les sorcières.

X. G. — Ah, oui, dis.

M. D. — Ah, c'est admirable, c'est dans le livre *La Sorcière*. D'ailleurs, je voulais te dire tout à l'heure c'est lui..., tu te souviens de son livre sur les femmes quand il parlait des menstrues, mais pour lui c'était un..., une source d'érotisme. Oui, il disait que dans le haut Moyen Age les femmes étaient seules dans leurs fermes, dans la

163

forêt, pendant que le seigneur était à la guerre — chaque fois que je peux, je cite cette histoire, je la trouve sublime — et qu'elles s'ennuyaient profondément, dans leurs fermes, seules, et qu'elles avaient faim, lui était aux croisades ou à la guerre du Seigneur, et que c'est comme ça qu'elles ont commencé à parler, seules, aux renards et aux écureuils, aux oiseaux, aux arbres, et que, quand le mari revenait, elles continuaient, ça je l'ajoute, sans ça on se serait aperçu de rien, mais c'est les hommes qui les ont trouvées parlant seules dans la forêt.

X. G. — Et moi, j'ajouterais : les hommes ont dû dire : « Elles sont bien folles, c'est bien des folies de femmes. »

M. D. — Voilà, et on les a brûlées. Pour arrêter, endiguer la folie, endiguer la parole féminine.

X. G. — Mais Jeanne d'Arc, elle entendait des voix.

M. D. — Ah, bien, bien sûr. Jeanne d'Arc, c'est un crime masculin. Sollers m'a dit que ça l'intéressait pas, Jeanne d'Arc.

X. G. — Moi, ça m'intéresse.

M. D. — Moi, ça me passionne. On a surtout mis l'accent sur la guerrière en..., sur la femme en costume d'homme, puisque c'est pour ça, pour ça qu'on l'a tuée. Par exemple, c'est une tête politique égale à celle de Saint-Just, sublime, on l'a jamais dit parce que c'est une femme, justement.

X. G. — Mais moi, je trouve inouï qu'elle entendait des voix. Je sais pas...

M. D. — Moi, je trouve inouï qu'il lui ait obéi, Charles VII, il a fait ce qu'elle a voulu et les soldats l'ont suivie, à Orléans. Il a fallu un procès pour la tuer.

X. G. — Oui, tout un appareil d'Etat.

M. D. — Tout un appareil d'Etat, judiciaire, institutionnel. Sans ça, ça aurait été un meurtre qui n'aurait pas été admis par le peuple, j'imagine, comme celui de Giordano Bruno. [*Silence.*] Bon, on s'arrête aujourd'hui ?

X. G. — On s'arrête, oui.

CINQUIEME ENTRETIEN

X. G. — Faut que tu dises, toi, ce que tu as à dire sur « Indiana Song ».

M. D. — Je ne suis pas sûre du titre, du titre du texte, le dernier, là *. J'avais pensé à plusieurs titres. Tu peux me dire ce que tu en penses. Il y avait « Les Amants du Gange », pour bien marquer la parenté entre le film, *la Femme du Gange* et ce texte-là, qui a cet avantage de bien clairement montrer que ça a..., que c'est issu... de là, et dans la forme et dans le fond.

X. G. — C'est sûr. Il y a une continuité.

M. D. — Il y avait « Les Iles », ... « Les Amants du Gange », « Les Iles », « Le Ciel de mousson »... Je ne sais plus les autres — ils sont en haut, dans ma chambre, mais je ne sais plus. Il y en avait quatre ou cinq... « La Route du delta », « La Route du delta », « La Route de Chandernagor ». C'est ça, voilà.

X. G. — Je crois que tout de suite, déjà, j'aime mieux « Indiana Song ». Je ne sais pas si c'est parce que c'est celui que tu as gardé, mais « Les Amants du Gange »

— c'est vrai qu'il y a une continuité totale entre *la Femme du Gange,* et ça... —, ce qui me gêne, c'est : « les Amants »...

M. D. — Et puis le vice-consul qui n'est pas dedans ?

X. G. — Le vice-consul qui n'est pas dedans et puis, « les Amants », on a l'habitude de croire que c'est... deux personnes, alors qu'ici... il y a les amants et puis il y a tous les autres. Tu vois ? C'est pas un couple, quoi.

M. D. — Elle est l'amante de tous, elle est la prostituée de Calcutta.

X. G. — C'est ça, c'est ça. Et « Indiana Song », c'est..., tu vois, c'est sur un air, un air passé. Je vois déjà dedans une mémoire, quelque chose qui a été dit, un chant qui a été dit.

M. D. — Comme « Blue moon » dans *la Femme du Gange.*

X. G. — Oui.

M. D. — Mais l'impropriété ne te gêne pas : Indiana, c'est en Amérique latine, je crois.

X. G. — Ben, oui, mais je sais pas si c'est...

M. D. — C'est phonétique uniquement.

X. G. — C'est ça, oui. Tu sais, c'est vrai que la géographie, c'est..., c'est une chose..., mais il faut parler de la géographie aussi, de l'Inde et tout ça. Mais quand tu dis..., les autres titres que tu as dis, ce sont des titres qui sont justement géographiques..., « Delta »...

M. D. — « Le Delta », « Chandernagor ».

X. G. — Ce sont des lieux.

M. D. — « Les Iles », c'est en dérision, ça.

X. G. — Tu vois, ça se situe dans l'espace, ça situe le lieu. « Indiana Song », déjà, l'espace est faux puisque c'est pas l'Inde, mais aussi, *Song,* tu vois, c'est le...

168

M. D. — A-littéraire quoi, presque.

X. G. — Oui, la parole, la parole chantée. C'est celui-là que je préfère, c'est sûr.

M. D. — Faut que je dise tout de suite que la géographie est inexacte, complètement. Je me suis fabriqué une Inde, des Indes, comme on disait avant..., pendant le colonialisme. Calcutta, c'était pas la capitale et on ne peut pas aller en une après-midi de Calcutta aux bouches du Gange. L'île, c'est Ceylan, c'est Colombo, *The Prince of Wales* de Colombo, il est pas là du tout. Et le Népal, il peut pas y aller non plus dans la journée chasser, là-bas, l'ambassadeur de France. Et Lahore est très loin, Lahore, c'est au Pakistan. Il n'y a que ces rizières, c'est juste, là, c'est dans le delta, c'est énorme, il n'y a que du riz.

X. G. — Bon, elle est fausse, donc, cette géographie, d'un point de vue...

M. D. — Du point de vue scolaire, elle est fausse.

X. G. — Oui, scolaire, oui, c'est ça. Alors qu'elle est vraie dans ta tête. C'est une géographie très juste, pour toi.

M. D. — Elle est absolument inévitable.

X. G. — Inévitable...

M. D. — Je vois tout, les enceintes de Calcutta, les enceintes concentriques, tu vois, traversées par le Gange, de part en part, des sortes de secteurs d'eau, énormes, avec des arbres, le long des rives, des banians, des tamariniers.

X. G. — Mais, effectivement, on a l'impression que c'est implacable. On ne peut *rien* changer, pas un petit détail, tu vois. Je veux dire que, même si c'est dans ta tête, on a l'impression que chaque chose est à sa place, c'est là, et qu'on pourrait pas le mettre ailleurs, qu'il y a..., qu'il y a une logique interne, aussi bien pour les personnages d'ailleurs, dans ce qu'ils font, ils pourraient jamais faire autre

169

chose que ce qu'ils font, pas un petit doigt... différent... à bouger... C'est ça qui est impressionnant.

M. D. — C'est-à-dire, vous entrez dans la logique ? Dans ma logique ?

X. G. — Oui, complètement, ça ne peut pas, ça pourrait pas être changé d'un poil.

M. D. — Pourtant, tu avais lu *le Vice-consul,* avant.

X. G. — Oui, bien sûr. Mais à l'intérieur du livre, tu vois, c'est pareil, à l'intérieur du *Vice-consul* on peut rien changer. A l'intérieur d' « Indiana Song » on peut rien changer.

M. D. — Oui.

X. G. — Il y a très peu de gestes, finalement, de dits, il y a très peu..., il y a très peu d'objets de notés, mais ceux qui sont là, ils sont là inévitablement. Alors, je ne sais pas, je repense à cette femme que tu disais, pour *la Femme du Gange,* qui te disait : « Comme vous avez bien tout calculé ! », et tout ça, alors que tu ne calcules rien...

M. D. — Non, rien du tout.

X. G. — Mais je comprends qu'elle dise ça, si tu veux, parce que ça donne l'impression, pas d'être calculé, mais que rien n'est laissé au hasard.

M. D. — Il y a une sorte de chimie...

X. G. — Très précise.

M. D. — Ah oui, mais c'est dans ma tête, ça.

X. G. — Oui.

M. D. — Mais d'habitude c'est des lieux. Tu vois, je pourrais presque les chiffrer, l'endroit A, l'endroit B, l'endroit C, l'endroit D, et ça crie à l'endroit C, les cris arrivent en A, l'endroit D ne reçoit pas de cris, tu vois ? Le cimetière anglais où elle est enterrée, je sais pas s'il y a une boucle du Gange, mais je la vois.

170

X. G. — Oui.

M. D. — Je voulais introduire la notion d'eau, là, je la sentais, je n'ai pas pu, de marais. On dit les délaissées de la..., de la Loire, c'est des bras morts. Je sais pas s'il y en a dans le Gange. Je les vois comme ça.

X. G. — Tu les vois comme ça, oui. Mais c'est très impressionnant, ça, cette vision implacable qui s'impose au lecteur.

M. D. — Je vois tout, sauf les visages.

X. G. — Sauf les visages ?

M. D. — Je ne vois pas le visage d'Anne-Marie Stretter. J'entends sa voix, je vois son corps, sa marche surtout, sa marche dans les jardins, en short, quand elle va au tennis, tu vois, je vois la..., je vois la couleur de ses cheveux, rousse, elle a des cils clairs, ça, je le vois aussi. Des yeux comme un peu crevés, des yeux très clairs, tu sais, des yeux très clairs dans le soleil, tu vois ce que je veux dire, mais les traits et l'expression, je ne la vois pas.

X. G. — Ça, c'est curieux. Mais est-ce que c'est parce que, dès le début, elle enveloppe sa mort ?

M. D. — Peut-être que je ne vois jamais les visages. C'est peut-être..., le visage est logé en dernier.

X. G. — Ah oui. Pour le vice-consul, tu dis que c'est un visage qui est comme greffé sur le corps.

M. D. — Oui, fait de pièces et de morceaux, il est, le vice-consul. C'est comme s'il avait une voix empruntée, un visage greffé, oui, une marche qui est pas à lui ; un peu comme un Picasso, tu sais.

X. G. — A la limite, rien n'est à lui.

M. D. — Rien n'est à lui.

X. G. — ... De lui-même. Il ne possède rien de lui-même.

M. D. — Non, mais ça peut s'expliquer, je crois. Il

171

n'est pas le vice-consul, on ne peut pas être le vice-consul — ou il n'aurait jamais vécu. Alors, il est fait de pièces et de morceaux, du désespoir de tous, tu vois, de la voix de..., d'une voix impossible, inaudible..., la voix d'un fou, tu vois ?

X. G. — Oui.

M. D. — Il a la voix d'un fou.

X. G. — Oui, mais même son acte, le seul acte, en somme qu'il ait fait, c'est-à-dire de tirer sur les lépreux et sur les chiens, même son acte ne lui appartient pas non plus.

M. D. — Non, c'est un acte dicté. Mais de très loin, alors. Il y a la phrase de Breton.

X. G. — De tirer au hasard dans la foule ?

M. D. — Oui, quand on a vingt ans.

X. G. — Oui, sortir les revolvers et tirer au hasard dans la foule.

M. D. — Oui.

X. G. — C'est curieux, parce que chez Breton ça me paraît déjà plus sensé. Ça a l'air insensé, ça a l'air sans raison et pourtant, chez Breton, on peut dire quand même la raison. Bon, il faut se révolter contre la société, il faut..., bon, tu vois des trucs comme ça. Oui, il faut se révolter contre la société. Alors qu'il me semble que chez le vice-consul...

M. D. — ... la révolte est déjà là... dans l'enfance, elle n'est pas raisonnée.

X. G. — Oui, il n'y a même pas le désir de se révolter.

M. D. — Mais on peut pas l'aimer !

X. G. — Le vice-consul ?

M. D. — On le chasserait s'il était chez soi, il est intenable.

X. G. — Il terrifierait.

M. D. — Intenable. Et tu vois bien qu'il est mort, il est pas mort, c'est-à-dire, il est la vie même, puisqu'il peut plus rien supporter, la vie étant exprimable par le refus, chez moi, n'est-ce pas. Plus tu refuses, plus t'es opposé, plus tu vis.

X. G. — Oui.

M. D. — Les gens sont des cons, mais ça, on le sait. La bêtise est énorme. Elle voit la mort dans le refus ; c'est la vie.

X. G. — Oui, et lui, c'est le refus incarné. C'est complètement le refus.

M. D. — Oui.

X. G. — Au point de refuser — c'est ça qui est admirable aussi —, au point de refuser de justifier son acte.

M. D. — C'est ça.

X. G. — Parce que ça, c'est..., lorsque tu fais quelque chose de refus, quand tu justifies, c'est fini.

M. D. — Mais je crois qu'il ne sait même pas.

X. G. — Oui.

M. D. — Il se lève. Il voit de son balcon dans l'aurore — l'aurore indienne..., l'aurore de la mousson qui est terrible, qui est grise, qui est lourde, y a une chaleur implacable à cinq heures du matin —, il voit les lépreux agglomérés et..., et je crois qu'il y a un blanc là, il sait..., il tire dans la douleur, il fait exploser ça. Mais il tire autant contre Dieu que contre la société.

X. G. — Et contre lui-même.

M. D. — Et contre lui-même.

X. G. — Oui, oui. Quand je dis qu'il refuse de justifier, c'est pas qu'il dit : « Je ne justifierai pas », c'est qu'il ne peut pas, c'est un refus complet, interne, en lui.

173

M. D. — Il ne peut pas.

X. G. — Et dans *le Vice-consul,* mais aussi dans « Indiana Song », c'est beaucoup ça qui gêne les gens, et ils tournent autour de son acte, en essayant de le justifier, en essayant de prouver quelque chose. Les conversations mondaines dans l'ambassade, aussi bien des femmes que des hommes, c'est : « Mais enfin il a fait ça, mais comment ça se fait ? Mais... »

M. D. — Ils s'en tiennent toujours à la littéralité des faits. Il a tué. « Les pauvres lépreux », disent-ils, tu comprends ?

X. G. — Oui.

M. D. — C'est pas assez de la lèpre, il les tue. Alors que c'est la lèpre qui tue.

X. G. — Oui, mais il me semble qu'ils essaient de donner un sens à son acte.

M. D. — Ah, bien sûr.

X. G. — C'est ça, la catastrophe, alors qu'il n'est pas question...

M. D. — ... de le ramener à la psychologie ; mais ils n'y arrivent pas.

X. G. — Oui, c'est ça.

M. D. — Ils n'y arrivent pas du tout. C'est le chemin de la fraternité, remarque, dans un sens... S'ils y arrivaient, peut-être que le vice-consul serait admis...

X. G. — Oui, mais tu crois que c'est souhaitable, ça ?

M. D. — C'est irrécupérable, ce qu'il a fait.

X. G. — Mais oui, et ils essaient de le récupérer.

M. D. — Oui, c'est ça.

X. G. — En disant, par exemple : « Quel malheur ! » ou en disant des..., des..., en portant des jugements psychologiques, moraux. Alors que c'est complètement en dehors

174

de ça, bon, et il n'y a qu'Anne-Marie Stretter pour le..., pour recevoir cet acte-là complètement sans..., sans essayer quoi que ce soit.

M. D. — Oui, c'est-à-dire qu'il y a une équivalence, plus qu'une identification, il y a une équivalence dans la douleur d'Anne-Marie Stretter et dans la colère du vice-consul de France. Ça coule en elle. Tu vois, c'est comme un fleuve qui l'a traversée, comme traversée par ce fleuve de douleur, si tu veux, et lui est au contraire... comme un engin de..., de mort, quoi, il est plein de feu, d'explosifs, enfin..., il faut que ça sorte, que ça éclate, que ça s'exprime à l'extérieur, que ce soit public, bruyant, tandis que l'insertion de..., d'Anne-Marie Stretter dans l'Inde est..., est charnelle. Elle est interne.

X. G. — Oui. Mais le geste qu'elle fait, elle, de donner de l'eau aux lépreux, de leur donner à manger...

M. D. — Je m'en moque, de ça, dans la...

X. G. — Oui, c'est ça, c'est le jour de bienfaisance.

M. D. — ... dans la réception. La bienfaisance classique, culturelle. Mais elle sait très bien ce qu'il en est, elle. Simplement, elle laisse les grilles de l'ambassade ouvertes pour que les mendiants entrent, mais pas une seconde je ne fais l'éloge de l'acte.

X. G. — C'est ça, oui, parce que, à la limite, ça pourrait apparaître, comme ça, opposé à l'acte du vice-consul, alors que je crois que c'est fait avec le même désespoir, finalement.

M. D. — Absolument. J'espère que ça n'apparaît pas une seconde comme un...

X. G. — Comme une solution ? [*Rires.*] La charité !...

M. D. — J'espère.

X. G. — Vraiment, c'est impossible. D'autant plus que ce sont les mondaines qui, pendant la réception, qui en

175

parlent, elles disent : « Quelle femme irréprochable ! »

M. D. — Oui. mais aussi ils savent qu'elle va..., qu'elle couche avec tout le monde.

X. G. — Oui, mais du côté de ce qui est « bien », de ce qu'elles appellent le bien, c'est ça, c'est qu'elle donne à manger aux mendiants. Donc, si c'est dans leur bouche à elles...

M. D. — Il n'est pas dit qu'elle soit bonne, ni charitable. Dans le livre, c'était dit.

X. G. — Mais, elles disent..., elles le disent quand même, « bien », dans « Indiana Song ».

M. D. — Elles disent : « Irréprochable. »

X. G. — « Irréprochable : elle donne de l'eau aux... »

M. D. — Oui, mais irréprochable en général. Il y a quelqu'un qui dit : « Irréprochable ? Allons, allons. » Et l'autre ajoute : « Rien ne se voit, c'est ce que nous entendons ici par irréprochable. »

X. G. — C'est ça, c'est-à-dire qu'il n'y ait pas de scandale comme il y en a eu un pour le vice-consul. On peut faire ce qu'on veut, à condition que ça ne se voie pas. Ça, c'est le principe...

M. D. — C'est ça. Tandis que le vice-consul, c'est le cri, c'est le scandale...

X. G. — C'est ça, c'est ce qui n'est pas supportable.

M. D. — Tout le temps.

X. G. — Tous ces gens peuvent supporter qu'Anne-Marie Stretter soit complètement déchirée, complètement morte, à condition que ça ne paraisse pas, à condition qu'elle ait un sourire auquel on peut se tromper.

M. D. — Mais ils ne savent... pas, ils le pressentent...

X. G. — Ils ne veulent pas le savoir.

M. D. — ... qu'elle est la douleur. Elle le dira jamais,

jamais ce n'est avoué, puisque, quand elle pleure, les larmes sortent, elle ne les sent pas, elle dit toujours : « C'est la lumière qui me blesse les yeux, la lumière de la mousson. » C'est pas un hasard si c'est l'Inde. C'est le foyer mondial de l'absurdité, le feu central de l'absurdité, cette agglomération insensée, de faim, de famine, illogique.

X. G. — C'est-à-dire, dans notre monde, l'absurdité est aussi, mais on la voit moins. Elle est plus évidente en Inde.

M. D. — C'est ça, dans l'Inde, elle se lit tout de suite. C'est religieux, au fond, ce texte. Non ?

X. G. — Comment ça, religieux ?

M. D. — Je veux dire..., à force de refuser ce réel, le refuser à ce point, de hurler contre ce réel qu'est l'Inde — je dis pas cette réalité, c'est un mot... usé —, oui, à force de hurler contre elle, c'est comme s'il y avait un responsable... de cet état de choses.

X. G. — C'est drôle que tu penses ça. Ça me choque, le mot « religieux ». Un responsable qui serait Dieu * ?

M. D. — Oui, c'est pas vrai, c'est pas..., c'est un ordre de choses, oui, le responsable, c'est l'humanité qui a laissé faire ça..., mais elle l'a laissé faire comme on dort, comme on vit..., sans savoir que ça se faisait.

X. G. — Oui, mais c'est tous les rapports... humains, c'est tous les rapports sur lesquels la société est basée qui sont en cause.

M. D. — Oui. L'étanchéité entre le monde de l'Inde blanche et ce monde-là est dénoncée à chaque instant dans le livre.

X. G. — Et pourquoi tu dis que c'est religieux, alors ?... Là où moi je dirais presque que c'est politique.

M. D. — Je trouve qu'elle a un sens... Oui, c'est peut-être pareil. On m'a dit — je ne sais pas si je te l'ai dit —, on m'a dit que j'avais la religion..., on m'a dit que j'avais le sens religieux du communisme.

X. G. — Non. Tu m'as pas dit. Ça me choque un peu. [*Silence.*] Ou alors, il faudrait prendre religion au sens où il y a quelque chose qui nous dépasse.

M. D. — Transgression, encore une fois, de soi à l'autre.

X. G. — Mais quelque chose qui est nous, aussi.

M. D. — Mais, qui devrait être un sens de l'homme et non pas un concept. Il n'y a aucun glissement de cette humanité blanche de l'Inde vers... la faim, vers la douleur, la lèpre. Il y a une sauvegarde constante du Blanc.

X. G. — Sauf, justement..., elle est brisée, cette sauvegarde...

M. D. — Elle est brisée, le contact est fait par le..., par la douleur, les larmes d'Anne-Marie Stretter, tangiblement, organiquement, et par les coups de feu du vice-consul.

X. G. — Oui.

M. D. — Sans ça, il y a une étanchéité, entre ça et les autres.

X. G. — Mais, justement, cette transgression, tu dis, elle est organique, elle est tangible.

M. D. — Oui.

X. G. — Alors que « religieux », il semble que ça renvoie à..., à un monde...

M. D. — Par « religieux » je pense cet élan muet plus fort que soi et injustifiable.

X. G. — Oui, oui, c'est ça, quelque chose en nous nous dépasse, est plus fort que nous-mêmes..., c'est en nous.

M. D. — ... Et fait taire... la raison logique.

X. G. — Oui, et les commentaires psychologiques. Oui,

oui, ça, je comprends bien, mais pourquoi employer ce mot de « religion », c'est ça, tu comprends...

M. D. — On l'a employé à propos de *Jaune le soleil*.

X. G. — ... alors que..., qu'est-ce que tu veux, on peut pas..., il est emprunt de..., bon, il veut dire tout ce que..., en même temps tout ce que tu détestes, non ?

M. D. — Ah oui, bien sûr. Bien sûr.

X. G. — On peut pas le détacher du contexte...

M. D. — Non, mais c'est... religieux, c'est pas la religion. « Chrétienne sans Dieu » il y a, tu vois, dans le livre, à propos d'elle.

X. G. — Oui.

M. D. — Et ça, tu l'a admis ?

X. G. — Oui.

M. D. — Faut pas, faut pas se buter aux mots.

X. G. — C'est ce que je suis en train de faire, oui. Mais..., mais j'ai peur que ce soit un peu dangereux d'employer ce mot, quand même. Même si je comprends bien le sens que tu lui donnes, tu vois, comme il a de toute façon, dans la société, un sens indéracinable.

M. D. — Il se déracine, quand même, de plus en plus.

X. G. — Tu crois que ça renvoie pas, de toute façon, à tout ce..., bon, à la métaphysique, à tout cet univers... ?

M. D. — Dans *la Femme du Gange,* elle dit : « Qu'est-ce que vous avez ? Vous ne mangez plus, vous ne dormez plus », et elle dit : « C'est la colère. » On lui demande : « Contre qui ? » et elle répond : « Contre Dieu, Dieu en général. »

X. G. — Oui, je me souviens de ça. Oui, ça m'avait beaucoup frappée, et là, je le comprends très bien, tu vois.

M. D. — Mais lis autre chose, il faut entendre autre chose.

X. G. — Mais là, je le comprends très bien.

M. D. — Oui.

X. G. — Même Lol. V. Stein, je crois, elle dit... quelque chose contre Dieu.

M. D. — Ah ? Je ne me souviens plus.

X. G. — Non, attends. Il y a... un moment de sa maladie..., enfin, de ce qu'on dit sa maladie, comment c'est ? : « remue dans le ventre de Dieu »..., il y a quelque chose comme ça. Pourquoi je peux pas me souvenir de cette phrase ?

M. D. — Ah ben, oui, ça, ça me dit quelque chose, oui.

X. G. — A la fin du chapitre, de tout le chapitre, justement, de sa maladie, après, on la voit..., on la voit autrement, on la voit mariée, attends, il y a toute sa colère, tout son refus, tout son..., qu'elle ne voie plus rien, qu'elle n'entende plus rien. Et puis il y a une phrase : « ... remue dans le ventre de Dieu. » Je sais pas, quelque chose comme ça *. Et là, j'ai trouvé ça extraordinaire. Là, j'ai très bien compris, très bien accepté.

M. D — Mais, sur quoi se détache la colère du vice-consul et la..., la souffrance, latente, constante d'Anne-Marie Stretter ? [*Silence.*] Sur l'invivable.

X. G. — Oui.

M. D. — Et sur l'amour.

X. G. — Oui, c'est pas religieux, ça.

M. D. — L'amour ?

X. G. — Oui.

M. D. — C'est pas marxiste. C'est peut-être anti-marxisme, que j'exprime là. Le texte que je viens de faire est un texte politique, tu es d'accord ?

X. G. — Oui, absolument.

M. D. — Complètement, oui. Mais un marxiste-léni-

180

niste..., d'intelligence moyenne, ne le comprendrait pas. Il faut bien se dire la vérité, le marxisme-léninisme, quand il tombe sur un être... moyen, de capacité moyenne — il y en a, c'est triste, mais il faut bien le dire —, remplace l'intelligence absente.

X. G. — C'est une catastrophe.

M. D. — Et c'est une catastrophe, parce que dans l'absence d'intelligence, la sensibilité suppléait, dans l'absence d'arguments, dans l'absence d'argutie, la sensibilité suppléait à l'intelligence, parce qu'il y a des sensibilités de génie. Seulement dans la..., dans le..., comment dirai-je ?, dans la pratique marxiste-léniniste, la sensibilité cesse de fonctionner.

X. G. — En tout cas, elle est mise au service de quelque chose, elle est...

M. D. — On la fait taire. L'individu la fait taire. Il se sert de son..., il est ravi parce que son marxisme-léninisme, croit-il, lui ouvre les portes de l'esprit.

X. G. — Le comble. Répond à tout.

M. D. — Voilà. Un homme qui n'était pas armé, qui était dans la naïveté, devient armé.

X. G. — Oui, il trouve des armes toutes faites.

M. D. — Oui. J'ai été chassée du parti par des gens comme ça.

X. G. — Oui. Je comprends ce que tu dis, très bien.

M. D. — On peut dire ça un peu plus loin, on peut dire aussi que la pratique théorique oblitère le reste.

X. G. — Attends. Je suis pas d'accord.

M. D. — ... Très souvent.

X. G. — Mais, maintenant, regarde ce que je voulais dire pour le marxisme...

181

M. D. — Oui.

X. G. — Quand tu dis, que..., que le livre est un anti-marxisme...

M. D. — ... formel.

X. G. — Moi, je crois que...

M. D. — Formellement, je veux dire. Les données de l'Inde, de « Indiana Song », les données à voir — les données données à voir, on peut dire — ne sont pas les données marxistes.

X. G. — Je vais te dire ce que je crois. Je crois que ce qui manque très gravement au marxisme étroit, c'est...

M. D. — ... l'oubli du marxisme. [*Rire.*]

X. G. — Oui, entre autres. Mais, je veux dire, c'est l'articulation avec le désir, disons que ça puisse être articulé, ça, cette connaissance..., bon, de l'exploitation... avec...

M. D. — C'est stérilisant.

X. G. — ... avec le désir.

M. D. — C'est stérilisant, une expérience...

X. G. — Oui. Alors que, justement dans « Indiana Song », c'est articulé, mais complètement, c'est imbriqué complètement, le désir, l'amour, tu vois, c'est...

M. D. — Ben, le désir est un mouvement vers l'autre. Ce qui est une appréhension..., une préhension de l'autre et la douleur vécue par Anne-Marie Stretter, également.

X. G. — Oui, oui, mais c'est complètement fondu, c'est ça, avec...

M. D. — C'est que les deux mouvements sont des mouvements vers, des mouvements qui mettent hors de soi, qui vous mettent au-dehors de vous.

X. G. — Oui, oui. C'est complètement pris, en même temps, avec, je sais pas, la dénonciation, le refus de l'exploitation, de la misère.

M. D. — *C'est* le refus.

X. G. — C'est la même chose. C'est complètement fondu.

M. D. — Mais un marxiste dirait : « ... Attention, pas de sentiment ! »

X. G. — Mais c'est pas du sentiment.

M. D. — Eh ben, justement, il confondrait.

X. G. — Ah ben, oui, mais il y a aucun sentiment dans ton livre. C'est pas des sentiments. C'est quelque chose qui..., qui brûle, qui terrasse, qui..., qui a des effets physiques, les cris, les pleurs, c'est pas du sentiment. T'es pas d'accord ?

M. D. — Complètement, avec toi.

X. G. — Et c'est pour ça que c'est pas antimarxiste. Simplement, ça apporte toute la dimension qui manque au marxisme, mais ça va pas contre.

M. D. — Oui, c'est-à-dire qu'on sent, derrière, une expérience politique qui a duré pendant vingt ans et qui s'est terminée par un fiasco, mais qui est néanmoins là.

X. G. — Mais oui, elle n'est pas niée, elle n'est pas niée. On la sent.

M. D. — C'est-à-dire que non seulement je désespère de la société, mais je désespère de la révolution. Mais, n'empêche que la société, je la dénonce encore avec les armes..., avec les armes révolutionnaires. Mais tout ça est oublié quand j'écris.

X. G. — Oui.

M. D. — Et c'est là, et oublié, comme la culture qu'il faut oublier, quoi.

X. G. — Oui, c'est-à-dire que c'est pas..., tu ne veux pas dire quelque chose ; ça se dit, tu ne veux pas dire... quand

183

tu écris, tu ne veux pas dire : « C'est honteux, ce qui se passe aux Indes. »

M. D. — Ah, je veux pas être déclarative.

X. G. — C'est ça.

M. D. — Ça, c'est fini, c'est... parce que je l'ai été une fois, dans *le Barrage,* un petit peu.

X. G. — Dans les premiers livres.

M. D. — Et encore là, cette vieille femme qui fait des discours, elle invente une dialectique personnelle... Il se trouve que cette dialectique, du fait qu'elle est opprimée et dans un pays colonial, rejoint une dialectique révolutionnaire. Mais elle est de son cru.

[*Fin de la bande.*]

M. D. — Il y a toujours un petit temps mort quand on change de côté.

X. G. — Eh oui, c'est ça, c'est moche, ça. Parce qu'on oublie, comme l'autre fois, j'ai oublié. [*Silence.*]

M. D. — Tu vois, ce qui vient de se passer en Afrique du Sud, cette sécheresse, ça a fait je ne sais pas combien de morts, les bêtes sont mortes à quatre-vingts pour cent, les arbres..., ça a été concomitant de toi, de ta vie, de ma vie, de la vie de... tous nos contemporains, et c'est complètement oblitéré. C'est insupportable, c'est littéralement insupportable et heureusement, c'est oblitéré dans la vie quotidienne, mais c'est quand même là.

X. G. — Mais oui, mais tu crois pas que...

M. D. — Tu ne peux pas le nier.

X. G. — ... Ce qui ressort aussi, par exemple, d' « Indiana Song »...

M. D. — Des jeunes m'ont dit : « On n'a pas connu la guerre, on sait pas ce que ça veut dire, on n'a pas connu les camps de concentration, l'extermination des juifs... *On sait*

184

pas. » Après *Hiroshima* j'ai eu une discussion avec eux ici, à N... Je leur ai dit : « C'est pas vrai, *vous savez* quelque chose. »

X. G. — Oui.

M. D. — Même si c'est rejeté derrière. *On sait.* Ça se sait. On dit toujours : « On ne sait pas. » C'est l'indifférence. Mais ça se sait quelque part.

X. G. — Oui.

M. D. — Sans ça, les Blancs de la réception, les femmes blanches de la réception ne seraient pas intriguées par Anne-Marie Stretter comme elles le sont. Elles disent : « Ce sourire déchirant, qu'est-ce qui se cache derrière ? Qu'est-ce qu'elle fait ? » Elles se posent des questions.

X. G. — Oui.

M. D. — Mais c'est par le relais de cette femme. Elles ne voient pas directement l'Inde. Elles la voient à travers ces ponts, ces relais, que sont le vice-consul, ce balcon de Lahore et, là, ces pleurs de femme. Ça sert à ça, les écrits, l'écrit. C'est ce relais peut-être, ce pont jeté par-dessus.

X. G. — ... Qui fait qu'on ne peut plus ignorer qu'on sait en nous, que c'est quelque part.

M. D. — Voilà, exactement. C'est comme des puits, on va chercher de l'eau dedans, et cette eau, les gens..., les gens connaissent cette eau, ils la boivent..., quelque part en eux *. [*Silence.*] Quoi dire de cette forme ? C'est la..., tu sais que c'est la commande que m'a fait Peter Hall, du National Theatre.

X. G. — Oui. Pourquoi tu dis ça ?

M. D. — Parce qu'il faut le dire.

X. G. — Oui, ça paraît tellement bizarre, maintenant.

M. D. — C'est une commande.

X. G. — Oui. Mais tu l'aurais écrit de toute façon. Quel

rôle ça a joué, le fait que ce soit commandé, justement ?

M. D. — A le faire.

X. G. — Tu crois que tu aurais pu la garder en toi ?

M. D. — Je peux dire : à m'en débarrasser. C'est pénible.

X. G. — C'est le truc qui appuie de l'extérieur pour que ça sorte.

M. D. — Oui. On m'a jamais rien commandé en France.

X. G. — Oui.

M. D. — On m'a commandé des choses en Allemagne.

X. G. — Bon. On peut le dire, ça aussi, que vraiment, la situation du théâtre en France, faut voir ce que c'est. Et que ce soit l'Angleterre qui ait pensé à ça, tu vois..., quand même il y a quelque chose qui va pas en France.

M. D. — C'est plutôt *ma* situation en France.

X. G. — Ah ben, écoute...

M. D. — C'est drôle, ça. Enfin, on en a déjà parlé, c'est pas très intéressant. Ici, qu'est-ce que je fais ? Je paye mes impôts... Si, j'ai mes amis ici. J'ai mes amis en France. Puis, je leur donne mes impôts. Mais l'argent, maintenant, je le gagne..., ce avec quoi je vis, c'est allemand, c'est américain, c'est anglais.

X. G. — Mais il y a aussi — j'aimerais bien que tu en parles — ce que tu disais l'autre jour sur ce refus, parce que ça t'intéresse pas non plus, de..., comment dire ? du bénéfice social qu'en général les écrivains tirent de leur écriture, c'est-à-dire faire des conférences, être connu, être invité...

M. D. — Il y a deux choses. C'est que ça m'ennuie de m'éloigner, ça m'ennuie de vivre avec des jeunes pendant trois semaines ; la jeunesse, c'est très gentil, mais il y a rien de plus uniforme.

X. G. — Oui.

M. D. — C'est à vingt-sept, vingt-huit ans que l'être commence à se différencier. Ça m'embête d'être toute la journée avec des étudiants qui vont me poser des questions, d'être sans solitude. Et puis je n'ai rien à leur dire du tout. Si je suis trois semaines à parler de moi comme ça, je vais devenir folle. Ah, j'ai refusé partout, partout. J'ai pas de théorie du roman. Ça me fait rigoler, rien que l'idée.

X. G. — Mais, c'est ça que tu disais l'autre jour, que comme toi tu n'acceptes pas ça, tu n'as même pas ce..., c'est quoi ? cette compensation, cette..., que beaucoup d'écrivains ont...

M. D. — Du fric ?

X. G. — Euh, oui, de la gloire [*rire*], enfin, tu vois, de...

M. D. — Oui, mais c'est tellement..., c'est une telle fumisterie !

X. G. — Oui, mais ça doit être plus facile à vivre pour eux.

M. D. — Je l'ai eu après *Hiroshima,* cette gloire..., cette gloire mondaine. Mais tu sais que c'est l'enfer. Les gens vous invitent à dîner pour vous montrer comme un animal qu'ils auraient acheté et qu'ils auraient, surtout, apprivoisé. Ça a duré trois ou quatre mois et puis, après, je me suis défilée. J'ai compris.

X. G. — Mais tu disais que les hommes, en général...

M. D. — Les hommes vivent beaucoup de ça, de cette denrée-là, la gloire, d'être connu. Remarque, c'est utile, quelquefois.

X. G. — Ben, c'est ça. Ça doit être plus facile pour eux de vivre, alors, s'ils ont ça. Si ça leur fait plaisir, s'ils ont un bénéfice de plaisir social, une prime...

M. D. — Puis l'austérité... Qu'est-ce que tu veux qu'un Druon, qu'un con pareil, fasse de l'austérité... Je veux dire..., puisque son matériau, le matériau sur lequel il travaille, c'est déjà un matériau corrompu, un matériau qui se balade dans le social, le mauvais. [*Silence.*] Peut-être qu'on pourrait parler encore d' « Indiana Song » ?

X. G. — Oh oui.

M. D. — Tu vois, *Lol. V. Stein,* par exemple, c'est plutôt à vous autres, maintenant.

X. G. — C'est plus... ?

M. D. — C'est plutôt à vous autres qu'à moi. Le livre a été appréhendé par des gens, si bien que j'en suis dépossédée. *Moderato,* c'est fait, complètement.

X. G. — *Lol. V. Stein,* c'est en train de se faire ?

M. D. — C'est en cours. *Le Vice-consul,* c'était encore..., comment ça s'appelle ? ces choses cachées ?

X. G. — Latent ?

M. D. — Un enfer. Chacun a un enfer dans sa vie. Des endroits où on met les objets, en désordre, un enfer, on appelle ça. Bon, ça, c'est une remarque..., c'est une petite remarque à côté.

X. G. — Non, c'est pas à côté. Mais, quel effet ça te fait, de savoir que les gens se sont emparés... ?

M. D. — C'est normal, cela. Je trouve ça normal. Mais Lol. V. Stein, elle circule, maintenant. Adulte, elle est.

X. G. — Elle vit.

M. D. — Oui.

X. G. — Chez les..., autour. Mais ça...

M. D. — Alors, pourquoi j'ai ajouté ces voix ? Bon, il y a une histoire, donnée — ça, c'est quand même mystérieux —, une histoire qui est donnée, qui était l'histoire du vice-consul, elle tenait dans un livre, elle comptait certains personnages, qui étaient nommés, qu'on voyait, qui faisaient des choses. Puis, maintenant, voilà que je reprends cette histoire et que je la fais raconter par des voix qui elles-mêmes sont en proie à leur propre histoire, c'est-à-dire, si tu veux, au départ, distraites de l'histoire du vice-consul, d'Anne-Marie Stretter, et qui peu à peu s'en emparent jusqu'à s'en embraser, je dis, complètement. Pourquoi cet étage supplémentaire ? Et pourquoi cet étage supplémentaire donne tant de force — je dois l'avouer, parce que je viens de relire la..., le texte — à cette histoire qui pourtant, on aurait pu le croire, se suffisait à elle-même ?

X. G. — Je sais pas pourquoi, mais c'est vrai que ça donne une force inouïe... Je sais pas, je me dis : peut-être que... si les choses sont en face, c'est-à-dire, par exemple, sur une scène, on a les gens et la voix sort de leur bouche, on voit ça, on peut peut-être encore le maîtriser, d'une certaine façon, par exemple par le regard. Si ça vient de l'extérieur, si ce qui se passe, ce qui se..., ce qui s'allume, est à l'extérieur, qu'on ne voit pas, ça vous tombe dessus d'une façon... encore plus implacable, encore plus inévitable.

M. D. — Oui, tu veux dire, un couple ferait l'amour en scène... c'est moins violent...

X. G. — On le contrôlerait, ça, en le voyant.

M. D. — ... que si on vous dit, quelqu'un que vous ne voyez pas : « Ils sont en train de faire l'amour, là, tout à côté, là. »

X. G. — Oui. Alors on ne peut pas..., on ne peut pas avoir prise dessus. Tu vois, ça nous arrive complètement de l'extérieur, comme ça t'arrive de l'extérieur d'une certaine façon, ce que tu dis. Enfin, ce n'est pas l'extérieur, mais ça t'arrive d'une façon implacable.

M. D. — A moi ?

X. G. — Oui.

M. D. — Oui.

X. G. — Et maintenant, quand on le lit, c'est..., c'est comme ça, ça arrive..., tu vois, ça n'arrive pas en face.

M. D. — Ça arrive pas en face, c'est ça exactement, le mot.

X. G. — Et qu'est-ce qu'on y peut ? C'est pour ça qu'on est complètement pris dedans. On n'y peut rien.

M. D. — Oui, mais du fait que ça arrive pas en face, ça pourrait ne pas exister. Quand ils disent : « Derrière, il y a les paquebots des lignes Pacifique sud, et à côté un port de plaisance et derrière encore, les palmiers, les palmeraies. » Et rien.

X. G. — Eh bien, ça existe encore bien plus que si on le voyait, bien plus fort.

M. D. — Ça existe où ? Au théâtre ou à la lecture ?

X. G. — A la lecture. Ça existe bien plus fort que si c'était décrit comme quelque chose qu'on a devant les yeux. J'en suis sûre.

M. D. — Mais comment j'ai trouvé ce truc-là ? Je me demande si c'est pas le cinéma.

X. G. — Bon, déjà, dans *la Femme du Gange*...

M. D. — Je l'ai trouvé là, je l'ai trouvé là.

X. G. — Oui, mais c'est encore plus, tu vois, non ? dans « Indiana Song ».

M. D. — Oui. Dans le processus ordinaire du théâtre, prenons le théâtre comme discipline, tu as la salle, tu as la scène, où se passent les choses. Il y a entre la salle et la scène une communication constante, directe.

X. G. — Oui.

M. D. — Là, tu as la salle, tu as la scène, et tu as un autre espace. C'est dans cet autre espace que les choses sont... vécues et la scène n'est qu'une chambre d'écho.

Sur la scène, il y a..., par exemple, la réception, elle est loin..., il arrive des débris de la réception, des petits morceaux, des gens qui passent dans un angle et puis disparaissent... Alors comment se fait-il que la frustration — faut bien dire —, la frustration d'une action théâtrale aussi totale — puisqu'il y a des restes de mouvement, il y a des bribes de danses, il y a pas une seule conversation directe —, que, sur cette frustration, la fascination se greffe aussi... violemment ? Je peux pas arriver à le comprendre.

X. G. — Je sais pas très bien.

M. D. — Il y a certainement un rapport avec quelque chose qui nous échappe, là, maintenant.

X. G. — Oui, peut-être que, tant qu'il y a, comme tu dis, la scène d'un côté et les spectateurs en face, les spectateurs peuvent penser que c'est pas eux, de toute façon, puisque c'est en face, sur la scène.

M. D. — Oui, ça, c'est très juste.

X. G. — Si ça vient pas de sur la scène, d'où est-ce que ça peut venir ? Ça peut venir d'eux.

M. D. — C'est en eux.

X. G. — En eux.

M. D. — Mais qu'est-ce qui est leur chambre noire, à eux ? C'est la scène où pas un mot n'est dit, ou bien cet espace où tout se passe, invisible ? La scène qui est vue, où rien n'arrive, ou bien cet autre espace dont on parle où tout arrive ? La chambre noire, c'est ce que j'appelle la chambre de lecture.

X. G. — C'est cet autre espace...

M. D. — C'est cet autre espace. La scène n'étant qu'une antichambre, la conscience claire.

X. G. — Oui, oui, il me semble. Mais je te dis l'effroi que ça m'a fait, le..., le terrifiant que ça m'a fait et auquel je peux pas échapper. Alors peut-être que justement, c'est pas quelque chose..., même qu'on soit pas à la scène, on n'est pas non plus en face d'une lecture puisqu'elle vient sur le côté.

M. D. — C'est bien, ce que tu dis là : « en face d'une lecture. »

X. G. — C'est pour ça aussi que j'aime que cette particularité, cette difficulté de lecture, puisqu'il faut lire d'un côté et de l'autre, on peut pas lire..., ce n'est pas en face, même pour le lire.

M. D. — Même typographiquement, tu veux dire.

X. G. — Oui, oui, que ce soit écrit à gauche, ce qui se passe — ou ce qui se passe pas, d'ailleurs...

M. D. — Tu crois pas qu'il y a quelque chose comme ça, c'est que la chose vue et entendue, qu'on la reçoive en pleine gueule d'une scène, en ligne droite, de face, comme tu dis, c'est une violence, c'est une oppression.

X. G. — Pour le spectateur ?

M. D. — Oui.

X. G. — Oui, c'est-à-dire, c'est une passivité pour lui.

M. D. — ... Qu'on en est à un tel point, maintenant, d'un désir de liberté, ça se..., ça se débat en nous, qu'on peut plus, même ça, le supporter, peut-être.

X. G. — Je sais pas.

M. D. — Tu as pas éprouvé un soulagement à lire « Indiana Song », de ce point de vue, que ça vienne d'un champ plus libre, plus loin, et qui ne t'embarrasse pas les pattes, dès que tu rentres dans la lecture ? T'as pas eu ça ?

X. G. — Ce que j'ai pas éprouvé, c'est cette passivité qu'on demande au lecteur, habituellement, c'est-à-dire on lui dit : « C'est ça... »

M. D. — Oui.

192

X. G. — Et là..., et là, à la limite..., ça peut paraître idiot ce que je pense, mais à la limite, c'était moi qui le..., qui le faisais en même temps que je le lisais, tu vois.

M. D. — Oui, c'est ça, c'est ça, c'est toi qui le fais..., oui...

X. G. — Mais ça veut pas dire que... j'aurais pas pu changer un truc, tu vois, c'était exactement ça, mais, en même temps c'était moi qui l'écrivais, qui le..., c'était moi qui disais ça.

M. D. — Quand je dis : « Elle passe, elle rentre à la résidence de France par les plages et les hommes rentrent par la palmeraie », c'est ta palmeraie, c'est tes plages. D'accord ?

X. G. — Ah, oui.

M. D. — Mais, dans le théâtre, on ne montre ni les palmiers, ni les..., ni la palmeraie ni les plages, tu comprends, mais Racine, il décrivait. N'importe qui décrit comment sont les plages : la lumière, la..., bon, alors qu'un mot suffit.

X. G. — Oui. Un mot, la façon dont il est dit, la façon dont il est placé, par rapport à un autre.

M. D. — Oui.

X. G. — C'est très, très précis, aussi, la façon dont les mots se placent, tu vois. On peut pas les placer autrement.

M. D. — Mais il y a certainement... une lassitude dans..., dans ce travail que je viens de faire, ça exprime une lassitude de quelque chose, de l'ordonnancement théâtral.

X. G. — Traditionnel ?

M. D. — Oui.

X. G. — Oui. Là il y a quelque chose qui...

M. D. — Fallait crever les parois de la scène.

X. G. — Oui... qui a sauté complètement. Il y a un

193

rapport de l'acteur et du créateur au spectateur qui est complètement changé, complètement.

M. D. — Et tu le sens même à la lecture ?

X. G. — Ah, oui. C'est pareil, le rapport à la lecture est complètement changé. On ne le lit pas comme un..., comme je sais pas, ce qu'on lit d'habitude, comme un roman.

M. D. — Remarque, c'est un commencement, ça, je suis sûre qu'on devrait trouver d'autres voies de renouveau, d'autres voies nouvelles — c'est même pas renouveau : nouvelles.

X. G. — Oui, mais ça, c'en est une, nouvelle, révolutionnaire — on peut dire révolutionnaire. Tout est changé.

M. D. — Tu voulais parler de quelque chose quand j'ai commencé avec cette digression.

X. G. — Je sais plus. Tu crois ?

M. D. — A propos de Lol. V. Stein, non ?

X. G. — Ah, oui. Mais remarque, c'est moi qui vais faire une digression, alors, là. C'est que je pensais à ce que tu avais dit, après *Détruire,* parce que tu dis que tu es, en somme, dépossédée de Lol. V. Stein, que les gens la possèdent autant que toi, au moins autant. Ce que tu avais raconté, qui s'était passé après *Détruire,* parce que c'est la même chose, tu vois. Tu te souviens de ce que je veux dire ?

M. D. — L'anecdote, là ?

X. G. — Oui, mais c'est pas..., c'est plus qu'une anecdote. Tu veux pas le dire ?

M. D. — Ah... Mais les gens vont prendre ça pour de la vanité.

X. G. — Ben, ils seraient bêtes. C'est pour ça que les gens peuvent s'emparer ou de Lol. V. Stein, ou de quelqu'un de *Détruire,* c'est parce que ça ne t'appartient pas plus qu'à d'autres.

M. D. — C'est-à-dire que j'étais..., oui... j'étais..., je déjeunais avec des amis et ils parlaient de *Détruire,* mais il y a très peu de temps, c'est, il y a... il y a trois mois de ça.

X. G. — Ah oui ?

M. D. — Il y a un de mes amis qui m'a dit : « Tu sais, je suis rentré dans le film tout de suite, mais je ne suis pas rentré dans le livre tout de suite. » Et j'ai dit, tout de suite après lui : « Tiens, c'est curieux, moi je suis rentrée tout de suite dans le livre. » Alors ils m'ont regardée. Mais ça a duré que quelques secondes et on a tous ri. J'avais oublié que je l'avais écrit, en somme, c'est... Mais eux ne l'avaient pas oublié.

X. G. — Oui, bien sûr, mais, quand même, il semble que, dans la mesure où tu n'es pas comme les autres écrivains, comme la plupart des écrivains, quelqu'un qui possède — tu vois, comme des possédants : ce qu'ils écrivent, tu vois, ils s'accrochent, c'est leur possession à eux —, d'autres peuvent le posséder aussi, les lecteurs. C'est la même chose que ce que tu disais qui se passe pour Lol. V. Stein, non ?

M. D. — Ça devient à eux, tu veux dire ?

X. G. — Oui.

M. D. — Oui. Mais Kévork Kuttukdjian, il dit : « C'est moi qui ait écrit *Lol. V. Stein.* » Ça, j'adore qu'on puisse dire ça.

X. G. — Tu te rends compte... Et ça vient de toi, ça vient de la façon dont tu écris. Si les gens pensent que c'est une vanité de dire ça..., mais c'est complètement, c'est une humilité, pas au sens chrétien, mais au sens... vrai, c'est-à-

195

dire ne pas se mettre à la tête de quelque chose. Regarde le vice-consul, il se met pas à la tête de son acte.

M. D. — Non. Mais tu vois, j'ai..., je connais quelqu'un qui a voulu me connaître à cause du *Vice-consul,* et qui fait un livre, il fait un roman et il m'a demandé d'insérer dans ce roman des passages du *Vice-consul,* longs, quelquefois des chapitres, sans indication d'origine. J'ai accepté, bien sûr.

X. G. — Tu as accepté ?

M. D. — Ben, bien sûr. Avec joie.

X. G. — Tu vois, ça c'est..., tu connais beaucoup d'écrivains, entre nous, qui le feraient, qui l'accepteraient ?

M. D. — Ah, écoute, il me semble, je sais pas, c'est...

X. G. — Il te semble ? Les gens tiennent bien trop à leur...

M. D. — Le livre est devenu comme une personne, il est du domaine de l'imaginaire de ce jeune homme qui écrit ce roman.

X. G. — Oui.

M. D. — Il faut le déconnecter de sa..., de son handicap d'être de l'écrit, le sortir de cette gangue de l'écrit, cette gangue sacralisée.

X. G. — Oui...

M. D. — Ça doit circuler.

X. G. — Oui. Moi je dirais, plus que de l'écrit, c'est..., ce qui est sacré, c'est l'auteur..., l'auteur mis en..., l'auteur sacré..., enfin, l'idée sacrée de l'auteur.

M. D. — Ça, c'est les cons qui pensent ça.

X. G. — Ben oui, mais...

M. D. — Tu vois, le texte d'*Hiroshima,* c'est devenu comme des chansons.

X. G. — Oui, ça circule, ça appartient...

M. D. — On l'a dit. Moi, ça m'avait choquée parce que j'étais un peu bête, à ce moment-là encore — je le suis moins —, ça m'avait choquée parce qu'il y avait des strip-teaseuses qui le disaient dans des..., dans des strip-teases de Paris : « Tu me tues, tu me fais du bien. »

X. G. — C'est vrai, ça fait un drôle d'effet, mais...

M. D. — Mais pourquoi pas ?

X. G. — Mais oui.

M. D. — Pourquoi pas ? Plus ça circule, les textes, politiques ou non, mieux c'est. Pour reprendre ce que disait... le théoricien du Nouveau Roman, comment tu l'appelles ?

X. G. — Robbe-Grillet ?

M. D. — Non, celui qui a fait : *Pour un nouveau roman*, Ricardou, il disait : « On écrit un poème de Mallarmé à Paris et les conséquences sont..., en arrivent jusqu'en Afrique du Sud. » Mais je suis très assurée de — il faut bien le dire —, de ce que je fais ; la critique a eu beau faire et beau dire, je suis très sûre de ce que je fais.

X. G. — Bien sûr.

M. D. — Est-ce que ça se voit ?

X. G. — Oui, mais c'est pas du tout une sûreté comme...

M. D. — Je suis dans un doute abominable...

X. G. — Oui. C'est ça, c'est pas une sûreté de toi.

M. D. — ... Sur le fait d'écrire, si tu veux.

X. G. — C'est une sûreté que ça ne peut être que ça, que ça sort de toi et que de toute façon ça ne peut être que ça, que c'est *ça* qui est juste, non ?

M. D. — Peut-être.

X. G. — Non mais, dis-moi, parce que si je dis à ta place, maintenant !

M. D. — C'est ce qui est écrit, oui, qui est juste.

X. G. — C'est ça, c'est ça que je veux dire.

M. D. — Que je l'aie écrit, moi, ... c'est pas..., c'est beaucoup moins important.

X. G. — C'est ça. Je crois pas du tout que tu sois sûre de toi, mais de ce qui est écrit, oui. Tu ne peux pas te tromper.

[*Des aboiements s'entendent depuis le début de la bande ; en ce moment, très fort.*]

M. D. — Ce chien, qui est là !

X. G. — Tu sais que ça s'entend très fort dans la bande.

M. D. — Ah bon. Mets-le voir.

[*On écoute.*]

X. G. — Non, ça cache pas du tout les paroles. [*Silence.*] Ça y est, il y a encore un..., un hiatus.

M. D. — Tu me poses des questions, si tu veux. Tu avais noté des choses, tu avais dit, que tu voulais me demander.

X. G. — Oui, mais pas à propos d' « Indiana Song ».

M. D. — Non, mais même.

[*Interruption.*]

X. G. — ... Ça, c'est à propos de ce que tu dis, que, quand tu écris quelque chose de nouveau, tu reprends certaines choses de tes livres, tu les as en partie oubliées, tu fais des « erreurs » de mémoire.

M. D. — Oui, parce que la nouvelle chose la remplace.

X. G. — Oui, la remplace, mais c'est aussi parce qu'il y a un oubli...

M. D. — Oui.

X. G. — ... de ce que tu as écrit, au point d'oublier que tu l'as écrit.

M. D. — C'est ça. [*Rires.*]

X. G. — Ce qui est vraiment le maximum jusqu'où tu puisses aller.

M. D. — Ça, ça te fait croire à ma bonne foi, vraiment, je crois.

X. G. — Ah ben, totale. Totale.

M. D. — Par exemple, il me souvient..., je me souviens d'avoir demandé — est-ce à toi ? — s'il y avait la femme dans *l'Amour*.

X. G. — Oui, oui, c'est à moi.

M. D. — Eh bien, elle y est ou pas ? Là, je peux pas te dire, tout de suite, si elle y est ou non. Elle y est pas ?

X. G. — La femme en noir ?

M. D. — Oui.

X. G. — Ecoute, je sais pas comment te répondre parce que, est-ce que la femme en noir, c'est aussi la femme de *l'Amour ?*

M. D. — Ah, la femme de *l'Amour,* c'est Lol. V. Stein.

X. G. — Oui, mais est-ce qu'elle... ?

M. D. — Mais il y a pas deux femmes dans *l'Amour ?*

X. G. — Non, non, il n'y en a qu'une.

M. D. — Eh ben, tu vois, je le sais pas.

X. G. — C'est ça que tu demandes ?

M. D. — Oui.

X. G. — Ah non, il y en a qu'une.

M. D. — Et je l'ai fait il y a un an !

X. G. — Oui, c'est ça, ça me faisait penser aussi quand ces amis t'ont regardée de travers, après que tu aies dit ça, en disant : « Ça va pas. » Une fois, tu as dis que les hommes avaient dressé devant toi, toujours, l'épouvantail de la folie.

M. D. — C'est pas les hommes spécialement, mais il y avait une sorte de langage, à mon propos, les gens font pas assez attention à ça, pour un oui, un non, on me disait : « T'es vraiment folle, alors », « T'es encore plus folle qu'on ne le pense », « Tu devrais faire attention, t'es vrai-

ment dingue », « Oh, toi, toi, tu es folle, alors tais-toi »...
Vous savez..., tu sais, je veux dire — c'est le pluriel qui
me fait passer au vous —, ces petites choses qu'on dit
comme aux enfants, quand on leur rabâche toujours une
même rengaine, ça finit par devenir frappant et par créer
une petite..., une petite névrose, quoi *. Moi, j'avais peur,
oui.

    X. G. — Une inquiétude. Mais, c'est comme, tiens, j'y
repense, quand tu étais allée à Rome, là, l'aérodrome, tu
pourrais peut-être le dire aussi, ça, que tu es restée une
journée sans...

    M. D. — Mais qu'est-ce qui s'est passé, là, on ne sait
pas.

    X. G. — Mais tu dis qu'après ils te regardaient de tra-
vers comme si...

    M. D. — C'est-à-dire que je crois qu'ils ont eu peur, là.
Oui, je suis allée à Rome et puis j'ai... C'était pour essayer
de faire jouer *Détruire* par quelqu'un d'autre que moi, parce
que tous les producteurs de Paris, que j'avais vus me
disaient : « D'accord, on prend tout de suite le livre, mais
si c'est pas vous qui le tournez. » Alors j'étais allée à
Rome voir Nello Risi. Et j'avais rendez-vous avec des
producteurs, là, à l'aéroport. Je suis arrivée à midi. J'ai
pas vu ces producteurs. Il paraît qu'ils étaient là. Moi, je
les ai pas vus, ils m'ont pas reconnue, je les connaissais pas.
Et j'avais toutes les coordonnées de ces gens-là, je savais
où téléphoner, où les joindre. Et, au lieu de le faire, je me
suis assise sur un banc dans le hall de l'aéroport et j'y étais
encore à sept heures et demie du soir. Au milieu de l'après-
midi, j'ai été boire un café... et j'avais renversé ce café sur
ma jupe, c'était un café au lait, exactement un *capucini*...

    X. G. — Oui, un *capucino*.

M. D. — *Capucino*. Ma jupe était blanche et le café au lait sur la jupe blanche, je me suis..., bon, c'était dégueulasse. Mais j'ai même pas lavé la jupe, je suis restée comme ça, je suis retournée à ma place, exactement la même place, elle était pas prise, au bout d'un banc. Et j'ai regardé les gens jusqu'à sept heures et demie du soir, sept heures et demie d'affilée. Alors, à sept heures et demie, quelqu'un a dit : « Il est sept heures et demie », j'ai vu la nuit venir et je me suis dit : « Bon, il faut quand même que je remue » et, à ce moment-là, j'ai téléphoné au producteur qui était affolé. Il y avait eu un accident d'avion au-dessus de Milan dans la journée. Alors, il y a eu une panique, une double panique, c'est-à-dire les gens ont eu peur d'abord que je sois dans cet avion, que j'aurais pris distraitement, au lieu de prendre la ligne de Rome. Je me souviens, les gens de Paris avaient bu le champagne en disant : « Elle est pas..., elle était pas dans l'avion de..., elle était pas dans l'avion qui s'est cassé la figure. » Et puis, après coup, quand j'ai raconté ça, les gens ont eu peur, parce qu'ils disaient que c'était suicidaire. Mais j'étais très bien sur ce banc. C'est ça un petit peu..., qui est un petit peu dangereux. J'étais là où il fallait que je sois, bien. Personne savait où j'étais. *Personne* au monde.

X. G. — Et pourquoi ils ont eu peur, tu crois ?

M. D. — Ben, je voulais plus avancer, quoi, je voulais plus vivre ce jour-là, ça arrive. Tu crois pas ?

X. G. — Oui.

M. D. — C'est quand même quelque chose comme ça, puisque je voulais, je voulais envoyer un télégramme à mon enfant pour lui dire que je l'aimais. Mais ça m'a échappé, alors, ça, que c'était un état dangereux. Je me suis dis : « Tiens, si j'envoyais un télégramme à... mon fils. » Comme ça, comme une idée..., comme : « Tiens, je vais manger une mandarine ! »

X. G. — Mais c'est un état, alors, qui s'apparente à celui de Lol. V. Stein ?

M. D. — C'est ces états-là qui me font peur, là, tu vois, ces états-là. Sur la route, quelquefois j'ai peur de ne plus savoir comment on conduit une auto. C'est très rare. J'ai très peur, aussi je vais doucement. Enfin..., oui, je vais plutôt doucement *.

X. G. — Oui.

M. D. — Oui. C'est-à-dire que je sais que, certains jours, il faut que j'aille doucement. Les gens ne le savent pas pour eux, en général, ils devraient le savoir. Certains jours, on doit aller doucement. Mais de..., de ce point de vue, je crois pas être différente des autres. La petite différence, c'est que, si j'ai envie de rester sur le banc à l'aérodrome de Rome, j'y reste.

X. G. — C'est ça. Et les autres se diront : « C'est pas possible de rester là. »

M. D. — Les autres se diraient : « Mais alors..., non, non, faut agir, faut sortir de là... » et je crois qu'il fallait que j'y reste.

X. G. — Ben oui. Pourquoi appeler ça... ?

M. D. — Il y a quelque chose qui s'est passé, quelque chose qui a été assouvi, dans cette attente. Peut-être un extrême besoin de solitude.

X. G. — Oui. Il y a une sorte d'absence au monde et... tu pensais quelque chose ?

M. D. — Rien. Enfin, on pense toujours à quelque chose, mais ça se passait assez loin.

X. G. — L'absence à toi-même, aussi, un peu.

M. D. — Je ris parce que je vois encore la gueule des

producteurs quand ils m'ont vue. J'étais pas fraîche, pleine de café au lait. Ils ont dit : « C'est ça, Duras ? Et ben, qu'est-ce qu'on va en faire ? » Ils avaient l'air plutôt emmerdés. [*Rires.*] Ils m'ont emmenée dans un très bon hôtel de..., près de la..., comment s'appelle cette petite place avec des fontaines, à Rome ?

X. G. — Il y en a tellement, à Rome...

M. D. — La plus belle de toutes, avec les fleuves... Il y a le Nil...

X. G. — Ah, c'est Piazza Navona.

M. D. — Piazza Navona, dans un très bon hôtel, les gens me regardaient. Dégueulasse, j'étais dégueulasse.

X. G. — Oui, mais là, tu vois, là intervient... une tenue sociale qu'est très..., pas très importante. Ils te regardaient..., bon.

M. D. — Non, je veux dire, c'est le côté comique de l'histoire. Parce que je ne pouvais pas me justifier : quand même, j'aurais pu aller au lavabo et enlever les taches de café. Il y avait un refus, quand même, un refus profond.

X. G. — Oui.

M. D. — ... De continuer, quoi.

X. G. — De l'ordre du refus de Lol. V. Stein ?

M. D. — Peut-être. J'y ai pas pensé, oui.

X. G. — Quand on dit qu'elle est malade, qu'est-ce qu'elle a ? Elle refuse, elle bouge plus, elle ne pense..., elle veut plus ni bouger, ni penser, ni..., ni rien.

M. D. — Oui. C'est vrai.

X. G. — C'est tout, sa maladie, c'est un refus.

M. D. — Et quand on parle des femmes qui ne vont pas, quand les hommes parlent des femmes, entre eux, de leur femme, on entend souvent, comme ça, dans les conversations, ils disent : « Elle veut plus bouger, ça va pas du tout, elle reste dans son lit, elle reste couchée. »

X. G. — « Elle est malade... »

M. D. — C'est-à-dire, ce qu'on peut dire là, c'est que quelqu'un qui serait capable de faire ça, ce que je viens de te raconter, qui m'est arrivé à l'aérodrome de Rome, serait sans doute plus atteint, atteinte..., carrément, d'une petite..., peut-être d'une petite... psychose, et que je le fais sans être aussi atteinte que la plupart des gens le seraient dans...

X. G. — Oui. Ça, je veux bien le croire.

M. D. — Tu vois ?

X. G. — C'est sûr, même. [*Silence.*] Mais est-ce que c'est pas aussi parce que tu écris ?

M. D. — C'est-à-dire que..., que ça sort ?

X. G. — Oui.

M. D. — Oh, certainement.

X. G. — C'est sûr que si ça sortait pas de toi, alors que..., alors, tout ça serait en toi, tu te rends compte, Lol. V. Stein et Anne-Marie Stretter, tu serais tout ça.

M. D. — Peut-être, j'aurais pas tenu le coup.

X. G. — Ben oui. Et là, on est effrayé, je sais pas, Michèle, tes proches peuvent être effrayés que tu écrives ça, alors qu'au contraire c'est...

M. D. — C'est ce que je lui dis tout le temps, il y a pas de quoi avoir peur.

X. G. — ... C'est tant mieux que ça sorte, peut-être.

M. D. — C'est-à-dire qu'elle a été effrayée, parce qu'elle pense qu'au lieu d'être... avec vous en train de bavarder, en fait, je suis avec les gens du Gange, beaucoup plus loin, et tout ça comme une diminution de la présence..., elle dit tout le temps : « On croit qu'elle est là, puis... »

X. G. — Mais ça, est-ce que c'est pas quelque chose qui arrive à tout le monde ?

M. D. — Je suis sûre de ça, absolument sûre. Tout le monde est ailleurs dans le même temps.

X. G. — Oui.

M. D. — Mais cet ailleurs est plus ou moins important... Je sais pas ce que c'est que ces gens [*qui passent dans la rue*].

X. G. — Ben, je sais pas, une voiture. [*Silence.*] Simplement, pour toi, qu'est-ce qui se passe, de différent ? Non, on peut pas poser cette question, parce que ça reviendrait à dire : comment ça se fait que tu écris ? On peut pas demander ça, on peut pas dire ça. C'est-à-dire pourquoi tout le monde est ailleurs, enfin..., par exemple, on rêve.

M. D. — Oui, mais peut-être..., c'est un ailleurs qui est peut-être plus public chez moi ; en somme, vraiment un ailleurs. Je suis à Calcutta avec les gens du Gange, peut-être que c'est la seule différence, un ailleurs total, tandis que les gens sont peut-être ailleurs dans leur propre vie. Dans un ailleurs qui n'est pas imaginaire complètement, qu'ils pourraient quand même rejoindre. Une femme peut être en ailleurs avec un homme qu'elle aime, qui n'est pas son mari ou... dans un rêve de dépossession, mais qu'elle a plus ou moins vécu, tu vois ?

X. G. — Oui, oui.

M. D. — Tandis que moi, c'est un ailleurs qui n'a rien, pas une racine commune avec le présent que je vis.

X. G. — Oui, c'est vrai. Il y a comme un monde étranger qui t'habite.

M. D. — Voilà. [*Silence.*] Toi, ta peur des chiens, ta peur maladive des chiens...

X. G. — Ça, on peut dire !

M. D. — ... c'est le noir total. Tu as fait un effort pour essayer de savoir ?

X. G. — Quelquefois, j'essaie, comme ça, ça n'aboutit nulle part. Mais pourquoi tu penses à ça ?

M. D. — C'est également un ailleurs, effrayant.

X. G. — Mais, alors, totalement inconnu et qui n'arrive jamais à...

M. D. — Mais qui est fixe, surtout, c'est ça. Tu es attachée à ce poteau-là, la peur des chiens.

X. G. — Ah, oui.

M. D. — Ça ne bouge pas.

X. G. — C'est vrai, oui.

M. D. — Et certainement on peut penser que c'est tout un..., que ça immobilise toute une situation mentale.

X. G. — Oui.

M. D. — Que si ça se..., tu arrivais à voir clair là-dedans, ça..., ça bougerait autour, tu comprends ?

X. G. — Oui, oui, oui, oh, c'est sûr, ça entraînerait des tas de choses. C'est sûr. Mais y a aussi le fait que justement ça ne..., ça ne peut pas transparaître et sortir de..., de quelque façon que ce soit. Par exemple ton...

[*Fin de la bande. Nous ne nous en apercevons qu'avec retard. Nous essayons de retrouver ce qui a été perdu.*]

M. D. — Est-ce que ça fonctionne ?

X. G. — Oui, oui.

M. D. — Oui, je disais, tu vois, quand j'avais douze ans, treize ans, quatorze ans, quinze ans, même seize ans, je partais de Sadec et de..., de Vinhlong, des petits postes de la Cochinchine, pour aller dans..., vers Kampot, là où se trouvait le barrage contre le Pacifique, et je faisais huit cents kilomètres comme ça avec un petit chauffeur indochinois, pour aller payer les ouvriers. Bon, on s'arrêtait dans la forêt au point d'eau, près du puits, pour boire, pour mettre de l'eau dans le moteur et près de ces puits, il y avait toujours des lépreux. Et j'ai commencé une phobie de la lèpre, une angoisse à propos de la lèpre. Oh, je l'ai eue, je ne sais pas, peut-être deux ans ou trois ans, ça a duré même après ma..., après l'université, c'est revenu à certains moments, une peur terrible d'avoir attrapé la lèpre. Je regardais mes taches de soleil, je voyais si elles étaient indolores, je me souviens d'une tache que j'avais sur le bras, je croyais que c'était une [*mot inaudible*], tu sais les premières taches blanches, et c'était des taches de soleil, bon. Eh bien, maintenant, la lèpre est dans mes livres, et j'en ai plus du tout peur. La peur est complètement passée, mais, si tu veux, ce qui me faisait prisonnière, attachée à ce poteau de ma peur, ce qui a fait que le..., le..., le lien a été cassé et que la lèpre s'est répandue dans mes livres, ça m'a guérie de cette peur, c'est une thérapie en somme... Je crois qu'on n'a pas dit autre chose.

X. G. — Si. Tu disais aussi que la lèpre, c'était pas seulement la lèpre, c'était...

M. D. — C'est ça, oui, la lèpre et tout son cortège derrière, la faim — j'ai su très, très jeune que la lèpre venait d'une mono-alimentation —, la famine, le colonialisme, l'errance des lépreux dans les forêts de la Chaîne de l'Eléphant, etc. C'est devenu tout un décor, la lèpre est devenue la lumière, si tu veux, du décor colonialiste où j'ai passé mon enfance.

X. G. — Oui.

M. D. — Je crois qu'il y avait rien d'autre.

X. G. — Non, c'était ça.

M. D. — Oui, je te disais que si tu faisais éclater ce lien entre ta peur des chiens et les..., et les chiens, ça se répandrait en toi, en des choses que tu ne peux pas soupçonner.

X. G. — Oui.

M. D. — C'est un mot que j'osais à peine prononcer, étant petite : « lèpre ». Maintenant je l'écris. Parce que je me souviens qu'il y avait une amie de ma mère qui avait un bébé, lequel bébé avait une nourrice chinoise et... qu'un jour, le..., la nourrice est allée en visite médicale et que le docteur — je me souviens de cette histoire parce qu'elle est très spectaculaire — lui avait traversé le mollet avec une aiguille à tricoter, sans qu'elle le voie, elle regardait par la fenêtre, et que la Chinoise n'avait pas bronché. J'ai été bercée avec ces histoires-là, tu vois. Vers sept ans, cinq ans, je savais déjà tout ça.

X. G. — Mais c'était quoi, ça ? C'était parce qu'il faisait de l'acupuncture ?

M. D. — Non, non, parce que la lèpre est indolore, tu ne sens rien.

X. G. — Ah !

M. D. — Il voulait prouver à sa patronne qu'elle avait la lèpre. Elle y tenait beaucoup, à cette nourrice, il y avait quelque chose comme ça. Il a traversé le mollet avec une aiguille, très, très fine, en fer. Elle n'a pas bronché.

X. G. — C'est indolore... C'est plus qu'indolore, c'est insensibilisé.

M. D. — Insensibilisé. Ceci pour te dire que c'était le pain quotidien là-bas, cette peur.

X. G. — Mais c'est drôle, quand même, le joue... euh, le rôle qu'elle joue dans tes livres.

M. D. — Mais c'est l'horreur même.

X. G. — Plus encore dans « Indiana Song », non ?

M. D. — C'est l'horreur même.

X. G. — C'est l'horreur et en même temps, quand le vice-consul dit : « J'ai pas du tout peur de l'attraper. Au contraire », je sais pas, il y a une, je crois, une fascination, non ? Dans l'horreur, il y a quoi ? Parce que si on se jette...

M. D. — C'est la concrétisation d'une horreur. C'est l'extrême pointe, on peut pas aller plus loin.

X. G. — Et qu'il préfère se jeter dedans.

M. D. — Ah, pour le vice-consul ?

X. G. — Oui.

M. D. — Oui, là aussi, bon, il faut dire le mot « religieux », vient d'un désir d'os... osmotique, presque de se... fondre dans l'Inde. Et pas l'Inde des maharadjas, dans l'Inde de..., presque caricaturale de la lèpre et de la faim.

X. G. — Oui.

M. D. — La lèpre, c'est l'errance, aussi, tu vois ? Puisqu'ils sont hors des villages... — ils *étaient :* maintenant ils sont dans les camps.

X. G. — C'est le bannissement, on est banni, on est en dehors. On est...

M. D. — Oui, et lui-même est banni, le vice-consul.

X. G. — ... hors-la-loi, hors la société. Oui. Mais, si c'était religieux, ce serait un..., comme pour racheter les péchés, je sais pas quoi, moi, ce serait comme un sacrifice ou comme un... Eh ben, c'est pas ça.

M. D. — Non, pas du tout.

X. G. — Mais oui ; donc, c'est pas religieux.

M. D. — C'est peut-être pour ne plus la sentir, entrer dedans.

X. G. — Oui.

M. D. — Peut-être comme dans la peur, comme dans ma peur. Cette *différence* entre les lépreux et toi, la combler comme ça. Ah non, parce que, si c'est religieux, c'est le partage de la douleur, là.

X. G. — Mais c'est ça.

M. D. — C'est con, parce que t'enlèves rien, t'enlèves pas de la lèpre en rentrant dedans, t'en ajoutes.

X. G. — Ben, c'est grave, même, de penser ça.

M. D. — Non, là, c'est plutôt..., religieux, le mouvement religieux, c'est le mouvement vers l'autre, vers le... sortir de soi, si tu veux, se fondre dans.

X. G. — Mais pourquoi l'appeler « religieux » alors ?

M. D. — Ben, je ne vois guère que ce terme, pour elle, pour... qualifier cet élan, cet élan de l'être humain vers le tout. Comment l'appellerais-tu ?

X. G. — Mais... je ne sais pas, c'est un élan... ?

M. D. — Ce gommage de l'être, en faveur du tout, qui est un mouvement constant dans..., dans ces textes-là. Faut bien l'appeler de quelque..., d'une façon.

X. G. — Je sais pas.

M. D. — Ça vient d'où, le mot « religieux » ?

X. G. — Sais pas. En tout cas, dans la religion, quand on va vers quelqu'un d'autre, c'est par un mouvement concerté, on pense que c'est bien de faire comme ça.

M. D. — C'est une morale, mais là, ça, c'est affreux.

X. G. — Alors qu'ici... il y a pas du tout de gommage dans la religion. Au contraire, il va vers l'autre et il est d'autant plus content.

M. D. — Au contraire. Oui, c'est ça. Et il gagne son salut, c'est un commerce affreux, abominable, et tant que ce commerce existera...

X. G. — Il existe d'autant plus...

M. D. — ... Tant que les chrétiens ne seront pas détachés de Dieu, ça sera dégueulasse..., de leur salut...

210

X. G. — ... C'est-à-dire d'eux-mêmes, enfin, de la façon complètement paranoïaque dont ils se voient. C'est-à-dire être...

M. D. — Mais là, ça doit être pour des raisons tout à fait personnelles de supportabilité...

X. G. — Quoi ?

M. D. — ... qu'il veut se fondre.

X. G. — C'est-à-dire qu'il ne peut pas l'éviter, il peut pas faire autrement, il ne choisit pas non plus de..., de faire ça.

M. D. — Tu vois, la mère malade, la mère d'un enfant malade arriéré prend le langage de l'enfant arriéré, elle devient arriérée elle-même, pour être plus proche de son enfant et supporter la chose.

X. G. — Oui.

M. D. — Il y a là quelque chose de..., de commun et de naturel. Ceux qui vivent le..., de la façon la plus pauvre, ce sont ces Blancs qui vivent cloîtrés, loin de la lèpre, séparés d'elle.

X. G. — Protégés.

M. D. — Oui.

X. G. — Comme par exemple par le grillage. Le grillage protège des requins, mais il protège aussi des lépreux.

M. D. — Oui, de la mendicité.

X. G. — Tiens, il faudrait peut-être parler de la mendiante. Je sais pas qu'est-ce qui... C'est un personnage fascinant, au même titre qu'Anne-Marie Stretter, enfin, tu le dis, que c'est la même femme.

M. D. — Elle était déjà il y a vingt ans dans *le Barrage contre le Pacifique*.

X. G. — Oui.

M. D. — C'est très difficile à exprimer, ça, ce que tu

viens de dire. Il y a une errance très précise, très jalonnée de noms, de la mendiante, à travers le Siam, le Laos d'abord, le Cambodge, le Siam, la Birmanie.

X. G. — Des milliers de kilomètres.

M. D. — Trois, quatre mille, plus peut-être, elle descend le fleuve de la Birmanie — comment il s'appelle ? — qui passe à Rangoon —, l'Irraouaddi, elle vient du Tonlé-Sap. En fait, dans *le Vice-consul,* là je la fais remonter vers les Cardamones.

X. G. — Mais jusqu'à quoi ? Jusqu'à ce que...

M. D. — Jusqu'à ce qu'elle s'abîme dans Calcutta, mais elle s'abîme, elle se fond à Calcutta. J'ai très peur que le mot « abîmer » soit mal..., mal entendu. Elle s'embrase à Calcutta comme le vice-consul s'embrase dans la lèpre.

X. G. — Oui.

M. D. — Comme Anne-Marie Stretter s'embrase à elle, la mendiante, c'est-à-dire à..., à la faim, à la douleur. Tout ça finit en un seul bloc.

X. G. — Oui.

M. D. — Elle, Anne-Marie Stretter tourne depuis dix-sept ans, dans les capitales de l'Asie.

X. G. — Jusqu'à trouver, comme tu dis, une indication pour se perdre.

M. D. — Voilà.

X. G. — Et alors, quand elle est complètement perdue, c'est là...

M. D. — ... Tandis que la mendiante vit dans la joie quotidienne.

X. G. — Oui, mais elle est perdue.

M. D. — Elle est complètement perdue.

X. G. — Elle vit de cette perte.

M. D. — Elle vit de cette perte. [*Silence.*] C'est complètement équivalent.

X. G. — Oui.

M. D. — La disparition d'Anne-Marie Stretter et la survie de la mendiante. Elles sont fondues.

X. G. — Je les vois pratiquement faire les mêmes mouvements, les mêmes... Tu vois ?

M. D. — Oui.

X. G. — Alors, complètement différentes, puisque l'une a les oripeaux de l'ambassade et l'autre les oripeaux de la mendiante et, malgré tout, je les vois très, très identiques.

M. D. — Ça va choquer les imbéciles, ça, beaucoup. Non ?

X. G. — Ça va choquer les imbéciles ? Ah, peut-être, oui.

M. D. — Comment oser mettre en parallèle la mendicité sacralisée par toutes les morales...

X. G. — Oui, c'est vrai. J'avais même pas pensé à ça.

M. D. — ... et une femme d'ambassadrice..., d'ambassadeur de France ?

X. G. — Ça, écoute, alors là, tant pis pour eux, s'ils en sont à ce point, tu vois !

M. D. — Ah ben, tu sais...

X. G. — Mais, bon, il faut essayer de savoir combien le mouvement est proche et presque d'amour enfin, entre les deux, il me semble, sans se connaître, tu vois, et combien..., et pourquoi c'est différent puisque, par exemple, l'une a besoin de se tuer et l'autre n'a pas besoin.

M. D. — Celle qui n'en a pas besoin, il y a une autosuffisance dans la mendiante, il lui suffit de marcher, de dormir, de nager dans le Gange pour attraper les poissons,

213

de chanter le chant de Savannakhet pour danser. Elle est libérée quand même, elle morte vive.

X. G. — Oui.

M. D. — Voilà. Vivante, elle est morte.

X. G. — Et Anne-Marie Stretter a besoin de se tuer.

M. D. — Je pense. Elle ne peut plus faire autrement, je crois.

X. G. — Remarque, c'est curieux parce que... je dirais même pas qu'elle se tue, je dirais qu'elle se donne à la mort.

M. D. — C'est parfait, oui.

X. G. — Qu'elle se livre, que c'est un achèvement. Est-ce que tu crois qu'on peut dire que la mendiante, c'est sa culture indienne qui la... ?

M. D. — Très bien, au contraire.

X. G. — ... Qui permet qu'elle vive comme ça, étant morte, alors que Anne-Marie Stretter n'a pas ça ?

M. D. — Tout à fait, ça me plaît beaucoup, ça, oui.

X. G. — Et puis aussi la différence, quand même..., c'est pareil, Anne-Marie Stretter et le vice-consul sont très proches, plus que proches, enfin...

M. D. — Ce sont les mêmes.

X. G. — Eh bien, alors, oui, et pourtant comment se fait-il qu'Anne-Marie Stretter... puisse être un peu identifiée à une mendiante du Gange et que le vice-consul, lui, sa proximité des lépreux, c'est de tirer dessus ? Je sais pas comment dire, il y a une différence...

M. D. — C'est un lien passionnel, déjà avec la lèpre, ça.

X. G. — De tirer dessus.

M. D. — Oui.

X. G. — Oui. Mais Anne-Marie Stretter aussi a un lien passionnel avec la douleur de l'Inde.

M. D. — Oui.

X. G. — Mais il est pas le même. Elle ne peut pas tirer sur les lépreux.

M. D. — Non.

X. G. — Je voudrais bien cerner, je sais pas comment on peut savoir...

M. D. — Elle est dans le monde du désir, Anne-Marie Stretter.

X. G. — Mais le vice-consul, c'est bien son désir aussi.

M. D. — Mais dans le désir assouvi. Le vice-consul est vierge.

X. G. — Oui. Oui.

M. D. — Elle est le désir, Anne-Marie Stretter.

X. G. — Oui. Et ça lui permet, ça lui permet une fusion.

M. D. — Ah, oui.

X. G. — Un abandon à la douleur de l'Inde, comme un abandon à la mort.

M. D. — Oui.

X. G. — Le vice-consul ne peut pas.

M. D. — C'est toujours le hors-soi, la voix du hors-de-soi.

X. G. — Oui.

M. D. — C'est la plus grande, le désir.

X. G. — Oui.

M. D. — Donc, la douleur, tout ça est très, très, très proche.

X. G. — Oui.

M. D. — Je pense que le vice-consul, si tu veux, c'est une pensée générale qui l'habite.

X. G. — Comment ça ?

M. D. — Il est comme un livre ambulant. Il a à peine de vie. Tu vois ?

X. G. — Oui.

M. D. — C'est exsangue, en lui, c'est l'idée générale. C'est dit : « Il ne supportait pas quoi ? L'idée. »

X. G. — Oui.

M. D. — L'idée de l'Inde. Il tire sur les principes, sur les philosophies, aussi, en tirant. Ça, c'est l'ouverture vers le sensible. Vers le désir, c'est elle.

X. G. — Mais c'est une ouverture qui ne peut mener que vers rien, qui ne peut pas mener.

M. D. — Oui, d'ailleurs il disparaît, il est volatilisé, le vice-consul, à la fin, après sa mort à elle, il donne sa démission et toute trace de lui disparaît, on ne sait pas ce qu'il est arrivé. Explosé.

X. G. — Alors il disparaît comme les lépreux disparaissent.

M. D. — Voilà. Absolument.

X. G. — Comme des sacs de poussière, tu dis. C'est fascinant ça, cette..., comment chacun à leur façon arrive à rejoindre la lèpre.

M. D. — C'est mystérieux aussi pour moi. Je vois des mouvements, mais je les vois déjà en mouvement, je ne..., je ne dis jamais : « Je vais lui faire faire ça pour exprimer ça. » C'est après coup, et quand on me pose les questions, que je fais un effort. Je dis toujours ce que je te dis : « Je trouve les fous de S. Thala sur la plage, je ne sais pas comment ils sont arrivés là. » C'est en cours quelque part mais... C'est d'autres qui savent comment c'est commencé. C'est d'autres gens, peut-être qui ont en eux le commencement de ça. Pourquoi est-ce que les choses ne seraient pas fragmentées dans les gens ?

X. G. — Et comment ce serait venu, à toi ?

M. D. — Ben, je me suis trouvée sur le passage de...,

comme ça, un jour, à mon insu. J'ai cette idée. Ça a l'air dingue, ce que je te dis, mais je...

X. G. — Je sais pas, j'hésite entre reconnaître quelque chose de très vrai et quelque chose de...

M. D. — D'artificiel.

X. G. — De bizarre, tu vois, de..., une espèce de..., je sais pas, de magie.

M. D. — Oui, c'est-à-dire on peut pas tout à fait croire que ça n'existe pas, qu'on est complètement dans l'imaginaire, je veux pas tout à fait croire, et c'est..., ça serait faux de le croire que j'ai inventé seule l'histoire.

X. G. — Oui.

M. D. — Si j'étais seule au monde, l'histoire ne me serait pas venue.

X. G. — Ah oui, c'est sûr.

M. D. — Donc elle est bien issue d'une..., elle était quelque part chez les autres, cette histoire-là.

X. G. — Oui, oui, alors là, comme ça, je comprends très bien, oui.

M. D. — N'est-ce pas ? Qu'il y a des gens que j'ai cotoyés, que j'ai connus, qui m'ont donné ça, puis ça, puis ça, puis ça, puis ça, puis l'histoire s'est fabriquée, mais je la tire de vous, je la tire des autres. C'est pour ça que je te dis que peut-être le début de l'histoire, c'est d'autres qui le détiennent. Les écrivains qui pensent être seuls au monde, et même des grands écrivains, c'est de la connerie monstre.

X. G. — Bien sûr. Ah oui, c'est bien, ce que tu dis là.

M. D. — Je fais mes livres avec les autres. Ce qui est un peu bizarre, c'est cette transformation que ça subit peut-être, ce son que ça rend quand ça passe par moi, mais c'est tout.

C'est un son que ça rend quand ça passe par quelqu'un de donné.

X. G. — Mais c'est drôle, là, parce que là tu dis comme est la scène dans « Indiana Song », ça rend un son quand ça passe sur la scène.

M. D. — Ben oui, voilà. Simplement, moi, je suis peut-être une chambre d'écho. C'est pas de la modestie, ce que je dis là, je le pense vraiment.

X. G. — Oui, oui.

M. D. — Vraiment.

X. G. — Prends une cigarette.

M. D. — Je vais prendre une goutte de vin. On va dire : « Elle reboit, tiens, Duras ! » [*Rires. Bruit de verres et de liquide.*]

X. G. — Tu vois, moi aussi je prends du vin.

M. D. — Je crois qu'on peut arrêter là ?

X. G. — Oui.

M. D. — Ce sera le plus important, ce que je viens de dire.

NOTES EN MARGE

P. 18.

X. G. A la place de « blanc », j'avais tapé, par erreur, « blance ».

P. 23.

X. G. « Pendant sa maladie, elle disait son nom avec colère. » Ce qui est aussi extrêmement troublant, c'est que, pendant qu'elle fait l'amour, elle se désigne par son nom *et* par celui de Tatiana Karl, son amie.

X. G. A la place de « la loi », j'avais d'abord tapé « le loi ».

P. 28.

X. G. Et où peut-on, alors, situer la femme homosexuelle ?

P. 30.

X. G. Je me méfie de la fascination qu'exerce l'androgyne. Je la vois comme une négation de la femme. Elle commence à peine à émerger dans l'histoire et déjà on dit : « Les hommes et les femmes sont semblables ; il n'y a plus de différence ; il n'y a plus d'hommes et de femmes. » Il y a des vêtements unisexes, des vêtements d'anges, sans sexe. En cet ange, la femme, à peine apparue, disparaît.

221

P. 33.

X. G. Cette phrase est ridicule et dangereuse. Je parle ici exactement comme les hommes qui ont toujours dit aux femmes ce qu'elles étaient. Je suis, là, en plein mimétisme féministe. Tout ce que j'aurais pu dire serait : « Ils n'aiment pas entendre les femmes dire ce qu'elles sont. »

P. 37.

X. G. On croirait que je parle d'une grâce divine ! Je veux dire : quelque chose comme un affrontement, une épreuve, grave, où on a eu la chance d'échouer et qui a permis une déperdition, une mort à un certain système, une béance qu'on sait incurable...

P. 41.

X. G. Je ne comprends pas du tout ce passage (et les cinq pages suivantes). Je ne comprends pas ce que veulent dire : fidélité, adultère, etc. Je ne comprends surtout pas comment j'ai pu me laisser entraîner à parler de (et à sembler être d'accord avec) cette pseudo-contradiction entre faire l'amour et aimer, fondée sur une philosophie dualiste, chosiste, qui divise le corps et l'âme !

M. D. La terreur linguistique, je ne la connais pas. Dans *Détruire dit-elle,* déjà, j'ai posé en principe cette équivalence entre le désir et l'amour (« L'amour, le désir, c'est pareil », dit Stein ou Alissa, je ne sais plus). Et, si tu lis à travers, ça circule en douce à peu près dans tous mes écrits. Ici, sur ce point, je ne parle pas en mon nom. Je parle pour les autres femmes que nous. On est ici au centre même du marasme de la femme, peut-être plus encore que dans cet autre lieu du dualisme : l'avortement. Par ailleurs, refuser d'en parler parce que cela ne te concerne pas, c'est faux. Tu vois, je crois qu'on est encore plus près des millions de femmes musulmanes qui sont « déshonorées », battues, punies, quelquefois tuées, parce

222

qu'elles ont trompé leur mari, que du mari européen le plus libéral. Parler à ces femmes du dualisme que tu dénonces, ça fait sourire, ou à son mari, aussi bien. Je crois qu'il n'y a rien, rien, de plus ancré que ce dualisme-là, et chez tous — et chez toi et chez moi. Quand tu dis : « Je ne comprends pas ce que veulent dire les mots fidélité, adultère », je m'excuse, mais je crois que tu te racontes des histoires. Tu comprends ces mots. Je les comprends. Quand je pose l'équivalence dont parle Stein dans *Détruire,* je la pose à partir d'une vie vécue dans la contradiction même de celle-ci. C'est comme si tu me disais : « Moi, je suis débarrassée du christianisme » que de dire que tu vis cette équivalence. On comprend ce que veulent dire les mots « fidélité », « adultère ». J'ai *trompé* dans l'horreur, la passion, le désespoir, la culpabilité et tutti quanti. Quand on dit aux femmes : Allez-y, couchez avec qui vous voudrez, ce n'est pas tromper son mari, son amant, que de coucher avec un autre homme. Mensonge même, et ânerie. C'est tromper son mari ou son amant que de coucher avec un autre homme, s'il y a désir *et* avec cet autre *et* avec le mari, l'amant : c'est le désir même qui *se trompe* de corps, qui *trompe.* Ou alors il s'agit de ces expériences mornes et stérilisantes, « de principe », auxquelles s'obligent les femmes qui veulent sortir du marasme, d'une fidélité qui ne rime à rien. Dans ce cas, il n'y a pas tromperie, il n'y a rien, nulle part, et les femmes qui s'obligent à de telles épreuves, elles ne sortent pas du marasme, elles s'y enfoncent encore plus. L'exemple des couples libres coïncide souvent avec l'absence de désir, les faux couples, c'est impressionnant ce qu'il y en a — soit au présent, soit au passé. Parlons sans tabou, mais faisons attention, parce que ce lieu du langage est le plus piégé qui soit : cette équivalence dont on parle, ce n'est pas des mots qu'on avance, si on la découvre c'est parce qu'elle a été vécue, qu'on l'a vécue : la nier serait un mensonge d'ordre réactionnaire. Oui, le désir vécu au bordel, le « je t'aime » qu'on dit aux putains, les yeux fermés, sont de même *nature* que ce qui est vécu dans la passion d'un seul, ce qu'on appelle la passion en général. C'est à l'amour qu'on déclare son amour, dans tous les cas. Mais qu'est-ce que ça veut dire, aussi? Que l'on sait, du moment qu'on l'a vécue, que cette équivalence porte en elle-même ou est par elle-même, comme tu voudras, sa propre finalité. Et qu'il est dans la nature de celle-ci d'être contradictoire à elle-même, d'exprimer à la fois la généralité du désir, la circulation du désir, et sa fixation brutale. Il arrive que cette équivalence ne lâche plus sa prise et qu'elle paraisse exprimer un *choix* brutal. Qu'elle ne se désincruste plus d'un choix, de sa contradiction, et qu'on en arrive ainsi à cette absurdité fulgurante de la passion, donc à la fidélité, mais organiquement décrétée, et qu'on ne puisse plus, sans horreur, tromper l'objet de la passion qu'elle vous désigne. On pense ici à l'horreur du drogué à cours de drogue à qui on administrerait un ersatz de sa drogue. Donc, tu vois, à l'endroit même de l'épanouissement de cette équivalence, on revient à cette fidélité — mais inévitable — que tu qualifies de non-sens. Cette aliénation-là, il est souhaitable au plus haut degré de la vivre. Non, je ne vois rien, dans quelque ordre que ce soit, rien de plus souhaitable d'être vécu. Mais, si on l'a pas vécue, ce que je dis doit être inadmissible, obligatoirement.

X. G. Je comprends mieux et reconnais que ce que j'ai écrit semblait un peu proclamation-déclaration... Mais, pour moi, ce que tu dis me semble ne pas tenir compte du désir-passion d'une femme pour une autre femme. Et de l'ambiguïté d'un désir qui peut se fixer sur un homme en passant par une femme ou sur une femme en passant par un homme. Par contre, cela me semble apparaître avec une rare violence dans ton œuvre.

M. D. Si je l'ai vécu, et sans doute l'ai-je vécu, tout m'en a échappé. J'ai connu le désir passion pour quelques femmes. Ça n'a jamais été plus loin que les premières fois. La frustration de l'homme a toujours été telle qu'elle balayait tout, très vite je quittais la femme pour revenir avec les hommes. Une fois, pendant un voyage avec une femme, je l'ai quittée au milieu du voyage pour rentrer à Paris. Pourtant je trouve le corps de la femme plus beau dans sa nudité que le corps de l'homme, plus désirable aussi, mais la femme me procure un orgasme sans vertige, comme d'enfant.

P. 44.

M. D. Mais ce n'est quand même pas la même frigidité. Non. La jouissance, ce n'est pas le corps, c'est l'orgasme. Entre pas d'orgasme du tout et un orgasme hygiénique, il reste une marge essentielle. Le plaisir du corps, sans l'orgasme, je ne comprends pas ce que ça veut dire.

X. G. Mais il peut y avoir un orgasme sans jouissance, je veux dire sans véritable jouissance du corps, de tout le corps.

P. 46.

M. D. Je crois qu'il faudrait ne plus se mentir sur ce point. L'adultère supprimé, l'amour clandestin supprimé, comme toute clandestinité perdue représente aussi, dans le même temps qu'elle est souhaitable, représente une perte — quelque part. Je n'aime pas quand on dit : « Tout est mauvais, il faut tout jeter en ne regrettant rien. » Je regrette en même temps que je jette.

P. 48.

« L'homme doit cesser d'être un *imbécile théorique*. Le grand alignement opéré dans le monde entier, par la jeunesse, sur la condition minimale de l'être humain (dont la condition féminine et ensuite la condition ouvrière sont le premier aspect) implique l'abandon, par l'homme, de sa crécelle théorique et son accès au silence commun à tous les opprimés.

« Il faut que l'homme apprenne à se taire. Ça doit être là quelque chose de très douloureux pour lui. Faire taire en lui la voix théorique, la pratique de l'interprétation théorique. *Il faut qu'il se soigne.* On n'a pas le temps de vivre un événement aussi considérable que Mai 1968 que déjà l'homme parle, passe à l'épilogue théorique et casse le silence. Oui, ce bavard a fait encore des siennes en mai 1968. C'est lui qui a recommencé à parler et à parler seul et *pour* tous, *au nom de* tous, comme il le dit. Immédiatement il a fait taire les femmes, les fous, il a embrayé sur le langage ancien, il a racolé la pratique *théorique ancienne* pour dire, raconter, expliquer ce fait *neuf* : Mai 1968.

« Il a fait le flic théorique et ce brouhaha silencieux, énorme, qui s'élevait de la foule — *le silence ici, c'est justement la somme des voix de tous,* équivalent à la somme de nos respirations ensemble —, il l'a muselé.

« Il a eu peur, au fond, il a été perdu, il n'avait plus de tribune tout à coup, et il a raccroché le discours ancien, il l'a appelé à son secours. Il n'y a pas eu de silence après Mai 68. Et ce silence collectif était nécessaire parce que ç'aurait été en lui, ce silence, qu'un nouveau mode d'être aurait pu se fomenter, ç'aurait été dans l'obscurité commune que des comportements collectifs auraient percé, trouvé des voies.

« Non, il a fallu que l'homme casse tout, et *arrête le cours du silence.* »

Marguerite Duras, *in* Suzanne Horer et Janne Socquet, *La Création étouffée*. Ed. Pierre Horay.

P. 50.

X. G. Dans le *Marguerite Duras* d'Alain Vircondelet.

P. 54.

X. G. Ce n'est pas l'inverse : ce serait l'anti-héros, donc le même mécanisme. C'est une destruction, un anihilemen de cette notion même.

P. 66.

M. D. Mais, c'est presque lui chaque fois. Cet adverbe : « presque », qu'est-ce que c'est ? C'est l'entité scolastique qui en prend un coup. Il t'est arrivé d'attendre quelqu'un dans un lieu public, une gare, un café, d'attendre en regardant le va-etvient des gens ? Alors il t'est arrivé de voir venir *presque elle presque lui,* à cette différence près que eux ils ne *te* connaissaient pas. C'est un truc auquel j'ai beaucoup pensé. C'est pour moi ce *presque,* le lien érotique de la troisième personne. Mais ici, le *presque* est au-dedans du *tout à fait* et me déloge à mon tour. Si c'est *presque lui,* c'est *presque moi* qui le reconnaîs. C'est, dehors, ce qui se passe toujours : qui est complètement, tout à fait, là ?

M. D. Non, ce n'est pas parce qu'il est inatteignable ou inventé que c'est du romantisme, ce serait du romantisme s'il existait vraiment, je crois.

P. 69.

M. D. Dans *India Song,* le vice-consul crie dans les rues de Calcutta son amour pour Anne-Marie Stretter, il crie sur la place publique ce qui s'avoue tout bas.

P. 72.

M. D. J'ai dit tout ça dans les « Notes » de *Nathalie Granger.* C'est-à-dire que j'ai repris, dans le livre, ce que j'ai découvert dans ces entretiens.

P. 75.

M. D. « Métaphysique » est un mot qui ne me fait pas peur Il y a ce préfixe : « méta », le plus large, et ce mot : « physisique ».

P. 78.

X. G. Après avoir revu les deux films, je ne pense plus tout à fait ça. J'ai d'abord vu dans *Nathalie Granger* un aspect, disons, « social », et c'était l'enfermer et le réduire considérablement. C'était peut-être aussi une façon d'apprivoiser la tension que provoquait le film en moi.

P. 82.

M. D. J'ai, d'après mon agent, 0,50 % des recettes. Le contrat était illégal. La loi du 11 mars 1957 prévoit un pourcentage de 0,50 % *dans tous les cas.* Cette loi était applicable le 12 mars 1958 et le contrat date du 1ᵉʳ juillet 1958. Après la sortie du film, j'ai eu un chèque de 1 million et quelque, j'ai cru que c'était un « geste » des producteurs. (L'un d'eux m'avait dit : « On vous doit tant, on aura un geste. ») C'était pas un geste, c'était la clause obligatoire du 11 mars 1958. J'ai été tellement dégoûtée, j'ai donné cet argent. Depuis, tous les ans, j'ai quelque chose entre 1 500 F et 2 000 F, à cause de ce 0,50 %.

A ce propos, je ne sais pas pourquoi Resnais a dit que j'avais téléphoné pour faire le film, dans l'interview du *Monde.* C'est lui qui m'a fait téléphoner par Olga Wormser. J'ignorais complètement qu'il était en train de faire un film.

P. 83.

M. D. J'ai regardé le livre : non, elle répond : « Au début, non, je ne crie pas, je t'appelle doucement. » Maintenant, ça m'intéresse davantage, ce que j'ai fait avant. Ça me sort du dégoût de moi-même quelquefois, ces traces qu'on laisse derrière et qu'on ne reconnaît pas la plupart du temps.

P. 84.

D. D. Les redites, il faut qu'on s'excuse quand même.

X. G. Il faut peut-être, en tout cas, qu'on s'explique un peu (au risque de créer une nouvelle redite avec l'avant-propos !). Dans le deuxième entretien, le précédent, nous savions que nous avions perdu beaucoup de choses dites, mais lesquelles ? Nous avions, immédiatement, essayé d'en retrouver. Comme ce troisième entretien a été fait le lendemain du deuxième, je n'avais pas eu le temps de le retranscrire, et nous ne savions pas exactement ce qu'il contenait. Cette redite est donc basée sur un double oubli. Il faut dire aussi que nous ne savions jamais où nous allions, que nous ne savions jamais à l'avance de quoi nous parlerions, que nous étions complètement « à l'intérieur » de ce que nous faisions.

P. 88.

M. D. C'est pas le mot « flots », je ne l'ai jamais employé une seule fois dans ma vie. Quel mot ça pourrait être ? J'ai remplacé par le mot « îlots ».

P. 103.

X. G. A la place de « bonnes à tout faire », une amie qui a tapé une grande partie du texte avait écrit, par erreur, « des hommes à tout faire »...

P. 104.

M. D. Et est-ce que tu parlerais d'un salaire des putains ? Moi, oui. Nous sommes exactement dans le même sujet : si on paye la putain de tous, on paye aussi la putain de l'homme d'affaires. Je ne te comprends pas. La même vente a lieu, de même nature, l'hypocrisie en plus. Alors ?

X. G. Alors, l'hypocrisie, ça change tout. Quel est l'homme, quelle est la femme qui reconnaîtra que — comme le dit, je crois, Simone de Beauvoir —, le mariage, c'est la prostitution légalisée ? Il doit y avoir dans l'actuelle demande de certaines prostituées d'être payées par des Eros Center (et d'être imposables !) quelque chose de l'ordre d'une reconnaissance de ce qu'elles font comme un véritable travail (demande, par ailleurs, effrayante en ce qu'elle ne fait que masquer un peu plus l'incroyable misère des relations sexuelles).

M. D. C'est pareil.

X. G. Non, ne serait-ce que parce que l'employeur, le patron, est en même temps le mari ou l'amant. Et, par exemple, une femme d'ouvrier qui travaille beaucoup plus (parce qu'elle a

plus d'enfants, pas de domestique, peu d'appareils électro-ména-
gers, etc.) qu'une femme de gros bourgeois (qui n'a rien à faire
que d'être là) sera beaucoup moins « payée », puisqu'il s'agit
du salaire de son mari. Or un salaire est, en principe, propor-
tionnel au travail fourni.

P. 108.

M. D. Après le putsch fasciste au Chili, dans la colère où on
était tous, j'ai rêvé ceci : c'est un matin, à Santiago, les chars
de Pinochet, la troupe armée, tout ça est en place comme d'habitude, et la ville est vide. Plus personne. Dans la nuit, la ville
s'est vidée. Plus un seul habitant. Santiago désert. Et je vois
Pinochet et ses chars face à ce vide. Où sont-ils ? Partis.

P. 114.

M. D. Même dans les couples qui disent : « Pour nous, ce
n'est pas pareil, notre maison à nous elle est ouverte à tous. »
C'est peut-être les pires, ceux qui jouent cette comédie libérale,
parce qu'ils mettent en commun, en plus des autres, la tricherie.

P. 118.

X. G. *La Femme du Gange,* c'est le vide. Le vide désarticulé,
articulé. La souffrance et le désir purs, purs de tout attendrisse-
ment, de tout sentiment, de toute circonvolution. La souffrance
et le désir, on pourrait dire, épurés de toute souffrance, de tout
désir mêmes.

P. 119.

X. G. La fausse mémoire, c'est aussi celle des fous de S. Thala.

X. G. Ce sera *India Song.*

P. 120.

M. D. La lèpre, je l'ai vue aussi dans les villages de forêts,
autour des puits, mais jamais autant qu'à Singapour. Les îles,

je les vois bien. *The Prince of Wales,* c'était un hôtel de Colombo, escale des Messageries maritimes.

X. G. Je suis quand même un peu honteuse quand je relis ce genre de passages ! Pourquoi un tel charabia, quand il aurait été si simple de dire : Tu es partie d'Asie pour venir en Occident ; dans tes livres, Anne-Marie Stretter part des plages du Nord pour aller vers l'Inde. Il y a un chemin inverse...

P. 121.

X. G. C'est aussi le passé de notre culture occidentale. L'avenir, c'est l'Occident qui va tout avaler et tuer cette culture ancienne. Mais le passé reste encore, là-bas.

M. D. Il y a une chose étrange, cet air, « Blue Moon », ça traverse le cœur des gens, même de ceux qui l'ont jamais entendu avant. Le passé, ça commence très jeune. A vingt ans, ça y est. L'amour, le souvenir d'amour, à vingt ans, il est là. Quelqu'un a dit : « Ça, c'est un film de metteur en scène âgé ». Et quelqu'un d'autre a dit : « Ça, c'est l'erreur majeure. Ce qui commence le plus tôt, c'est la mémoire, avant le jugement, avant tout. » *Le Barrage contre le Pacifique,* c'est le vrai livre sur la mémoire et j'avais moins de trente ans quand je l'ai écrit.

P. 123.

X. G. Telle est la force du groupe, de la folie du groupe, la force de leur mort à l'intérieur de leur vie. Une des scènes les plus belles, insoutenable presque : force de ceux qui allument les feux, leurs mains sont noires, ils sont en face de lui, celui qui a cru encore être un individu, qui a voulu retrouver *son* passé. Anéanti, dévoré par la force collective, anonyme, terrible, ignorante d'elle-même.

M. D. Je n'aime plus ce mot, « organique ». Pourtant, il est juste.

P. 124.

M. D. J'ai repris ça dans le scénario. J'ai découvert ça très tard : qu'elle les appelait parce que, etc.

P. 126.

M. D. La forme qui bouge, qui va. Quand elle ne suit pas, elle dort. Il est dit : « Il faut qu'elle dorme ou elle meurt. » Je crois qu'elle est encore exténuée par le bal de S. Thala, par cette nuit-là. Ce qu'elle a entrevu, cette nuit-là — je vois la lumière de la foudre autour — devait la tuer. Non tuée, elle continue à être animée de vie apparente. La vie fonctionne, les jambes, les yeux, les organes, mais « accidentellement », pourrait-on dire. L'accident, ici, serait la vie (*je vois* les juifs sortis encore vivants de l'Europe à la fin de la dernière guerre comme des « accidents », mais de la mort, chacun représentant une panne de la machine de mort hitlérienne. Même en ce moment, *je vois* Israël compter deux fois moins d'habitants que le peuple des morts juifs). Elle est à tous les vents, exposée, cette forme de Lol. V. Stein. Anne-Marie Stretter aussi, qui est à qui veut d'elle : prostituée de Calcutta. L. V. S. et A.-M. S. se rejoignent là, dans cette expropriation d'elles-mêmes. Mais, ici, c'est pas conscient. Et là, c'est décidé. Le blanc. Le noir. Les sables blancs de S. Thala où se dissout L. V. S. Le noir, la mousson noire de Calcutta où se « fait » Anne-Marie Stretter. Tout est pareil. Toutes mes femmes. Elles sont envahies par le dehors, traversées, trouées de partout par le désir. J'aime bien, dans le film, les précautions des fous autour du sommeil de L. V. S., ils la font marcher, rentrer, dormir, ils protègent de la vie, des battements de cœur, du regard, de la marche. Autour d'A.-M. Stretter, au contraire, rien, qu'un amant, que le désert de la passion d'un seul. Mais les trajectoires des corps troués se coupent.

P. 128.

M. D. Quand on parle de *Nathalie Granger,* on parle du film et de son contenu, eu égard à d'autres films, d'autres contenus. Quand on parle de *la Femme du Gange,* j'ai l'impression qu'on reste à l'intérieur du film.

P. 132.

X. G. Cest le même remplissage de blancs, de vides que par l'écriture traditionnelle.

P. 133.

X. G. Elle permet le passage du voyageur vers le vide. Sa souffrance à lui trouve un écho affolé, brûlant, en elle, pas en Lol. V. Stein (ou ce n'est qu'un écho qui répète mécaniquement, comme l'écho contre un mur). La femme en noir permet au voyageur de s'abîmer dans la souffrance. S'abîmer, au sens littéral du terme : il n'en reviendra plus, il ne la vivra plus, sa souffrance ; il sera noyé dans *la* souffrance (qui est aussi celle des autres).

P. 134.

M. D. Ils m'ont fait souvent penser à Albertine, L. V. S. et le deuxième fou, Albertine à deux têtes.

P. 135.

X. G. Marguerite Duras disait qu'il était regrettable qu'il y ait plusieurs langues, qu'on devrait pouvoir écrire en une langue universelle que tout le monde pourrait comprendre immédiatement. Je disais que cela ne pourrait être qu'un monopole, un impérialisme américano-occidental.

M. D. Oui, il paraît que c'était un crime contre la linguistique. Je disais : être un poète grec, bulgare, suédois, etc., ça doit être terrible. Je disais aussi ce que m'avait dit un poète suédois de la traduction en suédois des *Fleurs du mal :* sur la totalité, il y en a peut-être deux qui étaient traduisibles, qu'on peut considérer comme traduits ; le reste, c'est impossible.

P. 136.

M. D. Non, je ne crois pas à cette double culture, je veux dire : à son influence, sa résurgence. Comment, d'ailleurs, pourrais-je répondre par oui ou par non ?

P. 137.

X. G. Comment pouvaient-ils avoir la piastre manquante ?
M. D. Quelquefois, ils vendaient leur sampan.

P. 139.

M. D. Les racs (je ne sais plus comment ça s'écrit), ce sont des petits torrents qui descendent droit de la montagne, de la Chaîne de l'Eléphant. Après les orages, ils charrient les arbres cassés, les animaux noyés.

P. 140.

X. G. Le film, c'est après. Après l'invasion, quand il ne reste de l'Occident fanfaronnant et revendicateur que des sables. De même qu'il ne reste de l'agression des hommes que quelques fous et femmes folles qui savent d'autant mieux ce qu'ils font que leurs actes n'ont pas de sens.
M. D. Oui. Encore que je ne vois pas les gens de S. Thala se *détacher* sur quoi que ce soit, même sur fond lointain de société capitaliste, de colonialisme, etc. Ils sont dans un point mort de l'espace, à un point mort du temps. Il n'y a plus de procès. Ce n'est plus contre un ordre de choses ou une idéologie que S. Thala existe. Je vois à l'endroit des sables une plénitude atteinte, mais justement, dans le sursis même, dans cette vacation animale même. L'attente du futur est sereine, mais d'une sérénité violente. Ils regardent devant, ils marchent devant, vers « l'Ouvert » dont parle Rilke que nous ne « connaissons que par le visage de l'animal ». Seule la femme en noir trimbale encore en elle une région « louche », nostalgique, douloureuse. Pour les autres, c'est fini, et aucune force coercitive, aucun

allèchement ne pourraient les faire revenir, puisqu'il n'y a plus de chemin pour revenir, il a été effacé (les routes dans les sables qui s'effacent quand il y a du vent). Et ça c'est, en même temps, la perte politique absolue, je veux dire : pour la société capitaliste. Et aussi, peut-être, le gain politique absolu : ils *sont* la politique, ils n'en font plus.

X. G. A mon avis, ce qui est fini — du moins, il faut lutter pour que ce qui en reste finisse —, c'est le romantisme (l'idéalisme) qui est effectivement le produit d'une certaine classe, de certains rapports de classe. Mais, pour moi, il ne s'agit pas du tout de ça, dans tes textes et tes films. Les passions y sont totalement dépouillées de leur gangue sentimentale, de leurs explications psychologiques. Ce qui s'est passé est le produit d'une certaine économie du désir, en même temps que se désagrège — c'est visible dans ce que tu fais — ce qui sous-tend ces rapports « psychologiques » : la société bourgeoise.

P. 142.

M. D. Chaque fois que tu me poses la question, je me défile et je fous le camp dans les souvenirs de l'enfance. Je ne me supporte plus que dans le *concret*. Chaque incursion dans l'idée générale me met mal à l'aise, comme si je recommençais à mentir, comme je mentais dans le « monde », avant, ou à l'université.

M. D. Grotesque, ridicule, ce que je dis sur les bonzes, *maintenant*. Et faux. Ces promenades dans la montagne me fascinaient et m'épouvantaient — je me souviens tout à coup — parce que je croyais que l'accès aux bonzeries était interdit. Je croyais les bonzes dangereux parce que doués de pouvoirs surnaturels — mon frère le prétendait. C'est *maintenant* que je dis : « C'était beau. » Donc, je mens. Ce n'était pas beau, c'était d'ordre fantastique (au sens propre). On se cachait pour regarder le spectacle interdit. Je me suis laissée aller dans le ritue!

235

de l'évocation (du souvenir d'enfance). Si je te disais : « Sur la plage, le sable, il y avait parfois les traces des pattes des tigres », c'est déjà plus intéressant.

P. 146.

M. D. Ou plutôt : l'homme doublé d'une conscience marxiste. L'homme qui n'aurait de lui-même qu'une conscience marxiste, qui se voudrait tel, et tous les instants de sa vie, l'homme simplifié en somme, c'est le modèle posé en principe par le stalinisme. C'est l'homme dangereux, terrifiant. Cette simplification de l'homme, c'était l'hitlérisme, c'est le stalinisme. Toute simplification est fasciste (dans l'armée, les ordres, la police). En cela hitlérisme et stalinisme se rejoignent. Le délateur hitlérien qui « fait son devoir », et Marchais qui va à la télé dire que Soljenytsine est un traître, et le soldat soviétique qui entre dans Prague et qui, de même, « fait son devoir », sont des hommes monoconscients, *simplifiés*. Et, tout compte fait, cette maladie blanche, lisse, « atypique », du membre du parti, du fils sans reproche, c'est qu'il est déjà entré dans la simplification. Le gauchisme qu'on appelle ainsi — « de travers » —, à mon avis, devrait se vivre comme la sauvegarde contre ce danger. La manie du militantisme est telle que cet inaliénable-là, les gauchistes voudraient le muter — dehors — en un militantisme de plus, une idéologie dérivée. C'est naïf. Fixer le gauchisme, c'est le faire disparaître et en faire naître un autre plus loin. Tout homme révolutionnaire est à lui-même son propre gauchiste. Le lieu sauvage et toujours à explorer de sa propre contradiction, le vrai communiste l'aura toujours en lui. C'est le lieu de son désordre, de son refus, son lieu double qui toujours réapparaîtra plus loin, encore plus sauvage, si jamais il est assiégé par l'endoctrinement et délogé de *l'intériorité qui est son lieu*. Si les Chinois ne comprennent pas ça, ne l'admettent pas, si eux aussi ils croient que tout est réductible dans l'homme, alors toute révolution est foutue.

M. D. Il s'agit, encore une fois, de cette panne qu'on observe partout depuis 68 de l'action révolutionnaire. Encore une fois, la connaissance quasi générale qu'a le prolétariat des termes exacts de son exploitation par le capitalisme ne suffit pas pour qu'il passe à l'action révolutionnaire. C'est ça, sa schizophrénie. Il sait, et c'est pas suffisant. Pour qu'il passe à l'action, il faut quelque chose de plus que cette connaissance-là. En 1917, c'était suffisant. Ça ne l'est plus du tout. Ce n'est pas seulement qu'il a sous les yeux la gigantesque trahison du socialisme que représente la Russie soviétique. Ni que les partis communistes d'obédience stalinienne ont tout fait depuis vingt à trente ans pour retarder, flétrir, infantiliser l'action révolutionnaire, l'idée révolutionnaire — cela sur les ordres de Moscou. C'est encore quelque chose de plus que ça. Quoi ? C'est peut-être que le marxisme, du fait même qu'il peut se prêter à de telles distorsions, trahisons, a perdu un peu de son éblouissante valeur d'évidence, de sa valeur poétique (c'est ça le plus grave). Oui, peut-être faudrait-il aller chercher vers le vieillissement de la connaissance marxiste et de son piétinement maintenant séculaire. Les écrivains du monde entier composent avec le marxisme, quels qu'ils soient. Et chaque écrivain qui en parle est persuadé que c'est lui qui, enfin, tient la vraie clef des songes. La connaissance marxiste s'enlise dans le patrimoine culturel général et commence déjà à en prendre la rigidité cadavérique. Comme le freudisme. Mais ce prolétariat immobile, avec quelques cris de temps en temps, peut-être est-il submergé surtout par une phraséologie fantastique, on parle pour lui de tous les côtés : on ne sait pas assez, il me semble, à quel point la parole théorique *sépare*, opère la ségrégation. Elle a déjà séparé les femmes. Ça, c'est sûr. Et peut-être sépare-t-elle maintenant le prolétariat. Les mêmes militants marxistes qui disent : « A l'école, l'enfant n'a pas assez d'initiative, il est trop muselé », les mêmes, qui réclament les réformes profondes de l'enseignement, militent comme leurs grands-pères et quand il y a des grèves ou des réunions politiques accourent à toute vitesse pour parler et aller, pendant des heures, expliquer aux ouvriers le *sens politique* de leur action. Je ne peux plus du tout assister à ce genre de réunion, impossible. P. 147.

X. G. Parce qu'il ne s'agit pas d'un savoir, mais d'une pratique. P. 149.

X. G. Non, le militantisme, c'est porter la « bonne parole » à l'extérieur, la prêcher aux autres, éventuellement sans avoir rien analyser, rien découvert en soi.

M. D. Ou l'exemple.

P. 151.

X. G. Ceci dit en toute naïveté — dans l'oubli total que ce que nous disons pourra être lu par des centaines d'hommes !

X. G. Je me demande pourquoi j'ai dit ça ? Peut-être en pensant à la conversation à laquelle nous faisions allusion.

P. 161.

« [M. Duras] retombe vite dans son propre univers, assez étroitement circonscrit depuis *Moderato cantabile* à la blessure d'amour. Peintre de femmes instinctives, terrassées par la passion, et qui, une fois meurtries, aggravent leurs plaies en facilitant l'infidélité ou en y assistant... Comme elle est loin de Colette, de sa santé, de son équilibre, de sa lucidité, de son goût de la vie, des bêtes, de la nature ! »

X. G. Quand je l'ai vue (à propos des entretiens dont je parle dans l'avant-propos), elle m'a dit : « Duras, on ne sais pas ce qu'elle écrit, en tout cas ça n'est pas de la littérature, c'est comme ses films, c'est pas du cinéma... »

M. D. Que ça me plaît !

P. 167.

M. D. En fait, le titre définitif sera *India Song.*

P. 177.

M. D. J'ai dit : « ... comme s'il y avait un responsable. »
Comme si. Et le mot « religieux » ne me choque pas. Ni le
mot « Dieu ». C'est le mot « religion » qui me choque. Le mot
« Dieu » m'apparaît moins grave que le mot « réalité ».

Depuis toujours, même toute petite, j'ai vu l'apparition de la
vie sur la terre sous cette forme : un marécage gigantesque et
inerte à la surface duquel, tout à coup, une bulle d'air vient crever, puante, une seule, puis — des milliers d'années passent —
une autre. En même temps que ces bulles d'air, ces bulles de
vie, arrivent à s'extraire du fond, la lumière se modifie, les humi-
dités s'écartent et la lumière arrive à la surface des eaux.
Les eaux de la Genèse, pour moi, c'était ça, lourdes, pesantes
comme un acier liquide, mais troubles, sous le brouillard, pri-
vées de lumière. Le premier bruit : l'éclatement de la bulle,
répercuté à « l'infini ». Dieu était totalement absent de mon
paysage premier. Et pourtant, quand je lisais la Genèse, je
lisais aussi ce mot « Dieu », mais comme un autre : l'Esprit
de Dieu », pour moi, était le contenu nauséabond des bulles
crevées. Mais ces premières exhalaisons n'étaient pas provo-
quées de l'extérieur par le décret d'un dieu. La lumière, aussi
bien, je la voyais indépendante du tout, venue d'un ailleurs,
d'un inconnu matérialiste, d'un *avant-quoi* innocenté. Dans ce
polythéisme de l'enfance, Dieu avait une place précise : il était
l'air contenu dans la bulle. Mais il n'avait pas fabriqué la bulle.
Ni la lumière. Ni les eaux. Ni moi. Et cela, bien que le contenu
de la bulle, c'était la vie à venir. Je n'ai jamais été croyante,
jamais, même enfant. Et, même enfant, j'ai toujours vu les
croyants comme atteints d'une certaine infirmité d'esprit, d'une
certaine irresponsabilité. Plus grande, quand j'ai lu Spinoza,
Pascal, Ruysbroek, j'ai vu la foi des mystiques comme un déses-

239

poir du non-croire. Je continue à les voir ainsi, absolument, complètement. Ils poussent les cris du non-croire. Quand j'ai eu mon enfant, j'ai cru passer par une crise anticléricale parce que je chassais les bonnes sœurs qui s'approchaient de la poussette où était mon fils, à s'extasier : « Oh, le beau bébé ! » Mais même pas. Ce n'était que l'expression du dégoût physique violent que m'ont toujours inspiré les chrétiens. Je ne voulais pas que s'approche de mon enfant cette noirceur, cette crasse inhérente au corps croyant dont, enfant (et peut-être même encore) je croyais qu'il ne connaissait ni le plaisir sexuel ni le plaisir de l'eau, du bain, de la nudité, mais seulement le plaisir frauduleux de la *macération,* d'une *macération nauséabonde.* Tu vois, la boucle se ferme. Il est évident que lorsque L. V. S. « remue dans le ventre de Dieu », elle revient dans le marécage matériel, mais pas vers le dieu créateur, vers le marécage où il était, comme le reste, englouti. Et que la sorte de suspicion que j'éprouve à l'égard de Georges Bataille (je l'avais de son vivant aussi bien, malgré notre grande amitié), de laquelle je n'arriverai jamais à me défaire (nous sommes assez nombreux à l'éprouver), c'est que le postulat même de sa recherche en passe par une ambiguïté corporelle et que sa composante érotique majeure, à lui, Bataille, participe de la transgression blasphématoire. Le corps de Bataille était celui d'un curé. Aucune *idée,* rien, ne peut corriger cette puanteur : l'odeur traverse tout. Je vois toujours une naïveté *physique* dans les admirateurs inconditioinnels de Bataille (et jamais, jamais, de Blanchot). Je parle surtout des écrits érotiques de Bataille, pas du *Coupable,* ni de *l'Expérience intérieure.* Je pense tout d'un coup que c'est peut-être encore plus grave : peut-être que Bataille ne vivait pas cette transgression blasphématoire, mais qu'il s'en servait à l'extérieur, comme d'un adjuvant théâtral, qu'il en jouait dans l'écrit, mais qu'il n'en jouissait pas. Je ne peux rien, rien, contre cette suspicion-là, cette lecture physique de Bataille. Si on me dit que je le *comprends* mal, c'est que je ne suis pas arrivée à l'exprimer.

P. 180.

« Puis un jour, ce corps infirme remue dans le ventre de Dieu ! »

P. 185.

M. D. Je ne comprends pas cette phrase sur les puits, l'eau qu'on boit. Comme si cette connaissance-là s'avalait comme l'eau, sans qu'on y prenne garde ? Peut-être.

P. 200.

X. G. Juste après cet entretien, nous sommes sorties dans le jardin et Marguerite m'a dit, à brûle-pourpoint : « Tu me prends pour une malade mentale, non ? » Et pour lui montrer combien je trouvais cette idée aberrante et impensable, je lui ai dit : « Tu es folle ? »

P. 202.

X. G. Quelques jours plus tard, nous avons eu un accident d'automobile qui aurait sans doute été mortel... si tu n'avais pas conduit doucement.

TABLE DES MATIERES

OUVRAGES DE MARGUERITE DURAS

Aux Editions de Minuit

MODERATO CANTABILE.
DÉTRUIRE DIT-ELLE.
LE CAMION *suivi de* ENTRETIEN AVEC MICHELLE PORTE.
LES LIEUX DE MARGUERITE DURAS. (*En collaboration avec Michelle Porte.*)

Aux Éditions Gallimard

LA VIE TRANQUILLE.
UN BARRAGE CONTRE LE PACIFIQUE.
LE MARIN DE GIBRALTAR.
LES PETITS CHEVAUX DE TARQUINIA.
DES JOURNÉES ENTIÈRES DANS LES ARBRES.
LE SQUARE.
DIX HEURES ET DEMIE DU SOIR EN ÉTÉ.
L'APRÈS-MIDI DE MONSIEUR ANDESMAS.
LE RAVISSEMENT DE LOL V. STEIN.
LE VICE-CONSUL.
L'AMANTE ANGLAISE.
ABAHN SABANA DAVID.
L'AMOUR.
NATHALIE GRANGER *suivi de* LA FEMME DU GANGE.
INDIA-SONG.

Théâtre

THÉATRE I.
THÉATRE II.

Scénarios

HIROSHIMA MON AMOUR.
UNE AUSSI LONGUE ABSENCE. (*En collaboration avec Gérard Jarlot.*)

Au Mercure de France

EDEN-CINÉMA.

A la librairie Plon

LES IMPUDENTS.

OUVRAGES DE XAVIÈRE GAUTHIER

Aux Editions Gallimard

SURRÉALISME ET SEXUALITÉ.

Aux Editions Golschmidt

LEONOR FINI.

Aux Editions des Femmes

ROSE SAIGNÉE.

Aux Editions Galilée

DIRE NOS SEXUALITÉS.

CET OUVRAGE A ÉTÉ ACHEVÉ D'IMPRIMER
LE TREIZE NOVEMBRE MIL NEUF CENT
SOIXANTE-DIX-NEUF SUR LES PRESSES DE
L'IMPRIMERIE CORBIÈRE ET JUGAIN A
ALENÇON ET INSCRIT DANS LES REGISTRES
DE L'ÉDITEUR SOUS LE NUMÉRO 1499

Imprimé en France

☆*m*

ISBN 2-7073-0023-3